潜伏商圈

QIAN FU SHANG QUAN

C集

文剑 著

文剑第三部商战小说作品

中国广播影视出版社

图书在版编目（C I P）数据

潜伏商圈. C集 / 文剑著. -- 北京 : 中国广播影视出版社，2021.2
ISBN 978-7-5043-8570-3

Ⅰ. ①潜… Ⅱ. ①文… Ⅲ. ①长篇小说－中国－当代 Ⅳ. ①I247.5

中国版本图书馆CIP数据核字(2020）第256501号

潜伏商圈 C集
文 剑 著

责任编辑 房 远
装帧设计 李洪双

出版发行 中国广播影视出版社
电 话 010-86093580 010-86093583
社 址 北京市西城区真武庙二条9号
邮 编 100045
网 址 www.crtp.com.cn
电子邮箱 crtp8@sina.com

经 销 全国各地新华书店
印 刷 北京军迪印刷有限责任公司

开 本 787毫米×1092毫米 1/16
字 数 211（千）字
印 张 20.25
版 次 2021年2月第1版 2021年2月第1次印刷

书 号 ISBN 978-7-5043-8570-3
定 价 72.00元

目录

第一章　惊魂“鲜得来”

此时已靠近晚八时许，暮色从远山暗暗袭来，漫无边际的霾侵吞着天边最后一丝光亮。平顶头宋小宗开着私家车带着一位壮汉下了车，他的脸上没有一点笑，可眉眼中却透着些许狡黠与得意。眼前“鲜得来”酒馆的灯光映得他脸色微微泛红，似乎带着些醉意。

“宋领导，您工作那么繁忙，这么晚还来陪我们，我们真是受宠若惊啊！”未见其人先闻其声，霍元旦哈着个腰，脸上挂着媚笑，还未走近手就先伸了出来。

“哎，白天不便，晚上可以多聊聊！”宋小宗满面春风地掸了掸花格夹克衫，随手摘下一根不知何时带在身上的浅棕色秀发，跨步上了酒馆台阶。

“领导也是人嘛，也懂人情世故，都食人间烟火嘛！”宋小宗身旁的“随从”小武警赶忙附和道。

“是是是，幸得宋领导‘临凡’，我等凡夫俗子自然是感激不尽，感激不尽。还望领导能给个机会，今晚您的消费都交给小的买单，您只管尽兴，尽兴！”霍元旦激动地搓搓手，这动作像极了进食前的绿头蝇，不由得让人反胃。

宋小宗矜持地摆了摆手：“不用啦，不用啦，今天自会有人买单。”又道，“看来你们做买卖的要比我们上班的潇洒多了！哎，今晚得陪我喝顿痛快酒！”

说话间，几人在服务人员的引导下，进入了一间位置私密却极为华丽的包厢。这个待客的牡丹厅只有“鲜得来”的特别顾客才会知道，入口是一处极不起眼的褐色木门，推开后却别有洞天。

这是一间足有百十来平的宽敞宴会厅，地面铺设的是新西兰天然羊毛彩染大红地毯，顶部吊棚做成了蔚蓝色拱深的苍穹，零零星星米粒大小的光柱闪闪烁烁，中央则悬挂着水晶盘吊灯，奢华又显神秘，透漏出不可名状的浮躁。

秋峰一边琢磨一边细细端详：一幅“锦绣山河图”的云锦刺绣放置在镂空的红木屏风中，将宽敞的大厅单隔出一个休息区。休息区内摆放着一张十分考究的红木沙发，配套的古董茶几上一套福建人常用的工夫茶具及几个苏南官窑，平添了几分古典的韵味。

休息区外就是用餐区，一张足可供二十四位宾客使用的大餐桌上，水晶的旋转餐台正闪着耀目的光，光是这装潢、陈设就足够让霍元旦几人张着嘴惊叹半晌，可反观宋小宗倒是习以为常地一屁股坐在了沙发上，跷着二郎腿抖了又抖，带着蔑视味道斜眄道：“怎么，你们没见过这摆设吧？今儿这顿饭由我安排，你们只管享用，懂了吗？”

“别别别，领导这话真是折杀我们了，您能来已经是给我们底下人天大的面子了，怎么还能让您掏钱呢！”霍元旦赶忙收回了四处打量的目光，再次谄媚道。从见到宋小宗的那一刻起，霍元旦的这腰就再也没直起来过。

“哎，用不着客气，待会儿鲁成……”宋小宗正想说话，外面传来重重的脚步声和厚重的嗓音。

“哟哟！小宗局长比我早到啊？恕罪了，恕罪了！”话音未落，一员彪形大汉闪了进来。

“来来来！说到曹操，曹操就到，给你们介绍一下我朋友鲁成！”一个体态壮硕的汉子刚露面，宋小宗就挥手招呼他过来。

“鲁成啊，他可不是外人，跟我也算得上是半个战友。”随后又指着秋峰他们对鲁成介绍道，“他们是我石门来的朋友，这是石门有名的钢铁大王秋峰秋老板，其他二位是秋老板助手，可对啊？”几人互相点头道了幸会后，又一个看起来憨傻敦厚的男人拉开宴会厅大门走了进来。

“各位领导，真是对不住，对不住！刚刚得到消息，我这就赶了过来，这新来的服务员不长眼……不长眼……”那男人的神情有几分局促，豆大的汗珠正扑簌簌地顺着脸颊流淌而下，他不断用袖子拭擦着。

鲁成安慰似的拍了拍那男人的肩膀：“不要紧，这位是‘鲜得来’的任老板！”话音刚落，霍元旦顿时瞪圆了眼。看来“人不可貌相”这话果然一点不假。

“各位领导请上座，请上座。”胖老板一边招呼着众人坐定，又朝边上候着的女服务员使了个颜色，女服务员袅袅上前，俯身斟茶，一股温香袭来，晃得霍元旦怔了怔，看到霍元旦这副没见过世面的样子，一旁的宋小宗哼了一声，不耐烦地说："任老板，安排上菜吧！"

"嗯嗯，"胖老板站起身，对门口的服务员大声嚷嚷，"给领导上菜！"

很快摆盘精美考究的山珍海味就接连上桌，名字是一个比一个拗口晦涩，看得大家眼花缭乱。"几位领导，这道菜名叫皇牌极品鲍，选用的是美国加利福尼亚的上品红鲍鱼，制作上也保留了原料的鲜美与紧实，请品尝！"果然是"术业有专攻"，一说到吃，方才还唯唯诺诺的胖老板一下子来了精神，啰里啰唆地介绍起来："这可不是王婆卖瓜，自卖自夸，论起菜品只有'鲜得来'最地道，鲁所带来的客人我们更上心，这道叫清蒸东星斑……"

"唉唉唉！这是吃饭来了还是听你上课来了，行了！有事我再叫你好吧！"鲁成有些不耐烦地摆了摆手，嘴上遣走了胖老板，可眼神却在瞟着宋小宗，似乎是有些担忧怠慢了贵客。

"今晚就喝我珍藏了十年的老茅台吧！"鲁成说着从随身带着的皮包里先后取出两瓶茅台酒，开了一瓶道，"今晚能招待宋兄和各位远道而来的朋友，是我鲁成的荣幸，今晚我一定敞开作陪！"

"这两瓶哪够？我又不是没领教过你鲁成兄弟的酒量，少说也要一斤，我随车也带了四瓶二十年的陈年老窖酒鬼酒呢！"宋小宗故作爽朗地笑道，"快去，把后车厢的那四瓶给我取来！"无须抬眼，只挥挥手，身边的小跟班就应声离去。

"哎哎！鲁成，你可还欠着我人情呢，今晚就看你好好表现了！"

宋小宗用胳膊碰了碰那鲁成道。

“那是自然，咱们俩兄弟情深，今儿定要陪宋兄喝个通宵！”鲁成说着便撸起了袖子，朝着秋峰霍元旦等人举起了酒杯，“哥几个都是自家人，今天也莫要客气，一定要尽兴！尽兴！”

“好了，菜也上了，酒也添了。”宋小宗看了看手腕上的手表，道，“现在都快八点半了，感谢‘鲜得来’任老板这么晚还准备了一桌好菜，不过吴江就是不夜城，来！秋峰兄弟，感谢秋记者当年扶持我二哥走上致富路，这样，我先敬你一杯！”

言罢，宋小宗举起那小酒杯仰头喝下，又自斟了一杯。

“宋领导言重了，秋某着实不敢当！”秋峰见状赶忙起身，也仿着宋小宗饮下一小盅。

酒过三巡，宋小宗那张蜡黄的脸也染上了三分酒气。“铃铃铃……”一阵突兀且刺耳的电话铃声打破觥筹交错的热闹场面，鲁成有些尴尬地挠了挠头，快速按下了拒接按钮，转头再次张罗着喝起酒来。

“丁零零……”可是这夺命连环 call 并没打算放过鲁成，反而响得更加激烈。

“没事没事，快接吧，别是家里有急事。”宋小宗拍了拍鲁成的肩膀，示意他接电话。鲁成也没再推脱，侧过身子接起了电话：“喂！阿霞啊，都跟你说了今晚表叔有应酬，怎么还……没带钥匙？你姑奶呢，没在家啊！……哎哟，那可难办了，我这一时半会儿也回不去啊，不然你去同学家待会儿？”鲁成的语气急躁，眉头也紧皱了起来。

“鲁成，你这是怎么了？”宋小宗放下酒杯，探头问道。

“嗨，我远房侄女阿霞来吴江上大学，最近就住在我家，这孩子就是迷糊，钥匙没带。”鲁成的神情有些尴尬。

“小侄女呀！让她来啊，这么晚了估计也没吃饭，让她过来吧！”宋小宗嘴上说着关切的话，可是狡黠的眼珠却滴溜溜转了转。

没过多久，几声怯生生的敲门声响起，大门打开，一个面容清秀、身材高挑的靓丽少女走了进来。

“来来，快跟各位叔叔打声招呼！”鲁成起身招呼着阿霞进来，朝着宋小宗等人介绍道，“我小侄女阿霞，现在在吴江大学中文系读大一！”

阿霞显然被眼前的阵仗吓坏了，脸上露出一丝惊慌的神色，轻声说了句:“叔叔们好。”就闪身躲在了鲁成身后。“农村来的孩子，胆小。”鲁成一边解释着，一边安排阿霞坐在了身侧，她的右边紧挨着宋小宗。

“阿霞是吧，别怕，叔叔们又不是坏人，呵呵呵！”这话从宋小宗口中说出来，总有着几分说不出的意味，显出几分猥琐。宋小宗用手摸了把阿霞裸露的手臂，目不转睛地盯着她丰腴起伏的胸脯，他伸长了手臂，关切地给阿霞夹起菜来，嘴上道，“小姑娘正是长身体的时候，多吃点！看看爱吃什么等下再点一份带回家吃！”一旁的阿霞不好意思地点了点头，筷子拿在手中对着宋小宗夹在盘中的虾仁戳了又戳。

看阿霞没有搭茬，宋小宗的脸色有些挂不住，鲁成眼疾手快赶忙端起酒杯接下了话茬：“你看！表叔怎么说来着，到了这大城市就得适应这大城市的规则，别把村里那小家子气带过来，不然你这大学都白读了！快，敬你宋叔叔一杯酒赔个不是！”鲁成推搡着阿霞，直接将酒瓶塞进了她的手中。

尽管心有不愿，阿霞还是给宋小宗斟满了一杯酒，闻着阿霞身上特有的清香，宋小宗的眼迷离了。在递过酒杯时，阿霞的指尖无意间碰到了宋小宗的手腕，一种触电般的心悸让宋小宗瞬间酥了骨头。这杯酒，宋小宗喝得格外慢，唇齿留香的口感似乎也多了丝少女的芬芳。

“表叔，钥匙给我，我想回家。”阿霞拽了拽鲁成的衣袖央求道。

“唉唉唉！鲁成，你看你，这大半夜的，让小姑娘自己回家啊，你这做表叔的怎么这么粗心大意。”鲁成这手还没伸进裤兜，就被宋小宗拦了下来。

“服务员！给我在阁楼安排一个风景好的房间！”看宋小宗这副猴急样，用色中饿鬼来形容也毫不为过。

“阿霞，等下你表叔散了局子，跟你一块回家！这样，你先跟服务员上楼休息一会，喜欢吃什么甜点，尽管点，叔叔请客！”宋小宗嘿嘿地笑着，全然不顾在座其他人的感受。

听宋小宗这话，鲁成的脸色有些难看，他自知宋小宗是何等货色，但与自己也是多年老友，应该不会这般饥不择食。“宋叔的一番好意，阿霞你就先上去歇会儿，有电视你也不怕无聊，表叔这很快就散了！”鲁成没有拒绝，看着阿霞的背影慢慢消失在门口才收回神来。

别看鲁成的心里画着魂，人精似的霍元旦可看得清楚，心想这宋小宗一定是对年轻貌美的阿霞起了色心，便对一旁的秋峰咬着耳朵轻声道：“没想到他这么色欲熏心，我猜这家伙等下定然会找由头离开酒席！”“管他呢，吃你的菜！”“不信啊，咱俩就打个赌！”霍元旦举着筷子，佯装思考。

“嗯嗯，吃点菜！”秋峰摆了摆手，没再搭茬儿。

“咳咳！”早就坐不住了的宋小宗开始不自然地干咳起来。“咳咳！哎哟，最近吴江这天阴晴不定得很，我这嗓子也紧的难受，哥几个你们先喝着，我去药店买两盒润喉糖，等下再与各位尽兴！”说着就站起身，朝门口走去。宋小宗出门没走几步，却被随身带来的小武警拦住了，小武警道：“表姐夫，你咋不顾我表姐感受？她还在怀孕呢，你晚上得回家……”话音未落却被宋小宗不分青红皂白地扇了个耳光，骂道：“你混账小子想搅老子好事，死、死一边去！”便摇摇晃晃上了楼梯，宋小宗似乎想到了什么，忽然回头对小武警恶狠狠道：“你、你小子要是跟你姐姐讲这事，你就给我打道回府，回老家种地去，你给我放、放聪明点喽！”言罢，便上了楼。

小武警捂着脸，气得发抖，此时秋峰跟了出来，见此情形他安慰了小武警几句，小武警气得脸色铁青并不听劝，撒腿就跑了。

“哎哎，宋兄人呢……”鲁成似乎反应过来刚要起身，霍元旦却先一步挡住了他。“鲁所，宋领导也就出去透透气，还是不要打扰的好！来，今天多谢鲁所招待，等下次也让霍某人做个东，尽尽地主之谊！”“好说好说！”鲁成再抬头，已经没了宋小宗的踪影，“来来，鲁所长，我和秋老板敬你一杯！”霍元旦举着杯敬鲁成，接着又推杯换盏，气氛又热闹起来。

要说这宋小宗当真是去买润喉糖么？自然不是！他的心早就被貌美的阿霞勾了去，借着酒劲儿，宋小宗三两步上了楼，来到了阿霞的房门前。可刚要抬手敲门，宋小宗又停住了，这鲁成说什么也是自己的“战友兄弟”，这么毫无缘由地找上鲁成侄女的门，对那鲁成以后也着实不好交代。他那鼠一般的小眼睛又滴溜溜转了起来，色胆包天，他随手在酒店窗台摆着的百合中抽出几根，蹭掉了根上的泥巴，拿到了胸前，头一热还是敲起门来。

“叩叩叩！”

“谁呀？”

听到屋内传出阿霞的声音，宋小宗赶忙整理了两下衣服，又像模像样地捋了捋头发。“阿霞，是我，宋叔！这刚才服务员送进包房的百合花，你表叔说你喜欢，我这正好上楼点单，就给你带过来了！”借着酒气编出的谎话，自然漏洞百出，可单纯的阿霞听说是表叔让带来的，也就打开了房门，宋小宗趁机溜进了阿霞的房间。

此时此刻，楼下牡丹厅内觥筹交错，闹得天翻地覆，整个餐室的菜味、烟味、酒味弥漫，嘈杂声震耳欲聋。

“嘭！”“咣当！”忽然接连两声巨响，将正在碰杯的秋峰、胖店主、霍元旦等人吓得呆若木鸡，只见一位腆着大肚子、气势汹汹的少妇带着一队戴着钢盔的公安干警破门而入。

那大着肚子的女人就是宋小宗的原配妻子——乔乔。

“都不许动，我们是公安局的！”为首的公安拿着警察证对胖店主、秋峰亮了一下后厉声喝道，“哪位是店主？”

“啊？啊？”胖店主、秋峰、霍元旦面面相觑，莫明其妙，被吓得魂飞魄散。

第二章　唇亡齿寒

“别‘啊啊’的！”公安瞅着胖店主，眸中闪过如利剑般的寒光，鼻子哼了一声，严厉喝道：“就是你吧，有人举报你店容留嫖娼，请配合公安机关，接受调查！”

“啥？啥情况？”胖店主两腿直打颤，眼神有些发蒙，秋峰与霍元旦也丈二和尚摸不着头脑，连大气也不敢喘。

“辉子，我早就看你不是个东西！说！他人呢？”乔乔怒气冲冲指着胖店主鼻子质问道。

“什……什么人呢？”辉子结结巴巴，一头雾水。

“啪！”乔乔甩了胖店主一巴掌，厉声道：“叫你给我装傻，这宋小宗什么货色我还不知道，说是跟你们喝酒，还选了个能住宿的酒楼，我就知道没啥好事！一晚上打了30通电话，一个不接！还不是泡妞去了是什么！你快把姓宋的给我交出来！”

“我……我真不知道咋回事呀，我一个做酒楼的，光明正大做生意，这……这招谁惹谁了呀？！”辉子摊着双手，无辜地快要哭出声来了。

秋峰对那乔乔使了眼色，朝楼上望了一眼，乔乔心领神会。

“好！好！看来你不见棺材不掉泪！”乔乔气得脸发青，对后面的警察说道，“樊局，劳烦你带人给我上楼去查！”说完又反手甩了胖店主一巴掌，“叫你不老实！”

“你们几个看住他们，其余的跟我上楼！”一声令下，几个便衣民警就直接冲上楼去，乔乔也紧随其后。

“都给我靠墙蹲下！”剩余的警察按照抓捕现场惯例，直接将胖店主强行反扭按在墙角。秋峰见他们这阵仗，也没再说话，靠墙蹲了下来。

二楼，樊局朝一间紧闭的房门猛地一脚蹬开，顺着手电筒望去，只见床上拱起的被子正瑟瑟发抖，樊局上前一把掀开床子，一个双手沾血的年轻女子正低头嘤嘤啜泣。在三米开外的书架旁，躺着一个半裸的男人，他痛苦地紧抱着脑袋，不停地呻吟着，他身侧一个破裂沾血的花瓶引起了樊局的注意。

有着丰富办案经验的樊局一下子就明白过来到底发生了什么。原来，这色欲熏心的宋小宗强夺不成，还反被阿霞用花瓶砸破了脑袋，再加上酒精上头尚未清醒，一时间也无法起身。

乔乔见是宋小宗，上前狠狠地踹了一脚，尔后捂着肚子号啕大哭，口中骂道：“你这披着人皮的狼啊，我真是有眼无珠哇……”

一看来人，宋小宗顿时清醒了过来，也顾不得喊疼了，直接跪坐在地左右开弓，连甩了自己几个巴掌。“乔乔，我错了，我糊涂，我该死！”“乔乔，求你饶了我这一次吧！”

“宋小宗，你这个畜生！你这个不要脸的淫贼，连人家小姑娘都不放过！你怎对得住栽培你的老丈人？你又怎对得住我腹中的孩子！呜呜……”乔乔捶胸顿足地哭道，“你不配做我孩子的父亲！我真看错了你这个伪君子，我要跟你离婚！呜呜……”

乔乔越说越激动，几次哭得险些背过气去，樊局实在不忍，上前将她搀扶出了房间，这才开口劝慰道：“看你这肚子也快要到预产期了吧，你不为了自己着想，也要为了孩子着想，可不能太激动！”

俗话说“为母则刚”，听到孩子，乔乔便抽噎了几声收回了眼泪，待她的情绪平稳一些，樊局才再次开口：“你老公这种行为属于强奸未遂，根据《中华人民共和国刑法》第二百三十六条：以暴力、胁迫或者其他手段强奸妇女的，处三年以上十年以下有期徒刑。以及刑法第二十三条：已经着手实行犯罪，由于犯罪分子意志以外的原因而未得逞的，是犯罪未遂。对于未遂犯，可以比照既遂犯从轻或者减轻处罚。具体判多久，还要看是否能够征得受害者谅解。”

“他活该，就该让法院判他死刑！”乔乔口中虽说着堵气话，但一听丈夫可能因一时糊涂不仅丢了公职，还会被判刑，心头咯噔一惊，她犹豫了一下，却还是上前搀扶起了宋小宗，又有些踌躇地看了眼蜷缩在床角的阿霞，硬着头皮走了上去。

“姑娘……我……”求情的话刚到嘴边，乔乔又咽了下去。自己也是女人，要是无端端遭了这一劫，说啥也是要告到底的，自己又怎么能厚着脸皮求着人家原谅呢！可低头看看自己高隆起的肚子，乔乔还是开了口：“姑娘……我知道我家这个不争气的混蛋欺负了你，可……可……唉！这话说来的确有些自私，可我也不得不为肚子里快要出世的孩子着想……你看……”

乔乔拉着阿霞还在发颤的手轻轻放在了自己的小腹，似乎是感受到了新生命的跳动，阿霞停止了哭泣，抬起朦胧的泪眼，定定地看着她。

“俺姐怀孕六个月，我陪她去做过产检……”一想到家人，阿霞的眼泪扑簌簌地落了下来。

“妹子这是想姐姐了，没事的，你不在，相信你姐夫也会照顾好姐姐的，天下哪有不心疼自己孩子的呢！”乔乔顺手从床头拿了几张纸，递给了阿霞擦泪。

可这不安慰倒好，越安慰阿霞哭得越伤心。“俺姐夫……上个月在工地被高空坠物砸死了……工头说找开发商赔偿……到现在，到现在还没有音讯……表叔说这事他也管不了，俺姐现在挺着大肚子到处去打官司……”阿霞俯卧在床上全身搐动，一声声压抑、痛苦的哭声，散布在屋子里，似乎连灯光也蒙上了一层灰暗。

“姑娘，你别哭！别哭呀！”乔乔大包大揽地挥手道，“大妹子！今天是我家那混蛋男人欺负了你，再加上咱姐妹俩也挺投缘的，这个忙你乔姐我帮定了！等下你把你姐夫的姓名、身份证号连带死亡证明、验伤证明发给我，我一定帮你姐讨回公道！”

“真的吗？那……那谢谢了！真是太谢谢了！”阿霞睁圆了眼，赶忙坐起身，对着乔乔又是磕头又是作揖。

“别别别……说什么也是我家那位愧对你在先，那大妹子……”乔乔拉着阿霞的手，斜着瞟了眼坐在地上的宋小宗。

“大姐放心，我不会告他！不会告他的！”阿霞使劲摇着头，握紧乔乔的手说道，“这大哥只是酒喝多了，俺不怪他了！”

屋里的戏码散了场，樊局也没再多说什么，伸手招呼民警吩咐道：“把楼下的人都放了吧！”

“是！樊局！”

“都起来吧，你们可以走了！”一位警察对秋峰、霍元旦他们努努嘴说道。

秋峰才站起身，就听到了胖老板辉子的叫唤声：“呦哟哟，我的娘呐！”辉子左右甩着酸痛的手，矫情地摸了又摸。一旁站着的魁梧警察瞥了他一眼，道：“你一个皮糙肉厚的老爷们儿，矫情什么！”

“你们当警察的个个身强力壮！这要真抄起阵来，我们也只有挨打的份，是吧，兄弟！”辉子这话说得阴阳怪气，听起来让人十分不快。

“谁是你兄弟！好好做你的正经餐饮，千万别一时糊涂行差踏错，不然啊，就是天皇老子也救不了你，走吧！”魁梧警察呵斥道。

“是是是！我们绝对是合法公民，做的也绝对是正经生意，这点领导放心！”辉子点头哈腰地应和着，走出门外又正好撞见樊局他们下楼来。

“哎哟！樊局这是怎么了，这宋领导怎么还……”看着几个警察搀扶着满头是血的宋小宗下了楼，几人赶忙凑了上去。

“没什么事，也就是你们这位兄弟喝多了，撞破了头！”说话间，酒楼的楼梯口已经围满了看热闹的食客。阿霞紧跟在乔乔的身后低着头，顾忌到小姑娘的名声，樊局并没有说出实情。

“一场乌龙而已，没什么好看的，大家都散了吧！”樊局一边指挥民警疏散人群，一边将鲁成拽到了身边。“你是阿霞的表叔？”

“是啊是啊！”鲁成讪讪一笑。

“也没什么事，方才你侄女在楼上看见地上有血，受了点惊吓，回去给熬点姜汤水，收收惊！还有啊，以后别让小姑娘这么晚出门！”

“是是是！樊局真是有心了，百姓能有您这样的好官，真是三生有幸啊！”

“行了！少拍马屁，多干实事吧！”这边樊局跟鲁成说着话，贼眉鼠眼的辉子正想趁机溜走，还是被樊局反手拽了回去。“辉子，别着急走啊！我可先给你打个预防针啊，依据国家法律，组织卖淫嫖娼可是要判有期徒刑五年至十年，十分严重者可判十五年！孰轻孰重，你自己心里也有数，我就不用多说了！”

“明白明白。”辉子连连点头道。

这场在“鲜得来”的惊魂闹剧，最终以宋小宗被送进医院缝了五针画上了句号。不过阿霞也算因祸得福，一周后，乔乔联系的报社记者就来到了阿霞姐夫出事的工地。有了新闻媒体的关注，赔偿款很快就到了账，阿霞也总算了却了一桩心事。

第三章　落井下石

当晚，秋峰让霍元旦暂时留在吴江静待自己下一步的工作安排，自己则带着小皮次日一早乘上长途汽车返回石门，直奔谢英单位，晌午时分，秋峰夫妻见了面。

“昨晚我一夜无眠啊，听霍元旦说警察还去了酒楼，可吓死我了，你们怎么回来了？”仅仅两天一夜未见，秋峰发现谢英一脸憔悴，谢英也感觉秋峰瘦了一圈，俩人相视感慨万千，不由地紧紧拥抱。

秋峰拍拍谢英背部，安慰道：“没事，没事，虚惊一场。”

“还没事？事可大了！”谢英一脸忧伤，左右环顾并用手势比画了一下，又道，“走，换个地方说吧，银行讲话不方便，别给郭行长看到。”秋峰见谢英一副心烦意乱的模样，隐约感觉情势不妙，不知发生什么事，又看到银行工作人员不再对他热情招呼，而是一脸冷漠，用异样的眼光看着他。但他又不敢再言语，遂跟着谢英出了银行大门，朝一条叫莫愁街的弄堂走了去。

“出了什么事啦？”秋峰迫不及待地追问。

“秋峰啊，你被吴江铁检带去审查的当天，你的众成公司和你那神州铸造厂都炸锅啦！小鼠眼郭行长就宣布对我进行调查。”谢英两条杏眉拧成倒八字状，抹着泪道，“你知道吗？银行里最忌讳发放贷户被公检法指控违法犯罪，当天郭行长将你遭吴江铁检审查的事书面上报分行领导，听说分行还专门成立了对众成公司的调查组，申请法院把众成公司所有账户，包括刚收并的神州冶金铸造厂账户存款紧急冻存，这些你还没接到通知吧，不过很快有人要向你反映了。”

“我们不就是向你们银行申请了一千万贷款，郭行长何至于这样对我又控制又抽贷，这是无情无义！落井下石呀！”秋峰一听脸刷白，直愣愣地看着谢英。

“好事不出门，坏事传千里，你秋峰的事已满城风雨了！你看，昨天《石门晚报》第二版大标题刊登了你被捕的消息。”谢英从口袋里掏出一张叠好的报纸，打开了交给秋峰，秋峰接过报纸迫不及待地看了起来。

秋峰没想到昨晚的那一场闹剧，竟然会引来如此轩然大波。

“涉嫌向国企老总行贿，石门一著名民企钢老板被吴江铁检带走！”秋峰念道，额头沁出细汗来，放下报纸半晌苦笑道，“呵呵，这报社小记真能寻找新闻素材啊，把自己的快乐建立在别人的痛苦之上，我会保留对这个叫姜明的小记追究的权利！”

“这则新闻报道对我们真的极为不利，听说石门广播电台也播报了！不仅如此，下面可能发生对你更不利的连锁反应，你可要挺住哇！”谢英用手帕拭去了眼角的泪滴，咬着嘴唇又道，“比如有来自政府对神州厂的干预，以及神州厂刚刚收购，内部基础尚不牢固，会不会发生祸起萧墙之事，现在都不好说啊……”

“不至于如此糟糕吧，吉人自有天相！”秋峰呵呵乐道。

“可是，事实却总是事与愿违啊！”谢英愁容满面道，“昨天下班到家发现一只猫头鹰站在阳台旁的一棵树丫上，还阴森森地瞪着我，之后飞走了，害得我一宿未睡好，隐约感到不祥！秋峰，你怎么这么快回来了，到底发生了什么事，问题大不大啊？”

“啊，有猫头鹰上门？”秋峰吃了一惊，他沉思了下又摇摇头道，“这倒奇了怪了，真有点邪乎么！但吴江那头儿没事呀，只要配合吴江铁检调查，哪有什么祸患？！”

“真的没事吗？”谢英将信将疑。

“我没做违法乱纪的亏心事，怕啥呢？”秋峰道。“那就好！可这事只咱们光明磊落、问心无愧可不行，走！跟我一起找郭行长去！”谢英紧蹙起眉头，一把抓起秋峰的手，直奔行长办公室。

“咚咚咚。”谢英连敲三下，门开了。

“呦！谢英啊，你们这是……”看到身后的秋峰，郭行长本就不大的眼睛，闪过一丝了然的神情。

“郭行，秋峰只是配合吴江铁检做了个证言，现在没有事了。我们秋峰能够沉冤昭雪啊，也得多亏了您的福泽不是，这不秋峰刚回来就说要先来谢谢您！”俗话说得好，“见人说人话，见鬼说鬼话”，这话一点不假，尽管眼前这三人互相都心知肚明，可面上的客套还是要有的。

“他没事了？”郭行长一脸狐疑。

“郭行请放心，我秋峰及众成公司绝不会做违法乱纪的事，时间会证明一切！”秋峰诚恳道。

“哦。”郭行长抿了一口茶，道，“没事，那自然是好，只不过……人居高位也不得不谨慎一些，秋峰，你且说说，若真无事，那你的公司怎么会被吴江铁检机关查封账户？如确实没事的话，吴江铁检应该为你众成公司办理账户冻结撤除手续啊，为何不办撤除？”郭行长用他那脱落得不剩几根的细眉向上一挑，活脱脱一副小人得志的模样。

“这个……”未及秋峰答话，心急的谢英先插话道：“如果秋峰真有事，他能被检察院放出来吗？再者，吴江铁检办理账户冻结撤除可能需要走流程手续，不见得那么快。郭行长，你应该相信秋峰人品！”

“是啊！检察院办案都需要走流程，还请郭行相信我们！”秋峰也附和着道。

“光我相信没用，要上面相信才行啊！来！你们坐，坐下谈。”郭行长示意两人坐下，自己也从办公桌前站起身，坐在了待客的沙发前，跷着二郎腿道，“我看呢，要等到吴江铁检来办理账户冻结撤销手续，才能真正说明你众成公司没事，否则光凭嘴讲是不行的！”

看郭行长执意如此，郭英悻悻地垂下了头，低声道：“看来，也只能等到吴江铁检来办账户冻结撤销手续，才能恢复信任了！”

“不过！”郭行长话锋一转，接言道，“在吴江铁检确定你无事和撤销冻结之前，我们银行将申请法院将神州厂账上一千万提前划付专项账户，同时呢……谢英暂停上岗。”

这话在秋峰听来无异于晴天霹雳，现在自己含冤未雪，妻子谢英又要面临停职，这让秋峰一股火气直冲上头，起身对着郭行长说道：“郭行长！您这样做就没理了吧！我众成公司有事无事，与谢英有何关系？您凭什么让她停职！”

“这当然有关系！”郭行长那双鼠眼溜溜一转，尖着嗓子道，“因为你们是夫妻关系啊，在确保银行无损失的情况下，才能考虑谢英的工作，这是上面的决定，我也没办法呐。”

“你们银行防范风险的意识真强，真是闻风而动，见风使舵啊！”秋峰正在气头上，言语中也带着些揶揄口吻。

“当然，每家银行都一个样！”郭行长故作无奈地摊摊手道，“支持企业发展是在无风险的情况下才能进行。如企业有风险，银行敏锐度最强，一旦出事，银行要第一时间采取一切必要措施，否则谁担得起这个责？希望秋总多多理解！”

“理解，理解！”秋峰喉咙里发出一声闷哼，转脸对谢英道：“还有什么可说的，走呗！”

“那恕不远送喽！”郭行长讪笑道。

秋峰气冲冲地出了门，谢英紧随其后，刚要跨步出门，却被郭行长喊住了，“小谢，你等等。”

“什么事，郭行？”谢英疑惑道。

“谢英啊！”郭行长瞄了瞄秋峰远去的背影，随手把门掩上，才神神秘秘地对谢英道，“你可知晓有人盯上秋峰了，举报秋峰涉嫌有大肆向吴江铁路供应段的领导行贿，贿赂国家工作人员，触犯法律可是要坐大牢的……"

"郭行，您这话什么意思？"谢英打断了他，盯着郭行长留的八字小胡须道。

"唉！这还听不懂，就是说秋峰很可能会有牢狱之灾，我劝你及早做打算！你年纪轻轻，生得又俊秀娇丽，什么样的男人找不到，非得跟着他秋峰，到时候他身陷囹圄，你难道还做一个活寡妇不成……吴江铁检把秋峰放了，并不意味着他没事了，也可能检察机关故意放长线钓大鱼……我为你好，毕竟……"

"别说了！"谢英越听这话越刺耳，这郭行长又直直戳到了她的痛处，她最怕的就是秋峰有个三长两短。谢英再也按捺不住，紧咬双唇，抹着眼泪夺门而出。

"啧啧！真是人间悲剧啊，悲剧！"郭行长一边捋着八字胡，一边看好戏似的感叹道。

接下来发生的事，自然是秋峰无力阻止，更是最不愿意见到的。他的众成钢铁公司被银行抽贷、业务停顿、上下游客户纷纷断交，收购的神州冶金铸造厂账户被法院查封、厂大门也贴上了法院封条，员工无法拿到工资纷纷聚集讨薪……不幸遭遇接踵而至，秋峰近日接连收到两份法院的传票。

再加上钢材市场颓靡不振，钢价跌破有史以来的最低点，吨均价低于二千元。此前囤积的上万吨均价二千五百元的钢材，还有神州厂的巨亏，算来已净亏达到二千万元，且亏损还在扩大，据秋峰算来，每天他要赔上超过五十万，按小时测算要赔六万以上，照这样下去用不了一个月时间，他不仅前功尽弃，还会负债累累！

他昼夜处在纷争之中，感受着日益扩大的巨额债务如滚雪球般越滚越大，又犹如大厦将倾，想挽救却无回天之力。自己睁着通红的眼熬至后半夜刚刚入眠，又从噩梦中惊醒，醒来后满脑袋想的是如何去死，如何死得少些痛苦：是上吊，是跳楼，是跳长江，还是吞下大量安眠药……就短短几天工夫，他似乎从天堂瞬间坠入地狱，陷入万劫不复的困境。

人世间的悲欢离合，无论坦途逆境、洪福灾祸，往往在人的浑浑噩噩中陡然显现，自有天数，不可预见，也无法逃避。

深夜两点，秋峰辗转难眠，万念俱灰，满脑子被恐惧笼罩，他把自己想一死了之的想法告诉了谢英。

“谢英，我们离婚吧。”秋峰满脸是泪，尽管这几日自己佯装坚强，可是内心的痛苦已经侵蚀了他的理智，现在死对于秋峰来说并不可怕，反而是一种解脱。

“这巨额债务是我造成的，我不能连累你，我……我们离婚了，你就没事了……我……我对不起你，对……对不起大家……我……我这边……呜呜……”

家里的顶梁柱一夜倒塌，谢英从未见过丈夫这般无助的模样，可是说几句不痛不痒的安慰话，又能改变什么呢，现在的谢英也很无助。

“秋峰！你住口！你跟我承诺过，你从商只是为挣一套房！一辆车！然后便弃商再从文，而现在你都拥有了！我们还约定，生一个孩子，做一辈子的夫妻，你还跟我说过，驾着车带着我周游世界，去拉萨、逛桂林、徜徉塞尔维亚多瑙河畔、参观古埃及金字塔，这些我们一个地方都没实现！所以我不准……我不准你放弃自己！放弃我！放弃我们这个家！！！”郭英越说越激动，到最后已经无力地瘫坐在地，哭得像个泪人。

一声声撕心裂肺的哭嚎响彻整个房间，谢英似乎都忘了这个房间也曾被欢声笑语填满。谢英突然站起身来，胡乱地擦了把眼泪，由一个哭泣的怨妇变成了一个控诉的泼妇，她指着秋峰厉声斥责道：“秋峰！我真是看错你了，什么杰出创业者，我告诉你！你连个男人都不是！你是个懦夫，一个不值得女人相托、毫无责任心的逃避者！你根本不配做我丈夫！！”

“唉——”秋峰双手抓着耷拉着的脑袋，长叹一口气，双手握拳不停地敲打着自己的脑袋。

确定丈夫断了自杀的念头后，谢英这才蹲下身子来，换了温和的口气道：“我准备从银行辞职，全身心辅佐你，只要我们有信心、有决心，我们冷静对待，全力控制亏损，对我们拖欠人家货款及债务的，逐个上门解释并承诺，只要诚心相待，相信人家会谅解我们，一步一步往前走，我们全力以赴，相信一定会扭亏为盈，一定会战胜困难，一定会有柳暗花明的一天！我更相信你秋峰，你还年轻，正是创业干事的黄金期，是所有男人中最出色、最具抗压能力的！千万不能气馁，决不能临阵逃脱，当逃兵！再说不就是亏损债务，又不是上刀山下火海，惧怕什么呢！”

“谢英，我……”秋峰嘴唇微微颤抖地哽咽着，人家都说夫妻本是同林鸟，大难临头各自飞，可看着眼前的妻子，秋峰的心被满满的温情包裹起来。他紧紧握住谢英的手，说：“谢谢你，我一定会东山再起的！”

“好！我们一起加油！”听秋峰这么说，谢英温柔似水的眸中这才透出几分笑意。

几天后。

霍元旦从吴江回来了，他与秋峰、小皮见了面，他给秋峰带来了好消息。

“知道吗？”霍元旦一见面就兴冲冲对秋峰道，“柴敏、陈娇娇马上就能假释了！”

“假释？”小皮接话道，“什么假释？”

“就是取保候审！”霍元旦又道，“这次真是连老天都在帮你！看来离我们的翻身之日不远了！”

“柴敏、陈娇娇要是放出来，至少对我们货款回收和业务继续开展有利，要是柴敏被抓了，换了一任领导，与我们毫无往来不说，就单凭我们现在头上这顶黑锅，我们与铁路的业务往来就算走到头了！”

“是啊！”秋峰的脸上流露出几分喜色。

“哦，还有一件事呢！”霍元旦道。

“什么事快快说来。”秋峰盯着霍元旦问。

“是这样……”霍元旦看了看小皮，停顿了一会儿，秋峰意识到不便，便对小皮道：“小皮出去帮我买两包烟来。明天要见大客户用呢。”小皮应声出去了。

霍元旦见小皮远去，便道：“你认得我原来的水泥制管厂伍权厂长嘛？”

“认得，认得。”秋峰道。

“我在吴江时，伍权厂长与我通了个电话。”霍元旦道，“他跟我说了一件事，让我跟你沟通一下。”

“啥事？”秋峰道。

“伍厂长跟我说，厂里接了一个大单，今明两年需要采购二万吨的线材，计划全在众成公司采购，这是咱们翻身的大好机会。”霍元旦兴奋道。

“这是好事！当然也得感谢伍权厂长的信任，我们互惠互利，这事甚好！”

“既然秋总同意，不妨抓紧与我见一下伍权厂长？”

“快快，现在情况紧急，这事自然越早定下来越好！”看秋峰焦急的模样恨不得现在就登门拜访伍权厂长签订合同，明天就有账款打到公司户头，也好给拖欠了许久工资的工人们一个交代。

霍元旦哈哈大笑道：“秋总安排今天？还是明天去？”

“下午去如何？”秋峰道。

“好，我马上联系伍权厂长。”霍元旦立即坐在办公桌上拨打电话。

静待片刻后，电话接通了。“喂，伍厂长吗？”霍元旦捂着话筒问道。

“是老霍啊，怎么说啊？”那头传来伍权的声音。

“哦，厂长，秋总说下午来拜访您，您可有时间啊？明天上午，行，那我问下秋总。”霍元旦捂着话筒努努嘴征询地看着秋峰，秋峰点点头。霍元旦了然，便对话筒道：“可以可以，秋总和我明天过去。哦，明天上午十点后，行！行！明天见。”

霍元旦放下电话，此时小皮推门进来了，霍元旦瞟了秋峰一眼，秋峰心领神会，对小皮说：“香烟呢？”

小皮将两包烟朝秋峰手上一放，大声道：“刚才我在街上，你们猜猜我碰上谁了？”

“谁？”秋峰、霍元旦异口同声盯着小皮的脸问道。

“是城南工商局的袁科长袁太坚！”小皮比画道，“我见他骑着自行车，朝楼上我们办公室看了看，走了。”

“是他？”秋峰思忖了一会儿道：“袁太坚不是也被抓了吗？你没看错？”

“绝对是他，没看错，绝对没看错！”小皮坚决道。

“难道消息有误？”秋峰奇怪道，转头心里又犯了嘀咕，小声嘟囔着，“这家伙是个猫头鹰，一只不吉祥的鸟！真的要提防点啊！”小皮、霍元旦听了，怔怔地望着秋峰。

“看来，秋老板思路清晰，意志坚定，心态恢复很快，夫人谢英也该宽心了嘛。”霍元旦又意味深长道，“这样我们跟你干事就踏实啦！”

第四章　新桃园三结义

石门市水泥制管厂，伍权办公室。

“厂长，秋总来了！”霍元旦一见伍权，便抱拳施礼。

“你小子好像出了些事吧，说，吴江铁路检察院找你干啥呢？”伍权却哼了一声。

“哎，你咋知道这些事？”霍元旦惊奇道，他递给伍权一支烟，自己则掏出打火机，点燃了衔在嘴边的香烟。

“这都登报展览了，我还能不知道？”伍权打趣道。

“伍厂长就别挤对我了，唉！说来也是流年不利，我这公司经营得好好的，不偷不抢，不偷税漏税，不违反乱纪，也不知道是挡了哪位的阳关道，非要往我头上泼这盆脏水，唉！”秋峰一声长叹，猛吸了一口烟道。

“秋总吉人自有天相，别人的嘴巴爱说什么咱们管不着，只要问心无愧就好！”

“是啊！秋某也很感激伍厂长雪中送炭，您也知道我这处境，咱们还是先谈谈正事吧！听说贵厂签了一份大单需要大批线材？”秋峰坐正了身子，问道。

“唔……”伍权皱了皱眉头，支吾道，“但怕你们完成不了这个任务呀！”说完便自己个掏了一支烟点着吸了起来。

秋峰自然明白，伍权这等反应自然是因为那则抹黑自己的新闻。“伍厂长请放心，我秋峰以我自己的性命担保，新闻上的报道绝对不是事实，我要真有什么问题，检察院也不会放我回来不是！”秋峰率先表了态，伍权思虑再三，也总算放下了疑虑。

“行了，秋总的为人我也清楚，我也愿意跟你们众成公司合作！”

“那好，伍厂长是我秋峰的贵人，这单生意我定然会给您一个满意的交代。伍厂长您请说，贵厂需要我众成如何服务？”

“咱分两步路走，”伍权狠狠地吸了一口烟说，“第一步，你们众成公司配合我们做一下采购议标环节，这个我让办公室人员操作一下，你配合提供一些资料。”

“这个理解，没问题！”秋峰道：“后面呢？”

“然后，我厂与贵公司签订两万吨的线材采购合同。”伍权顿了顿继续道：“还有一个小忙，需要秋总帮忙周转一下！”

“伍厂长您说！”

“水泥制管厂是历年来二轻系统亏损企业，局里不让企业买车，但厂子确实需要用车，故思来想去，想了个租车的方案，车子不能在水泥制管厂名下，还得是你众成公司的，我们与贵公司签订个长期租车协议，租车费我们支付……你看行吗？”伍权说着，用征询的目光望着秋峰。

“这都是小事，没问题！”

看秋峰答应了下来，伍厂长随手捻灭了烟头，道：“那今天我让办公室小迟与贵公司对接手续方面的事？”

“另外，我得先把丑话说前头，”秋峰想想道。

“请讲。”伍权怔怔望着秋峰。

“车子买来转贵厂使用的过程中，”秋峰道，“假如发生事故，或者引发第三方赔付责任，一级车辆被盗等，可不能由我方承担，因为，因为车辆户头是我众成公司呢。”秋峰迟疑道。

“这你大可放心，”伍权爽快道，“我们写个补充协议嘛，车辆使用中一切后果皆由水泥制管厂承担，经济并法律责任，包括第三方责任等一切问题。”

“那行，没问题，我们众成全程配合！”秋峰道。

“好好，”伍权握住秋峰手哈哈笑道：“祝咱两家合作愉快，呵呵！”

“合作愉快！好好！”霍元旦一手搭在秋峰肩上，一手搭在伍权肩上，也哈哈大笑起来。

“不过，”伍权的表情突然严肃起来，道，“这个事虽说不违法违纪，但说出去总是让我们难堪，今天说的话，只有咱三人知晓，出了门绝不能告知第四个人，包括家人。”

“好！我秋峰发誓，绝不外露，如果外露，天打雷劈！”秋峰举手发誓道。

“我发誓，霍元旦要是外露，不得好死！”霍元旦也举起手信誓旦旦道。

“好，咱兄弟三个效仿刘关张，桃园三结义如何？”伍权紧紧握住秋峰、霍元旦的手，用深沉的目光凝望面前两个兄弟的眼眸，一字一句从牙缝里挤了出来。

“感谢大哥信任！”秋峰激动地说。

“感谢大哥的信任！”霍元旦也情不自禁，又憋出一句，“霍元旦今生今世追随您！”

“谢谢二位老弟，”伍权转身从办公室橱柜里取出一瓶法国 XO 洋酒，又拿出三只玻璃杯，开启瓶盖，分别斟满了三杯酒，豪爽地说，“今天，是公元 1995 年 9 月 9 日，这是个天赐的好日子，9 月 9 日，意味着长长久久，我伍权行伍出身，在西北大军区服役十余年，戎马倥偬，转业地方后，从未与人缔结兄弟，伍某今四十有七，霍元旦小我四年，可称老二，秋峰年纪最小，可称三弟，今天以酒为盟，向南朝拜，结拜金兰如何？”

“好好！”霍元旦鼓掌叫好，他和伍权同时望着秋峰，同声道：“秋总，意下如何？”

“我今年二十有九，理应为三弟，”秋峰收敛笑言，神态严肃地说，“二位哥哥，请受小弟一拜！”说完便欲下跪，却被伍权一把拦住，伍权重新将酒递上，笑吟吟道：“先干了这杯再说！”说完，自个儿先将酒一饮而尽，秋峰也不迟疑，也将酒一口吞了。

伍权放下酒杯率先朝南跪下，连叩三个头，口中念道：“苍天在上，神明有鉴，我伍权与二弟霍元旦、三弟秋峰肝胆相照，结为异姓手足，今后有难同当，有福共享，相互永不背弃，古有刘关张三结义，今有伍霍秋同结盟，天地作证，一生坚守，誓不想违！”

霍元旦闻言立刻下跪，连叩三个头，双手合十道：“苍天在上，我霍元旦有幸与伍权大哥、秋峰三弟相识相交，福祸相依，患难不辞，兄弟有难，我霍元旦赴汤蹈火，在所不辞！”言罢又叩了三个响头。

秋峰也赶紧尾随霍元旦之后，跪在地上连拜三叩，也念道：“我秋峰与伍权大哥、霍元旦二哥有幸相识，与二哥霍元旦所述一致，生死相托，祸福与共，天地为鉴，永不违背！立誓人：秋峰！”

秋峰言罢，三人恭恭敬敬地连叩三个响头。

伍权带头起身，霍元旦、秋峰紧随其后，三人紧紧将双手握在一起，三人此刻心潮澎湃，相拥在一起……

第五章　精明谷献策

伍权、霍元旦、秋峰义结金兰后，在伍权的操持下，水泥制管厂顺利地与秋峰的众成公司签订了二万吨线材的购销合同，秋峰又顺风顺水地得到了水泥制管厂一千万的预付款项，秋峰依照约定专程赴吴江采购了一辆崭新的新款桑塔纳轿车和一辆客货两用小货车，他让霍元旦依照伍权要求到车管所办理了车牌号，还花了二万元把轿车装饰了一番，依据协议，霍元旦将装饰好的车子并车钥匙移交给了伍权。

用时，秋峰让霍元旦、小皮依照伍权要求亲自采购，源源不断组织向水泥制管厂发货。话说两头，就在秋峰马不停蹄地为伍权张罗完发货后，才刚返回办公室，就接到了霍元旦急吼吼打来的电话。

“秋峰，你给水泥制管厂发的线材究竟是哪家的货？”霍元旦在电话里直呼其名。

“是雄钢的货啊，怎么啦？”秋峰一听，愣了一下。

“是雄钢的货？”霍元旦听了，似乎在兴师问罪，“你我都是老大伍权的老弟，我现在喊你三弟，老大让我问一声，是结拜弟兄可不许撒谎，如你撒谎了，老天都不会放过你的！现在的情况是，城南工商局会同市工商局稽查支队一干人马在围着老大，核查这批到货的线材，有人举报，这批线材不是雄钢的货，挂的名牌是假冒的，工商局不但要查封这批货，还要取样检测！连老大上面的工商局都知晓了，你如实告诉我，我和老大才好知道如何处理。”

“这……这……”秋峰闻言头脑“嗡”地一下就晕了。

“别这这这了，快点讲到底咋回事？！”霍元旦紧紧追问。

在霍元旦步步紧逼下，秋峰只得招供了。原来，秋峰在采购雄钢线材时，一则因为时间紧迫，一时提不出计划数量；二则要找关系，拖时间。他在雄钢时，正好碰上自称是雄钢退休老厂长的汪飞飞。

据汪飞飞称，他那儿大约有一千余吨线材的库存，在离雄钢不远一个叫仁强国营储运码头的地方摆放，因为是以前的货底，现在的雄钢厂长并不知情。自己是看秋峰遇见了难处，才好心低价卖给他，产品质量有保证，价格还要比雄钢每吨低 200 元。

这汪飞飞还说，别看这批线材是老底子，可是用料做工却一点不马虎，全都符合雄钢的出产规格，并且全都带有雄钢的名牌，保真！

汪飞飞这三寸不烂之舌绕得秋峰是五迷三道，很快就掉进了他精心铺设好的陷阱。最重要的是，如果每吨便宜 200 元，那自己就能多赚 20 万元，且神不知鬼不觉。退一万步说，即使被水泥厂察觉不对，有伍权老大出面摆平，跟他说明下，难道伍权冲着结拜兄弟关系，他还能做坐视不理不成！

这人最怕动了贪念，一念成魔，堕入地狱浑不觉。动了贪念的秋峰让汪飞飞驾车带路前往码头看了货源，又见他从车上取出一包雄钢的铭牌，挂在线材上的确与一般雄刚线材无二。

要说这汪飞飞是何人呢，他的确是个厂长，只不过是鄂州一个小型钢厂的厂长，知道雄钢声名远播，便动起了“碰瓷”雄钢的歪脑筋。整日游荡在各个城市较大的炼钢厂附近，伺机而动。看到那些认为价贵或者被告知无货的买主，假称自己是钢厂之前的老厂长或高层人员，有私藏底货，趁机将自己的线材推销出去。

俗话说“做戏做全套”，这造假更是马虎不得，为了让秋峰相信，他还从皮包里掏出一沓雄钢的产品质保书，真诚地说：“您鉴定一下，这名牌、这质保书就是雄钢产品的保证！若是有假，这批货我汪某权当奉送，分文不取！”

秋峰早就被那20万的盈利搞得乱了心神，再看到质保书，更是深信不疑，可他还是留了个心眼道：“我先押你20万保证金，如送货无异象，我三日内退还，你可同意？”

“可以是可以，但保证金能否押10万，我资金有些缺口。”汪飞飞也一副要把买卖做定的模样。

“就这么定了！”秋峰大胆地挥挥手，干脆道，“我们先去仁强国营码头把这批货换一下户主，改为石门市众成钢铁有限公司。换单后我就把货款付给你，再写个协议，扣你10万保证金，这样可行？”

“行行，你是众成的老板，我哪敢不信！”汪飞飞连声称好。

秋峰见汪飞飞为人诚恳老实，就跟他走进仁强储运码头，两人在接待室写了份协议，双方签了字各持一份，汪飞飞在秋峰陪同下很快办理好了货单变更手续，秋峰见他办事缜密，并无遗漏，便与汪飞飞跑到码头的工商银行分理处，测算好货款，扣了10万元，将450万元一次性按汪飞飞提供的账号汇付过去。

在汇付货款的同时，秋峰用手机遥控指挥小皮以最快的速度调集了三十余辆半挂货车，很快这些车辆就陆续赶到了，在汪飞飞等人的热心配合下，不到两天功夫就将一千余吨线材送到了水泥制管厂。

按理，如此缜密的交易，如此迅捷的交货时间，不会出现破绽遭人举报投诉，除非另有缘由，但霍元旦的来电，让秋峰一下子傻了眼，这才反应过来自己这是让那汪飞飞摆了一道。

“秋峰，秋峰！”电话那头传来霍元旦近乎吼叫的声音，“老大来了，你接电话给老大反映吧！”

“啊……哦……”秋峰握着电话的双手发抖，汗沿着他的额头不断流下，可双手却异常冰冷。

“秋峰啊，我是老大伍权，”电话传来凝重而缓和的声音，“你可知晓，这批货引来两支执法队伍，一支是石门市质监局，一支是市工商局稽查支队，他们都称接到群众举报来我厂执法办案，都不肯收兵，原因是这批货值得呦，标的达到五百万！两个执法机关都有管辖的执法权，两个大队长还在我厂里争执谁先谁后呢！”

伍权压低声音又在电话里道：“秋峰老弟，此事可大可小，咱处理好，屁事没有，处理不好，不仅倾家荡产，人还可能被关进去，我可不是吓唬你！我现在要问你，不管这批货是不是假冒，能否搞到一份雄钢的‘退货证明’，就说这批货发错了，把货暂且退走，先把案标值降下去，要不然这巨大案值，会是轰动全国的特大假冒伪劣案，秋峰，我可不是吓唬你，你要至少坐上十年牢！”

“嗯……哦哦哦！”秋峰听了不寒而栗。

“秋峰，我的话你听清没？”伍权重复道，“雄钢方面你可有熟人？先把货退走，大不了损失些运费，总比把货没收再罚款的好，‘产品质量法’你可懂？第五十四条就是对假冒伪劣产品要没收加罚款，超大案值要移交司法机关追究刑事责任，真会蹲大牢的！”

“待我想想……”秋峰听后双手颤抖捂住电话，猛然间想起了雄钢的“精明谷”，他眼睛顿时一亮说：“老大，我马上去雄钢办手续，您且等着我的消息。”说完挂了电话，三步并作两步冲下楼去，驾车朝雄钢驶去。

仅用了半个时辰，秋峰的车就稳稳当当停在了雄钢厂大门口，他直奔传达室，通过门卫人员联系上了谷建明。这谷建明为人精明，八面玲珑，人送外号“精明谷”。

秋峰在厂大门口东张西望，门口人进人出的就是不见“精明谷”人影，不由得心浮气躁从口袋里掏出一包烟，取了一支点了火抽了起来。

过了半个多时辰，远处才传来喊叫声：“秋总！秋总！”

秋峰朝声音望去，只见“精明谷”骑着一辆自行车朝他驶来。

“谷领导，多时不见啊！”秋峰甩掉烟蒂，上前双手与“精明谷”握手。

“秋大老板发财了吧！”“精明谷”灿笑道，“发了财可别忘了老兄弟啦！今儿是有啥急事，你可是无事不登三宝殿的。”

“谷领导，我有急事找您帮忙，咱找个地方聊聊？”秋峰紧蹙着眉头道。

“这……”“精明谷”的神色有些为难，“我这还有人在办公室等，要不，我们到前面小钢城小吃部去谈吧，那里有小包厢，可以聊会儿。不过……我也只能给你半个钟头。”

“好好好！”秋峰见“精明谷”松了口连连点头，与“精明谷”一前一后朝小钢城小吃部走去。

“精明谷”与小吃部老板娘很熟，打了个招呼便带着秋峰进了里面的小包厢。

“说吧，啥事？”精明谷刚坐定就开门见山地问道。

“是这样的，”秋峰小心翼翼道，“我遇到一件难事，您能够帮我的话，我就直接讲……”

“咱俩什么关系，你有什么难处，尽管说，只要我能帮上，一句话，一句话！”“精明谷”难得仗义的态度让秋峰有些意外。

“是这样……我采购了一批货，原本以为是你们雄钢的老库存，可没想到被人骗了，那根本就是以雄钢的名义卖的假货！就是挂着羊头卖狗肉！”秋峰的语气越说越急，还悔恨地猛捶了自己两下。“唉……也不能赖别人，都怪我，财迷心窍！以为能省点钱，没想到捅出这么大个娄子！”

“这……秋峰你这么大个老板还能着了奸人的道，那可有报警？

你不还压了那汪飞飞 10 万块？”

“唉！别提了，出事之后，那个汪飞飞就联系不上了，再加上我这两日忙得焦头烂额，也没空去他那老巢寻上一寻！”现在的秋峰恐怕毁得肠子都青了。

“所以说，不义之财不可得！这钱，可真不是个好东西，那你……这次来找我是想……”“精明谷”长叹一声问道。

“我这番找您，就是想请您帮忙搞一份退货证明，看看能不能补救一下！”

“退货证明？”“精明谷”听后眼睛瞪得滚圆，不解道：“我说秋老板，我的兄弟，我提供退货证明一是证明这货是雄钢生产的，二是承认并没有假冒货，但需退货？这不是嫁出去的姑娘你不认账吗，这演的是哪出戏呀？”

“哎，您是有所不知啊！”秋峰摆摆手解释道：“您后一句话说对了，是演下戏而已，一则说明您之前可能发错了货，要回收这批货；二则是以退货名义驳斥那家伙居心不良，要不然事情毁于一个小人，您觉得气愤不气愤！”

“世上是存在那种小人，吃不到葡萄说葡萄酸，因为嫉妒举报，是令人气愤！”“精明谷”想了想又疑惑道，“那批货质量怎么样？”

“这批货质量已做过两次检测，”秋峰肯定口气十足，“三项机械性能指标项项合格，连二次五项化学成分也做了，检测结果全部达标，产品质量还不错呢。”

“哦，那还好，”精明谷又道，“既然这批货质量合格，又是你兄弟的事，这事我决定帮你了！”

“您能帮我们这个忙！我秋峰真是感激不尽！这样……我们下面要合作开展的业务还多着呢！等这批货用完，下面还有近二万吨都要到您雄钢报计划采购呢！我这次来，也是来邀您抽时间到石门做客，我让水泥制管厂伍权厂长好好招待您，我和伍权厂长是结拜兄弟。”

“那好，这样，”“精明谷”道，“你在这儿等着我，我回办公室给你开个证明去。”

“谷领导辛苦了。”秋峰连连道谢。“那个……还有个事可能要麻烦您一下，或许……伍权厂长会打电话给您，问一千吨线材是否为雄钢的产品，您就开免提，给别人听着说是的就可以了！”秋峰硬着头皮再次开口道。

“这你放心，帮忙帮到底呗！”“精明谷”说着起身离开了小吃部。

隔了近一个时辰，秋峰从窗子里看到“精明谷”骑着自行车急速驶来，秋峰赶紧到门外去接。

“谷领导，真快，”秋峰赞道，“中午了，咱先吃些东西吧。”

“先聊事。”“精明谷”将自行车搁置好，东张西望一番，便朝里面包厢走去，秋峰紧随其后。

“秋兄啊，这东西是办来了！”“精明谷”眼珠子滴溜溜一转，从口袋里掏出一张证明来，压低声音道：“我一路上在想，你说的石门什么制管厂有人捣蛋，不外乎两种人，一种是你秋峰身边的，且一直仇恨你的人，另一种是那个制管厂厂长身边的仇人，他们一直虎视眈眈，寻找机会对你们暗中报复，这证明开来了，但未必能浇灭这场大火啊！这个东西可不能成为别人的把柄，不仅事没处理好，而且燃烧起另外一场大火……”

“唉……”秋峰一声长叹道，“我秋峰入商道近十载，也算得上是人中龙凤，小有作为，我从商一不违法二不乱纪。扪心自问，对待自家工人也是给足了福利，实在想不清楚是挡了谁的道，非要致我秋峰于死地不成！”

“精明谷”沉吟道：“历来商道诡异，还是处处留心着点好！”

“谷领导真是处处为我着想，所言所指真是令我无比感动啊！”秋峰伸出大拇指感叹道：“跟谷领导在一起，学到不少东西哇！”

“哪里的话，秋兄弟见识多广，谷某哪敢教你？”“精明谷”敛气屏息道：“你回石门后，安排亲信隐蔽在货场不易被察觉的角落，悄悄观察谁频繁出现在货场，记下来，如果发现有人频繁出现或者有人跟踪你，那么那个人就是想加害你和伍权的人。”

秋峰听后频频点头。

“但是，”谷建明加重语气道，“即便查到伤害你们的举报人，也不要打击报复，而要好言相商，毕竟多一个朋友，总比树一个敌人要强得多！”

“谷领导真的是深谋远虑，听君一席话犹如醍醐灌顶，令老弟我茅塞顿开，谢谢谷领导指教！”秋峰毕恭毕敬向“精明谷”躬身拱了拱手，口中道：“我一定照办！”

“但愿秋兄能够在商海遨游，少坎多顺，将来发达了可别忘了我这个哥们！”“精明谷”也笑着调侃道。

“岂敢，岂敢！”秋峰想想又忙不迭道，“为了答谢谷领导，要不今晚我请大家一起吃个晚餐，如何？”

“好啊！谷某盛情难却啊，这样吧，为了你兄弟在雄钢集团混得更好更顺，我再带几个能在生意上帮得到你的兄弟过去！”“精明谷”转念道。

“那秋某就先多谢谷领导了！”秋峰喜上眉梢，连连抱拳道。

第六章 破嘴免单

“老霍啊，在哪呢？”秋峰拨通了霍元旦的电话。

“秋峰你还不回来，家里这么忙呢！”霍元旦很着急。

“哎哎，赶紧到雄钢来，”秋峰不由霍辩解道，“我在雄钢斜对面的龙珠酒店，晚上招待雄钢谷建明一帮人，你知道他们对我们钢材经营有多关键，我已订了龙珠酒店的贵宾 308 房间，你抓紧到，我是光杆司令，吃不住他们一帮子的哦！”

“好吧，好吧，看来今晚又是一番车轮战，我来救驾，我的小祖爷！”电话那头霍元旦无可奈何地叹了口气，又道，“我……我怎么来呢？”

“打出租车呗！”秋峰道。

“好吧，我打车过来。”霍元旦道。

一个半小时后，霍元旦按秋峰提供的地址找到了龙珠酒店贵宾 308 房间。

霍元旦推开房门，见秋峰与谷建明等一批陌生人正在聚精会神打扑克牌，便笑呵呵迎上前挨个发香烟，然后站在一旁观战。

牌局一轮结束后，秋峰趁谷建明他们上厕所之际，放下牌把霍元旦带到门外走廊。

“我把钱都用了个精光，”秋峰尴尬又道，“饭局后你替我买单，身上带钱了没？”

“你……你怎不早讲，”霍元旦结巴道，“你没交代，我没带钱啊！”

“啊！你不带钱跑过来干吗啊？”秋峰惊讶道。

“你不是让我来代酒的吗？”霍元旦急道。

“这……这难堪了！”秋峰着急道，“我难得请雄钢重要的人物吃饭，总不能让客人来买单吧，这……”

“菜点了没？”霍元旦道。

“我早就安排了，”秋峰道，“菜加酒水一共三千块吧。”

“回石门去拿钱又来不及了，实在不行……”霍元旦恍然道，“我有个办法，可以免单！”

“什么办法？”秋峰诧异望着他道。

“你尽管照应好客人，买单的事你就别管了，放心！”霍元旦怪笑道。

“你怎么……”秋峰将信将疑。

“秋总快来，最后一局！”房间里传来谷建明的喊声。

“哦哦，来了！”秋峰应道，他交代霍元旦，“那好，这事由你处理了！”

又一轮牌局开战，不到一刻钟，服务生陆续端上数碟冷盘、饮料及白酒。

牌局进行到一半，谷建明嫌同事出牌太慢，遂将牌一推，道：“不来了，不来了，开饭喝酒！”

谷建明一嚷，大家只好住手，依照秋峰指定位置一一入座。随后，秋峰把一瓶高档白酒的瓶盖拧开，举起酒瓶对着瓶标念道：“这是五十陈酿的老口子酒，今晚请各位好好开怀畅饮，大家喝得好，证明面子高！借此啊，也衷心感谢诸位对我石门众成公司的大力支持！”言罢便挨个斟酒。

“啪啪啪！” 谷建明带头鼓掌。“好好好！”其余几位谷建明带来的好友也拼命鼓掌。

“我和秋先生是老朋友了，感谢众成公司秋总的盛情款待，更也感谢众成公司掌门人秋峰先生对雄钢钢铁产品情有独钟，支持我们雄钢的营销战略工作！”谷建明礼节性回答道。

“俗话说，酒是粮食精，越喝越年轻！这第一杯，先敬雄钢的朋友们，我带头！”秋峰言罢举杯便率先饮下。

大家跟着都一饮而尽。

随着一轮饮酒，服务生陆续端上芳香四溢的珍馐羹汤、美味佳肴，霍元旦抢在服务员前面，殷勤地给客人们盛汤添酒，秋峰趁机给大家介绍了霍元旦及其二斤不倒的酒量，听了这“二斤不倒”，大家惊讶之余纷纷举杯轮番向霍元旦敬酒。

霍元旦面带笑容，也并不惧怕，一一接招。几轮下来，几个汉子早已红光满脸，一边狼吞虎咽，一边觥筹交错。谷建明也已经飘飘然了，口若悬河地神侃着。

老话常讲“饱暖思淫欲”，这不才几轮酒下肚，刚才还人模人样的男人们就现出了“原形”，尤其是那谷建明，色眯眯的眼不断地瞟着旁边身穿中式旗袍上菜的小服务员。还时不时地伸出咸猪手，装作接菜的模样，摸上了服务员白嫩的手臂。

“啪！”一声清脆的掌掴声，震慑得一桌男人都愣在了原地，再看谷建明的脸上，多了五道扇红的印子。

“你……你居然敢打我？！把你们经理给我叫过来！”谷建明怒目圆睁，站起身来一把抓住了服务员的胳膊。

“我……我……”被谷建明这样一吼，女服务员才意识到自己惹了大祸，泪水在眼眶里打着转，双手局促地放在胸前，有些不知所措。

“谷兄！谷兄！难得咱哥几个聚一次，不要让一个服务员扫了兴，来来来！我们继续喝，她一个小姑娘，也犯不着跟她较劲！”眼看场面僵持，还是秋峰站起身来打了圆场。

“小佳，老板娘找你，快去！”似乎是听到了包间中的响动，一个上了年纪的女领班突然走了进来，女服务员这才得救似的，惊慌失措地跑了出去。

“各位老总、领导，我暂且代替那个服务生，有什么要求尽管吩咐！我是本酒店服务生领班卞庄艳，这是我的名片，请多多关照！”女领班笑容可掬，言罢便逐个分发名片。

可这名片刚递到霍元旦手中，只听得“啊！”一声惊呼，霍元旦的嘴边淌出两道黏稠的血，他赶忙捂住嘴，示意女领班将另一侧的手纸递给自己。

“血？淌血了？”谷建明惊诧道。

“怎么回事？怎么淌血了？”秋峰也赶忙探头凑了过去。

“这，这菜里有玻璃片，”霍元旦手里抓着一个比米粒稍大的玻璃片控诉着。

“啊？玻璃片？”大家惊讶道。

女领班一听，顿时变了脸色，还未等她开口说话，谷建明先行一步斥责道：“你们这菜里还藏着玻璃片，是不是想谋杀宾客呀！还不快把你们老板喊来！！”

“对不起！对不起！”女领班显然已经乱了阵脚，“这位领导护一下伤口，我马上喊老板来！”

女领班急急出了门，没等几分钟，领班带着一位富态的胖大娘走了进来。

“不好意思，这位是我们酒店的冒总。”女领班介绍道。

“各位客官，抱歉抱歉，”胖大娘拱拱手道，“这位受伤的领导请坐我的宝马商务车，马上到医院去包扎，所有费用由本店承担！此外，这桌酒菜全部免费，本包间所有宾客赠送一包大中华烟，以表歉意！”

“医院就不去了，我一闻医院那消毒水味就反胃，我自己包扎处理吧。”霍元旦一手用餐巾纸捂着嘴，一边不耐烦地摆摆手道。

“那……您多保重，实在抱歉了……”胖大娘满脸歉疚道。

“真是的，扫兴！”来吃顿饭还让人扇了一巴掌，谷建明很是心烦道。

“今天真是我秋峰的失误，没能提前来考察考察这饭店，你看……这事闹的！难得请谷领导和各位好友吃顿饭，这不是让我难堪么！”秋峰无奈摊摊手。

“撤吧！”谷建明一挥手，大家都出了门，后面酒楼老板一直送到门口，还在陪着不是。

秋峰和霍元旦也紧随其后，离开了酒店。一直走到了暗处，秋峰才肘了下霍元旦的胳膊，悄声问道：“你这是演的哪一出，哪来的玻璃片？”

“嗨！这话就甭提了，你心里知晓就行了！”霍元旦挤眉弄眼道。

“以后这种事可不能再干了！”秋峰阴沉着脸摇手道，“好在那个富婆有钱，要是碰上个苦穷蛋，识破了就不好收场了！”

“放心，以后再不会了！”霍元旦笑道，“今儿个手头缺钱，临时抱个佛脚，这叫急中生智嘛，嘿嘿！”

“免费享用大餐，还赚一包中华？！”秋峰苦笑地摇摇头。

第七章　祸从天降

秋峰返回石门后，直奔伍权办公室。

伍权、霍元旦看到秋峰风尘仆仆地闯了进来，感到情势向好，俩人几乎异口同声：“老三，怎样？”

“你们看，”秋峰掏出一张雄钢证明，交至伍权手中，又道，“感觉咱身边有黑手在害我们呐。”

“你那雄钢的朋友确实够哥们，”伍权拿起那份文件不由地赞道，“这种证明非一般朋友关系是不会提供的，秋峰，你什么时候把这个兄弟邀来石门，我要好好款待他！”

“确实是个可交的兄弟！”霍元旦也赞道。

“现在咋办？”秋峰看着紧锁眉头的伍权征询道。

“咋办？”伍权挥挥手，干脆道，“退货！”

“退货？怎么退呢？老大，你不知这一千多吨货给工商贴上封条了，手续也办了，工商来人再三称，这货不宜动，谁动就抓谁！”霍元旦望着伍权讨好道，“老大你说了算，我和秋峰老弟听您的。”

“我想，这几天下班后我和老霍蹲伏在货场隐蔽处，查看到底是哪个家伙在搞名堂。”一想到那双隐藏在暗处的“黑手”，秋峰的心里就隐隐的不安。

“我赞成，”霍元思索后又道，“我一个人蹲伏，两个人怕反被发现，秋总事多，你就听我汇报得了。”

“对，交老霍还不放心，老三忙其他事。”伍权道，“揪出这家伙来，看我老伍不扒了他的皮。”

“我们还得冷静行事，等这场风波平息了，收拾他有的是时间，不能因急于报仇而让我们陷得更深。”秋峰道。

“老三说得对，”霍元旦中肯地道，“老大心思功夫都放在工商关系处理上，我们两个会全力以赴配合的。”

“好，听你们的！”伍权伸出一只有力的大手，秋峰、霍元旦立即伸出手，三人的手紧紧地握在了一起。

是夜，人们吃过晚餐后已经七八点，此时秋风瑟瑟，白日里的喧嚣已经被阴沉的暮色覆盖。

石门水泥制管厂如同一只巨大的黑龙，横亘在石门城的北侧，零星几盏路灯在漆黑的夜幕下，显得有几分寡淡凄凉。“月黑风高夜，窃贼入幕时”，这家国营水泥制管厂也时常成为窃贼的目标，据厂老员工回忆，自建厂以来，平均每月都有两三起盗窃案件发生。

盗窃的物品有大有小，大一点的偷个发电机组，小一点的连职工宿舍里的拖鞋和毛巾都偷。驻守的公安干警及工厂派遣的巡逻队接连抓获了好几批，可这窃贼就像是新生的韭菜，今天割了明天还会冒起新苗。这一点厂长伍权也感到无可奈何，只得让厂办贴出告示，通知所有员工值钱的东西一律不准摆放在厂里，如果被窃一律自行承担。

而厂里的机器设备，一是用焊铁焊住，二是装置了远红外紫光仪，将警报器与机器设备连接一起，只要一台机器设备被人碰了，这一连串设备就会同时警报声大作，据说这阵势将两个胆大妄为前来试偷的窃贼，一个吓得晕了过去，一个吓得屁滚尿流，逃走的那个被吓出了失心疯，前阵子还在街上疯疯癫癫，后被强行送进了收容所。

堆放钢筋的货场在水泥制管厂前门，这片足球场大小的场地，本来是水泥制管厂的装卸车辆所在，后来因厂南门正在挖掘施工，社会车辆就进不了水泥制管厂，内部车辆只能从北门进入，故这块空地暂且作为堆放货物的场地，厂大门在后，这场地安全，东西也被偷不了，巡逻人员只远远扫一下便又撤了。

货场后面是一道内墙，内墙有条不显眼但只供内部人员进入的通道，内墙朝向货场，此时头戴鸭舌帽的霍元旦正蹲在地上静静地注视着货场，两个多小时过去了，除了有几只野猫路过外，还并无来人的迹象，此时已近半夜十一点，夜里的冷风吹得霍元旦有些发毛。

霍元旦胡乱想着，今天应该不会有人来了，不如回家睡觉算了，可正当他站起身想要返回通道时，突然一个黑影身手矫健地从货场一棵大树上跳了下来，直接钻进了盘圆钢筋中。霍元旦使劲揉了揉眼，想要将那歹人从夜色中揪出，可是只一瞬的功夫，那黑影就不见了踪迹。正当他踌躇之时，前面不远处似乎有一道光亮闪过，霍元旦蹑手蹑脚朝那束光走去。

就在离黑影大约三十米处，透过光线，霍元旦隐约发现那人是个不过三十的年轻男子，此时正在用小电筒查看钢筋上的铭牌，然后他将铭牌摘下，装进了自己的口袋。霍元旦侧过身子死盯住那男子，那男子的侧面渐渐露出轮廓，霍元旦一看大吃一惊，差点喊出声音："是他，小皮？！"

霍元旦又揉揉眼睛，没错，是小皮，他顿时糊涂了，小皮不是按秋峰的部署忙着发送神坛寺的钢材和收款吗？他怎么有工夫？尤其夜里跑到水泥制管厂搞啥名堂？上前问他吗？霍元旦想想不对劲，此事大有文章，他悄悄缩回身，向后面通道走去。回到通道，他注视着小皮又迅速地爬上大树，大树正好靠着围墙，黑影纵身一跳，落在围墙沿上，转瞬便消失了踪迹。

翌日清晨，秋峰躺在床上便接到伍权的电话，要他赶紧前往水泥制管厂。也顾不得洗脸刷牙，秋峰只趿拉着拖鞋就驾车到了水泥制管厂，直奔伍权办公室。

秋峰一进门，见伍权、霍元旦神色凝重，伍权把沏好的茶捧给秋峰，客气地让他坐下谈。

"这么早，二位哥哥喊我啥事？是否工商那头……"秋峰心慌慌地问。

"不不不！"伍权连连摇头，盯着秋峰一字一句道，"那个叫小皮的，是你什么人？怎么跑到你公司工作的？"

"小皮？"秋峰愣了一下，反问道，"他是我老乡，又是我父亲的小徒弟，这孩子老实得很，绝不会做对不住我的事！”秋峰斩钉截铁地说道。

“哼哼，你太自负了吧，老三！”伍权冷冷一笑，道，“我说老三啊，亏你做大买卖这么长时间了，咋就不识人呢？我问你，你那小兄弟皮皮最近在做什么？他人在哪？”

“我安排他为神谭寺供货结账呢？”秋峰坚决不相信伍权、霍元旦的无端猜疑，他甚至对霍元旦有种莫名的反感，认定他是在挑唆矛盾。

“秋峰！”霍元旦大声喊了他的名字，令秋峰不禁震颤了一下，霍元旦以认真的口吻说：“你可知道，昨晚已近凌晨时，我发现小皮偷偷摸摸闯进水泥制管厂偷摘钢牌，你既保他光明磊落，那你且解释下，他这是意欲何为？”

“小皮深夜偷牌？”秋峰吃了一惊又狐疑道，“二哥是否看错人，是小皮吗？”

“千真万确！”霍元旦重复道，“就是小皮。”

“我问你。”伍权站在秋峰面前道，“小皮经手的业务有多少？目前由他经手的货款资金有多少？”

“目前由他……”秋峰默算一下道，“我让他负责神谭寺的业务，大概有近300万吧。”

“估计他暗地里不知道坑你多少回了，你赶紧安排上门核账，否则麻烦很大！”伍权断然道，踱了几步又道，“在掌握充分证据，以及我们制管厂事情得到完全解决之前，你们暂都不要惊动他，装作什么都不清楚，千万千万！否则兔子不急不跳墙，搞不好还害及我们！”

“这小子居然做这种事？”秋峰惊奇不已。

“商利各逐，人心叵测，你得认清啊！”伍权叹息道。

“秋峰的事，就是我们共同的事！”霍元旦则坚定道，“我赞成老大的叮嘱，一定事先核账，不能让秋峰的众成公司财产蒙受损失。”

“昨天我与吕大环局长电话约今天上午去他办公室处理钢材假冒案，这可是件关系我命运的大事。”伍权心有顾虑道，“在处理此事期间，你们要谨慎对待人际关系，稳住阵脚，待此事平息后，咱们再商量处理办法。”

霍元旦、秋峰听后点头称是。

“时间不早了，我得去市工商局！”伍权说完便匆匆出门去市工商局了。

秋峰见伍权夹着一个大公文包匆匆下楼，他的司机早已拉开车门，伍权一头钻进轿车内，司机便驾车一溜烟开走了。

石门市工商行政管理局局长室，这是吕大环官气十足的专用办公室。

“咚咚，咚咚咚！”吕大环正在伏案批阅文件，听到敲门声便抬头喊了句：“请进！”

一阵客套的寒暄过后，吕大环这才将房门虚掩，直奔正题：“哎，昨天你厂发生有人举报假冒雄钢产品案，这个人绝对是你厂的人，就是与那个众成公司过不去的人！乖乖，这家伙对钢铁产品精通得很，而且也很毒辣，不仅向工商的局长反映，还向市质监局举报，这还不算，他还向行政机关的监察部门石门市机关工作作风监督小组办公室书面举报，要求市监督纠风办予以关注，监督这起行政执法全程并予以结果告知，这哪是一般老百姓干的事，分明就对我们行政执法机关履行程序有透彻了解的人啊！”

“吕大局长，”伍权听了吕大环的话，不禁倒吸一口气，思忖下道，“听你这么说，那举报人可能是机关的人？”

“那是绝对的！”吕大环又道，“而且不简简单单是坐机关的，至少是个吃机关饭十年以上的老辣机关人，他们还对钢厂产品及商业交易底细十分了解，他们竟然把材料的来龙去脉及钢牌材质都梳理得一清二楚，至少对众成公司的经营情况是了如指掌，同时也对你老伍厂里收料情况了解透彻。在我看来，这是你们企业身边的人和老机关一同参与举报的！老伍，如果你我关系不到位，这话可是打死我也不敢讲，我也不会喊当事人来谈哦。”“伍权明白，伍权明白！”伍权对吕大环拱拱手道，“承蒙吕大抬重，有数有数。”他转念想想，道，“如此说来，此事倒是棘手，吕大打算如何处理？”

“我把你喊来，第一是让你手下的供应科收料员提供产品未入库证明，以证明你厂对该批货物产品未进行检查，也未履行入库手续。”吕大环交代道，“这样，你厂的涉案责任就没了，我也是替你考虑，谁让我们是铁兄弟呢？”

“第二呢？”伍权追问道。

“第二嘛，你就不用管了。”吕大环在桌上拿起一包熊猫牌的烟，递给伍权一支，先给伍权点着，自己也点着，吸了一口烟道：“这案值大啊！剩下的由那个姓秋的众成公司承担全部责任，这一千多吨的钢材，我打算全部没收，按产品质量法处予至少一倍的罚款，将那姓秋的老板移交市公安局驻我局办案组，追究假冒名牌商的刑事犯罪！”

“吕局啊，”伍权听了感到背后发凉，他冷不丁地打断吕大环的话道，“这事不对啊，你们工商事情没查，怎么就下结论呢？”

“老伍，你这话啥意思？”吕大环道。

“你先看看这个！”伍权急忙从包里掏出一张纸来，塞到吕大环手里道，“你看看，这批货是雄钢马上要召回的啊，怎……怎么就判定违法了呢！”

吕大环接过一看，眉头纠成疙瘩，突然气急败坏道：“老伍，你跟我说，这证明你从谁手里拿到的？这证明肯定是假的！”

“假的？”伍权愣了一下，道，“我的大局长哎，你直接会雄钢鉴定是真是假吧！”

“我马上安排稽查支队马队长去雄钢鉴定！”吕大环边说边拿起桌上的电话拨了内部号，电话一通便下令道：“元炳吧，你到我办公室来！”

伍权一支烟刚抽完，见办公室门被推开走进来一个魁梧大汉。

“元炳啊，”吕大环拿着那张证明交代大汉道，“你带人马上到雄钢去一下，找雄钢办公室，最好是他们的领导，核实一下这张证明是真还是假。”

“是，局长！”大汉恭敬道，“我马上到局办开个证明去！”

“哦，还有，”吕大环又道，“你安排人对制管厂那批钢材取样鉴定了没？赶紧让省检测中心提供质量鉴定报告，不要拖，最好在本周内送来报告。”

“正在鉴定中，不出意外，估计今天下午就有检验报告出来了，局长。”大汉道。

“好，那你就快去吧，快去快回！”吕大环下令道。

“是，局长！”大汉拿着证明立刻出了门。

“我马上问下厂里。”伍权想了想，跟吕大环道。

“你可别把消息透露给众成公司哦。”吕大环急切道。

“哦，晓得！”伍权嘴上边签字边答应，离开吕大环办公室，他退出走廊直接用手机与秋峰联系上了。

“秋峰！”伍权压低声音道，“我郑重问你一句，咱结义兄弟，你可跟我说实话，雄钢那张证明是真是假？我好做出判断，但你一定要对我讲实话。”

“明白！明白！”秋峰实话实说，“那张证明是假的！”

“假的？”伍权一听便蔫了，嘴上又急躁道，“老三啊，这……这下麻烦了！”

“老大！”秋峰的声音更焦急了，“您看能不能跟吕大环说明一下情况，这边……这边我再想想其他办法。”

“我的老三唉！”伍权道，“人家局长已派人拿着那个证明专程到雄钢核实真假去了！”

“老大别急，情况我清楚了！”秋峰口气似乎要比伍权冷静镇静些，道：“这样……我现在马上赶往雄钢堵住石门工商的车，到了现在这般田地，我也不再挣扎了，自己贪图便宜惹出的闹剧，总是要付出代价的，我愿意自首，但也希望有个体面的结局。可这样从公司将我带走，我怕我爱人实在难以承受啊……您看看能不能先稳住吕大环局长，争取宽大处理，全靠大哥您了！”

“我的天……”说话间，伍权在楼上透过窗子正好看到那大汉马队长带着两个随从急急地上了一辆黑色捷达轿车，车子很快驶出大门，伍权记下了车号：祁 AZ0608，伍权连忙呼叫秋峰：“一辆黑色的捷达轿车，车号为祁 AZ0608，记住这辆车！”

“记住了，祁 AZ0608，我马上联系雄钢。”秋峰挂断了电话。

伍权关上手机，若无其事地返回了吕大环办公室。

吕大环正在泡茶，见伍权进来便问道：“我给你泡杯上等的猴魁茶，这太平猴魁是前天我战友路过石门特地送来的，你也尝尝，觉得好我送你两盒，我战友送了六盒，我尝过了，觉得这茶不错呢。”

“您可真懂得享受生活啊！”伍权边说边观察吕大环办公室四周考究的布置，两个被白纱包得方方正正的单人沙发，中间是红木茶几，背后则是一幅镜边书法，“海纳百川”，落款是佛学主席赵朴初的字。吕大环给伍权端来正冒着热气的大杯茶，笑道：“这茶不错，你尝尝。”

是福不是祸，是祸躲不过，本想投机取巧躲过这场劫难，没想到到了如此山穷水尽的地步。思虑再三，伍权一声长叹放下了手中的茶杯。吕大环也早看出了伍权心事重重，胸中也了然，便开口问道：“可是有事要说？”

第八章　天网行动

吕大环这一问算是打开了伍权的话匣子，他便把秋峰从艰难起家，到繁荣致富，再到雄钢厂巧遇汪飞飞被骗种种和盘托出。伍权心想着，这吕大环也算自己多年的老友，与其等到警察上门时撕破脸皮，闹得沸沸扬扬，倒不如如实交代，看能不能给秋峰兄弟一个宽大处理，认罪也得认得体面坦荡才是。

“听你这么说……这秋峰也的确是个有胆识、有志气的真男人，这次栽了跟头也是遇人不淑……情有可原……”吕大环沉思道。

“是啊！就这样将秋峰抓进牢里，也着实冤枉，这不是在毁国家的栋梁么！”伍权见吕大环生了恻隐之心，也赶忙附和道。

“这件事秋峰也算是个受害者，这样……我且问你，你们可有那汪飞飞假冒雄钢厂长倒卖线材的证据？”

“这个……还真没有，这个汪飞飞可能是流窜作案，秋峰交钱取走线材后，这个人就凭空消失了！就连电话也一直处于关机状态！”

“这就有些难办了！”吕大环的神情立刻严肃起来，他思虑半晌，似乎是想到了什么，立刻起身拿起桌上的电话按下了通话按键。“贺局？哎哟，真是许久未见，怎么样啊最近……哈哈！我这也没什么事，就是手里有单大额诈骗的案子，不知贺局是否感兴趣？”吕大环故意拉长了声调，吊足了对方胃口。

“好！那就今晚八点半！老地点，我们不见不散！”挂断电话，吕大环面露喜色，快步走了过来。“这下事情总算有转机了！”

“吕领导这是有何妙招？”

“这个贺局是我多年老友了，在警察局专管大额诈骗案，像汪飞飞这等‘肥肉’他又岂有不食之理！这样，你先回去通知一下秋峰，咱们今晚在华福街的得意楼碰一下，到时候我带贺局长过去，让秋峰把来龙去脉仔细跟贺局说一下，看看有没有更好的解决办法！”

“好好！那还得多谢吕领导费心了！”伍权有些激动地搓了搓手道。

话分两头，由吕大环派去雄钢的稽查支队刚到雄钢南大门警卫室门口，早已恭候多时的谷建明便迎了上去。

“请问你们是石门工商局的吗？”谷建明上前招呼。

“你是干什么的！公家办事，闲人一概退后！”元炳队长横眉冷对，丝毫不吃谷建明嬉皮笑脸这一套。

“是是是，我就是雄钢的一枚小小螺丝钉，这刚接到消息，说今天石门工商局元炳支行长一行来我司核实一批货物的事，故在此恭候多时。”谷建明说着从怀中掏出几张名片，挨个分发了起来。

“不好意思，我们局长有交代，这情况我们需要与你们集团的分管领导直接对接。”元炳一副油盐不进的模样，丝毫不理会谷建明，径直向警卫室走去。

“哎哟！别别别，您看您这一路风尘仆仆，刚到我们雄钢就马不停蹄地工作，这敬业精神着实让人佩服！这样，元炳队长，我那办公室还有一些上好的香茶，咱们暂且歇歇脚，等下我亲自带各位领导查货如何？”谷建明一面挡住元炳的去路，一面焦急地说道。

“这是我们的职责所在，还望这位同志不要刻意拖延时间，我奉劝你啊，倒不如在我们拿到确凿证据之前，叫你那位名叫秋峰的朋友赶紧去自首，还能争取个宽大处理！”

见那支队长性情执拗，不吃自己这一套，谷建明慌了神，急忙跑到一边给秋峰拨去了电话。

“秋老板啊，事情麻烦了，”谷建明一拨通秋峰的电话便火急火燎道，“那石门来的工商根本不理会我，直接去找集团领导了，你赶紧想想办法，这可是塌天的大事！”

“这……唉！事到如今也没什么好办法了，我已经让伍权厂长帮我向上级讲清来龙去脉，现在……也该我站出来承担责任了！”秋峰一声长叹，心里却多了几分释然。

谷建明有一搭没一搭地听着，眼睛不断瞟着元炳渐行渐远的身影。突然不远处的执法队伍停了下来，谷建明以为元炳这榆木脑袋总算开了窍，赶忙跟了上去。

“是！局长，我们现在已经到了雄钢，您是说……好的，我知道了，我现在立刻撤队！”元炳神色诡异地瞟了眼谷建明，挂断了电话。

“收队！”元炳一声令下，带着浩浩荡荡的执法队伍转身离开了雄钢，只留下目瞪口呆的谷建明，百思不得其解。

“喂喂喂！谷建明！谷建明！你那边什么情况！”电话另一头的秋峰隐约听到了“收队”的声音，急切地问道。

“啊……啊！秋峰啊，那个元炳接了一通电话就带队走了，我也不……”

“嗡嗡嗡”谷建明的话还没说完，秋峰的手机就插进了一通电话，正是伍权。

“好了，伍权给我打电话了，我先挂了，多谢谷兄弟了！”挂断了谷建明的电话，秋峰就匆匆按下了接听键。

“喂？伍大哥？吕大环那儿怎么说？”

“我已经把你被汪飞飞诈骗的来龙去脉告诉了吕大环，吕局深表同情，还约了警察局长贺飞，今晚八点半在华福街的得意楼碰面。今晚是你将功补过的大好机会，我料想……你若是能协助警方抓住汪飞飞这头号诈骗犯，兴许能躲过牢狱之灾。只不过……”电话那头的伍权拉长了声音，言语中有些犹豫。

“没事，伍大哥！我已经做好了最坏的打算，就算到最后我秋峰锒铛入狱，也是罪有应得……只是对不住谢英……”男儿有泪不轻弹，可接二连三的厄运如泰山压顶般压垮了秋峰，说到伤心处，秋峰几度哽咽却还是隐忍了下来。

“唉……你也不要多想了，我这边还有点事，晚上我们碰面再说！”伍权说了几句宽慰的话，随即挂断了电话。

秋峰看了看表，此时的时间已近傍晚六点，距离约好的时间也不过一个多时辰。等待是一种煎熬，秋峰双眼放空的呆坐在椅子上，心里却像是生了野草，心乱如麻。七点半刚过，秋峰就简单收拾了一下出了门。

夜晚，凉风徐徐，惨白的月光衬得秋峰的脸色多了几分凄寒，他瑟缩着脖子看着从身边走过的红男绿女。这座城市的繁华也曾经属于他，可是现在的自己只想寻个安静的角落，沉沉地睡去，最好……最好永远都不会有人找到自己……

秋峰胡思乱想着，一抬眼已到了得意楼的门前，可时间才刚过八点。

“欢迎光临，先生请问您有预约吗？”热情的迎宾看秋峰脚步踌躇在饭店门外走来走去，便上前询问道。

“我……我等人……”秋峰低声回答着，眼神也不自然地望向了远方，一抬眼正瞧见伍权从副驾驶上跨步迈下，又转头打开后车门，引着两个身穿暗灰色西服衬衫的男人走下了车。秋峰赶忙咧开嘴露出一抹极僵硬的笑迎了上去。

“秋老弟，来得这么早啊！我来引荐一下，这是吕大环局长和贺飞局长，这位就是我的结拜兄弟秋峰！”

一番客套后，四人进入了一间包厢，这场关乎秋峰命运的交谈也正式开始了。

“你的情况，吕局长已经简单跟我说过了，你应该是碰到了江城头号诈骗头目——汪海洋！”

“汪海洋？他……不是叫汪飞飞吗？”秋峰有些疑惑道。

“是这样，这个汪海洋也是我局近年来一直在找的头号诈骗犯，此人反侦察能力极强，基本是得手后立刻出逃，隐姓埋名，销声匿迹。汪飞飞只是他用来遁逃的化名罢了！”

贺飞沉吟了半晌继续说道：“据我目前的调查来看，这个汪海洋的诈骗金额巨大，初步估算已经超过六千万！我已在警局立下重誓，今年再不能将汪海洋抓捕归案，我就自行辞去这警察局长的官衔！”一提起这江洋大盗，贺飞的情绪立刻激动起来。

“那贺局长您是有计划了？我秋峰愿意配合警方完成此次抓捕行动，将功赎罪！”秋峰也立刻站起身表态道。

“好好好！我来之前心里已经有了盘算，现在外面的记者还不知道你秋峰买冒牌钢材的事，我们就将计就计，布下天罗地网等待汪海洋上钩！我就不信用这么大的饵，还不能将这条大鱼吸引过来！”贺飞一拍大腿恨恨道。

“好！我等定协助贺局长一臂之力！”伍权起身将四人的酒杯斟满后说。

“这次的行动就叫作‘天网行动’，尔等听我细细说来！”贺飞一口饮下杯中酒，开始描述整个抓捕行动的布局谋划。

第九章 抓捕汪海洋

贺飞的天网行动说简单也简单，说难也难，用八个字来说就是“守株待兔，瓮中捉鳖”。说来这还要多亏了幕后黑手小皮，之前汪海洋都能轻易逃脱还有一个重要原因，就是打好了时间差！这汪海洋把钢材卖出去，把钱骗到手后，一般不会过多停留，用三五日的光景转移账目，就立刻奔逃到下一地点寻找目标。

而受害者呢，买了钢材还要筹备接下来的工作，很难在短期内察觉到自己买到了假货，等到发现时早就过了个把月，再想找到这汪海洋可就如大海捞针般难上加难了。可秋峰这起案子不一样，因为小皮的私下告密，才三天秋峰等人就已经知道了假钢材的事，贺飞预估现在的汪海洋还没有离开本市。现在只要营造出假钢材没有被识破，水泥厂开始动工的假象，再让秋峰私下联系汪海洋，提出想要购买更多的钢材，只要金额数目够大，贺飞赌定了这个贪财的亡命徒定会上钩！

可眼下的问题是，如何让汪海洋知道，秋峰购买假钢材的事没有暴露，从而使其放松警惕呢？秋峰想到了自己的“老本行”，不如就借助电视媒体，大肆举办一场“水泥厂动工誓师大会”，并在电视、报刊播报，只要宣传做得够大，就不怕汪海洋那小子看不见！

说干就干，秋峰当晚就联系了几个在电视台工作的好友和报社的编辑，将“水泥厂动工誓师大会”策划得声势浩大。伍权也召集工人，将召开誓师大会一事散播了出去，并且腾空场地，将汪海洋的那些假钢材挪到了显眼的位置，以便电视台采访时能够将钢材收录进去。贺飞回到警察局后也开始紧锣密鼓地成立抓捕行动组，将部分警察安插到了雄钢建材，还有一部分则安插到了雄钢建材附近的各大码头，等候目标人物汪海洋的出现！

仅一天半的光景，所有的部署都已经安排到位，贺飞还连夜派人秘密排查了机场和各大火车站的进出人员，确定了汪海洋的确还留在本市。第三天早上八点，“水泥厂动工誓师大会”正式召开。《都市报》《城规报》、新闻频道等多家媒体记者已经架好了机位，正对着秋峰和伍权两人，在他们的身后正摆放着那批假冒的钢材。

第一次面对这么多的闪光灯和镜头，竟让见惯了大场面的伍权显得有些不自在，额头上豆大的汗珠顺着脸颊落下，站在那里手足无措，也不知道该看哪个方向才好。反观秋峰则一副泰然自若的模样，不断确认着现场的机位和灯光，然后整理好领带站在了伍权的旁边小声道：“伍大哥，别紧张，就当这些镜头是玉米棒子萝卜坑就行！”伍权被秋峰的比喻逗笑了，这一笑整个人似乎也松弛了下来。

所谓“誓师大会”其实就是开工前的一种仪式，一般都是建筑工地举办，工地开工烧香祭祀是希望开工后顺顺利利，不要有其他变故。烧香祭祀是为了祛除不好的污秽，传统习俗是在地基旁打一个小木桩，上端扎红布，木桩上有“土地公”的神号牌位，俗称“起谱”。同时邀齐木匠、泥匠在“谱”前烧香。当然上香也是很重要的，因为香是与神明连接的桥梁，只有烧好的香，才能与神沟通，将自己的愿望送达神明，才能求得神明的庇佑保护。

一般这类仪式是禁止媒体拍摄的，即便是假仪式，这也是破天荒第一次暴露在媒体面前。光这一话题就足够吸引观众的眼球了，再加上媒体的大肆传播，很快这场誓师大会竟然闹得是满城风雨，连带着秋峰和伍权的名气也大了不少。初步的部署已经完成，接下来就是等待汪海洋上钩了！老道的贺飞叮嘱秋峰一定要沉得住气，誓师大会之后一周左右再联系汪海洋，转眼到了第四日傍晚……

“嗡！嗡！嗡！”正在与伍权、霍元旦吃晚饭的秋峰响起了电话，低头一看，正是化名为汪飞飞的诈骗犯——汪海洋！看来，这次是汪海洋先沉不住气了，秋峰的眉毛上挑，面露喜色，清了清嗓子接起了电话。

“喂？哪位啊？”秋峰佯装不知。

“呦！您真是贵人多忘事啊，我！雄钢的老厂长汪飞飞啊！”电话那头传来几声媚笑。

“原来是汪厂长啊，怎么今个儿有空想起秋某了，前几日给你打电话想把扣押的10万订金还给你，你这电话可都打不通啊！看来这

10万块太少，我们汪大厂长都想不起来了是不是！哈哈！”秋峰爽朗地笑道。

“秋老板真是说笑了，前两天我正好回了趟老家，这偏远山区连个手机信号都没有，也就没接到您的电话！这不，我刚一进城，就给您打电话赔不是来了么，真是抱歉！抱歉！”这汪海洋果然是个人精，回答得滴水不漏，要不是贺飞早已揭露出了他的真面目，秋峰根本察觉不出他的破绽。

“那汪厂长是想要回订金了？”

“那个不急不急，我这啊，还有一批好货，跟上次一样是雄钢的老库存，不知道秋老板可还有兴趣？”这见钱眼开的汪海洋果然上了钩。

“汪厂长，这么好的货应该不缺买主吧，为什么要选中我呢？不会是钢材有什么问题吧！”秋峰转而问道。

“我的货质量绝对有保证，唉！实不相瞒，我最近家里出了点事，急需用钱，这不在电视上看秋老板您财大气粗，又诚信待人！就当给小的机会，我也省得再去找下一个买家了不是！”电话那头的汪海洋一副胸有成竹的模样，为了表示自己想要与秋峰建立合作的决心，汪海洋还开出了另一个极具诱惑力的条件，那就是在原本每吨降200元的基础上，再降200元。

“好！既然汪海厂长如此有诚意，那秋某也不好驳面不是！”秋峰便故作为难地答应了下来。

“秋老板请放心，我的货质量绝对过关，那您看……交易地点还定在之前交货的码头如何？”

“可以，明天上午九点，汪厂长意下如何？”

“这……”这青天白日下做些见不得人的买卖，别看汪海洋是诈骗界的老手，却还是心存忌惮，便支吾着开口道：“明天白天恐怕有点困难，我手头还有些事情要办，再者说，我这批货是雄钢以前的底货，按理说也是要回厂熔炼销毁的，这……这大白天的，让附近工人看见恐怕会多生事端，不然就定在晚上九点半吧！我这边忙完了就给秋老板打电话！”

“好！那我们就明晚九点半不见不散！”秋峰暗自窃喜道。

“还有一件事……还要劳烦秋老板！”汪海洋压低了声音说道。

“汪厂长但说无妨！”

“实不相瞒，我家里最近生了些变故，急需用钱，还望秋老板明日能够带现金交易，也省得我再抽时间去银行存款！”

汪海洋预感到，这次跟秋峰做完第二笔买卖，之前那次交易的钢材多半就会被查出造假，他已经决定收到钱的当晚就立刻乘飞机去新加坡避避风头。为了方便携带及减少在本市的逗留时间，汪海洋决定这次用现金交易的方式进行买卖。

“好！那就这么定了，希望我们……合作愉快！”大鱼已经上钩，秋峰挑了挑眉，刻意拉长了声调。

挂断电话，秋峰立刻通知了贺飞明日进行抓捕行动的消息，一张无形的巨网已经将躲在暗处的汪海洋团团包围，尖峰对决的时刻终于到来了。

第二天晚上八点，警方所有的部署已经全部到位，一部分警察藏身在码头伺机而动，还有的在码头交易地点附近安装好了摄像头及监听设备，准备拍摄罪证。秋峰也取走了公司账目上仅有的资金，又准备了几沓裁剪得同人民币一般大小的白纸，一个加大的密码箱。箱子的底部铺的全都是白纸，上面则放了三五张真币，以假乱真。

将小型监听设备塞进衣兜里，剩下的就是等待汪海洋现身了。为了符合自己财大气粗集团老总的身份，秋峰暂时躲进了车里，特意让汪海洋等上半个时辰，自己才去。而汪海洋呢，这半个时辰也没闲着，贼眉鼠眼地到处查看，再三确认无人跟踪后，这才安下心来。

“各部门注意！天网抓捕行动正式开始！”贺飞一声令下，车门打开，一袭黑西装的秋峰拎着皮箱从车上走了下来。

“呦！汪厂长来得够早的呀，真不好意思，我这晚上有个应酬，才忙完，您也知道，生意嘛！”

“不急不急，我这也才刚到，才刚到！”看清来人，汪海洋赶忙迎了上去，眼神却有意无意地打量着秋峰手中拎着的皮箱。

“这更深露重的，秋老板您再着了凉可就不好了，我还是抓紧带您去看看货吧！”有了金钱的诱惑，汪海洋才算彻底放松了警惕，带着秋峰来到了停货的码头。

“秋老板，这批线材跟上一次的是同一批生产的，这里是雄钢的鉴定证书，您确认一下！”

“不急！”秋峰顿了顿，上前一步，确保胸口的收音器靠近汪海洋的头部，这才说道，“上一次的线材我很满意，这次的价格便宜了这么多，汪厂长不会以次充好吧！”

“这您放心，质量绝对有保障！”

“那……不会是假货吧……”秋峰这话一出，汪海洋顿时神情紧张地倒退了几步，又机警地看了看四周，确认无人后，这才说道：“我汪飞飞以人格担保，我的货绝对是雄钢正品，绝无假货！若有欺瞒，我……我……”看汪海洋支吾了半天也没说出个所以然来，秋峰是想笑又笑不得，只能故作严肃地说：“汪厂长的为人，我自然是相信的，购买合同我已经带来了，签完字，这些……就都是你的！”秋峰晃了晃手中沉甸甸的皮箱说道。

现在只要汪海洋签了字收了钱，那么贺飞等人就会出现，抓汪海洋一个现行，到时候人证物证俱在，谅他有什么通天的本事，也难逃法网。

“好！秋老板果真是痛快之人！”汪海洋大笔一挥，签下了几个龙飞凤舞的大字“汪飞飞”。转身便迫不及待地将皮箱拿到了手里，只微微开了个缝，就立刻合了起来。

“汪厂长，我们现在钱货两讫，这钢材可就归我了！”秋峰说着同汪海洋一块儿前去停靠钢材的码头验货。

“那是自然，哎哟！！”正说话间，汪海洋脚下一块顽皮的小石子不合时宜地绊了他一下。这一绊不要紧，汪海洋的手一哆嗦，直接把钱箱甩了出去，箱子两侧的弹扣崩开，无数张人民币连同白纸散落得到处都是。

“你……”预感到情况不好的汪海洋也顾不得那么多了，连滚带爬地朝厂区外跑去，早已等候多时的抓捕小队一哄而上，直接将汪海洋扑倒在地。

“不许动！我们是公安局的，汪海洋你涉嫌多起大额诈骗案，现在要将你依法逮捕！你有权保持沉默，但你所说的每一句话都将成为呈堂证供！”

“带走！”贺飞一声令下，警察带着罪犯汪海洋乘上了警车，扬长而去，这场天网行动也总算画上了圆满的句号。

最后的最后，秋峰的牢狱之灾算是免了，但也按照流程补交了30万元的罚款。值得欢喜的是，英雄市民秋峰也因协助警方抓捕诈骗犯登上了热搜，秋峰的名气大了，自然找他做生意的人也就多了，因祸得福说的也就是如此了！

第十章　严重事故

“丁零零……”一阵电话铃声将沉睡中的秋峰吵醒，他侧身从床边取下电话筒，揉揉眼皮半闭眼睛“喂”了一声，电话中传来霍元旦火急火燎的声音，让他猛然惊醒。

“秋总啊，不得了啦，出人命了，你得赶紧赶到神州厂！”霍元旦的声音很惊恐。

这才过了几天安稳日子，又一遭劫难再次降临在了秋峰的头上。“什么情况？”秋峰头脑“嗡”了一下，“腾”地坐起身。

“夜班三组在卸载钢卷时塔吊钩突然脱落，两吨多钢卷从车上滚落砸中了下面的三个操作工人，一个工人已经不行了，另外两个工人在送往省立医院抢救的路上，你看怎么办？”话筒里霍元旦的声音很急。

“你告诉宋得法厂长，第一，不惜一切代价抢救人，厂里主要领导立即赶往省立医院找人急救，通知厂财务带上支票！第二，立即向所在的公安派出所报案，你做好指挥，我马上到神州厂！”秋峰说完“啪”地挂了电话，头脑一片空白。他稍整后下了床，看了看手机时间，早晨八点十分，又看到桌上罩了籽麻饼、茶叶蛋等早餐，旁边一只茶杯压了一张便笺，他一看便知是妻子谢英留的便笺，取出阅读：

“峰峰，起床后吃了早餐才许出门，以后不准在外面乱喝酒，回家不准超过22点，不准不接我的电话，我上班去了，祝开心好运哦！你的小英。”

“好个三不准，还开心好运？”秋峰看后摇摇头，叹了口气喃喃自语道，“这下开不了心，好不了运喽！”言罢跑到卫生间草草洗漱了下，在桌上抓了两块籽麻饼、茶叶蛋用手帕包住，装入手提皮包，开门反锁后匆匆下楼去了。

一路车辆如织，又堵又慢，秋峰边啃烧饼边心急如焚，连闯三个黄灯，终于远远看见神州冶金铸造厂白皑皑的建筑外貌。

当秋峰驾车靠近神州厂大门时，发现刚刚抵达的两辆警车闪烁着警灯，门卫室师傅正在开启电动不锈钢门，警车进入厂区，秋峰跟在警车后面也徐徐驶进了厂区。

秋峰发现霍元旦带着宋得法朝他奔了过来。

“秋总，秋总，”霍元旦扒在秋峰车窗喘着气道，“你赶紧回避下，这事故发生后马上会有公安、安监等部门找你谈话。您可是厂里的主心骨，你要是被警方抓了去，这厂子可真就乱成一锅粥了！这里由我和老宋抵挡，伍权老大马上就到了，你赶紧离开这儿，我们就跟他们就说你到吴江出差了。”

“对对，公司上上下下几百号工人还都指望您养活呢，也需要给受害者家属一个满意的交代！您还是暂时离开石门吧！”宋得法也凑话道。

秋峰听后觉得有道理，随即掉头又驶出工厂大门，刚出大门，迎头碰见一辆大众商务车。商务车的后车窗处探出个头，秋峰看到后大吃一惊，那人竟是久未谋面的朱海。

好在朱海没发现秋峰，秋峰加大油门，驶出神州厂，朝海都方向驶去。

“咦，这时候这鬼家伙怎么跑到神州厂来了？商务车是哪个单位的？不好！”秋峰越想越害怕，心中翻江倒海，他随即用手机拨通了霍元旦的电话。

“老霍，刚刚我在工厂门口发现一辆大众商务车，车上有个被我辞退的小混混，名叫朱海，现在我们死对头曹秃子那儿混，绝对是个不祥的人，你一定密切关注并让门卫室查实这辆车是哪个单位的，如不是行政机关的，立即驱赶出大门！”秋峰高声嚷道。

“晓得了，哦，我看到了，等等。”霍元旦挂掉电话。

过了二十分钟，秋峰手机响了，他接起来，电话里传来霍元旦的声音：“秋总，这辆商务车是城南区安监局的，下车的有三个该局的干部，一名姓田的据说是稽查科长，其他人随车走了。”

“这两个人长什么模样？”秋峰追问。

“姓田的估计三十七八岁吧，胖胖墩墩的，还戴着近视镜；另外一个三十左右，一米九的大个儿，长得像个篮球运动员。另一个五十多岁，一脸络腮胡……”随即，霍元旦又沉重地告知他，又一个工人在路上不治身亡了，第三个也伤得不轻，老天保佑……

“唉——真是遭了天罚！”秋峰一声长叹，他沉吟半天又道，“都不是这个人，奇怪啊，这龟孙没下车，你多加防范，有事随时给我打电话吧，拜托你们了，你辛苦了。另外，通知财务出纳小李赶紧到银行先取现一百万，以备不时之需，我马上告诉谢英，让她配合取款。”

“好的，我马上通知！伍老大到了，我去接他，有事联系。”霍元旦急急关了手机。

秋峰随即又拨通了谢英的电话，告知其这个突发事件，谢英闻讯后大惊失色，慌慌张张表示马上报告领导配合提取巨额现金。秋峰与谢英通话后放下手机，一路漫无目地驾驶着他新换的E300奔驰轿车，以时速80码向前行驶，头脑里混混沌沌，心神不定，神州厂突然发生的员工伤亡事故，简直是祸从天降，死了两个人应该怎么办？假如再死第三个人，又要承担什么责任？他想到自己是公司一把手，企业内部管理出现漏洞导致如此灾祸他难辞其咎，公安机关一定不会放过他，死者家属聚众闯上门来又该怎么办？此时他头绪纷杂，如坐针毡。他突然想起肖武律师，对，此事应向他讨教！秋峰想到此，便打了右转灯，慢慢地把车停靠在了右边的应急道，打开双闪，找出肖武号码打了过去。

“嘟嘟嘟……”手机响了半天后传来肖武熟悉而热诚的声音：“您好，本律师肖武为您服务！”

秋峰一番热络客套后，原原本本把神州厂发生的恶性事故说了一遍，征询企业负责人将承担什么样的法律责任并请他给出法律意见。

“秋峰啊，你这次触大霉头啦，发生这事不仅是破财，还挺麻烦噢！”肖武说，“依据国家《安全法》及《安全生产调查处理条例》，执法机关在处理工矿企业工亡事故时，根据工亡人数评判有一般事故、较大事故、重大事故和特别重大事故四个等级，你神州厂属于一般事故。我先问你三个问题，第一，你这个神州厂有没有安全员和厂长？第二，这死亡工人有无保险？第三，神州厂有没有安全生产制度或是操作流程？”

“我回答你，”秋峰想了一下道，“这些神州厂应该都有的，这个厂子前身是国有企业，改制后仍基本沿用此前较完善的内部管理体系。”

“如果真的是这样，你这个老板没事了，不过那安全员、厂长可能存在法律责任，但要看现场是否有强行勒令工人违章操作的情况，如果没有这种情况，他们也不需要负法律责任！”肖武又安慰道，“发生这种事，你要正确面对，积极配合公安和安监部门调查，而不是东躲西藏，这样反而不好，回去吧！”

“好好，谢谢，谢谢！”秋峰与肖武挂了电话后，想到自己不会被法律制裁，自然感觉宽慰不少，正在暗自庆幸时手机又“滴滴”响了，他一看来电显示是霍元旦，便接了。

“秋总，执法部门人来了不少，其中区安监局姓田的科长让你无论如何到他们局里去，说局长一定要见你！”霍元旦又补充道，“第三个工人已经进了抢救室，医生说应该没有生命危险，但现在事故用款还是由你批准呢。你等等，老大要跟你说话……”电话里又换成伍权的声音：“秋峰，你还是过来吧，这么大的事回避也不妥，有些事我们也代替不了你，在石门这个地方，有我伍权在，你的天塌不了，赶紧回来！”

“哦好，我马上过来！”秋峰关上手机，正想掉转车头，手机又响了，他瞄了下来电显示，竟是“区委办贺军”。

“贺主任您好，多时不见了。”秋峰礼貌道。

“我是贺军，你厂里发生天大的事，你秋老板还在外面优哉游哉，好雅兴啊！”贺军大声道。

“我哪有这心思？您是拿我开涮吧，我都烦死了。”秋峰哭丧道。

“我好不容易找到你的号码，你给我马上过来，我在区安监局等你，在区政府大院第三幢十六楼 1601 室，哦不，十六楼会议室吧，你快点！”贺军命令道。

“好好，哎，贺主任现在调到区安监局当领导了？”秋峰问道。

“对，已经调来好几个月了，你别啰唆了，快点过来，限你二十分钟内赶到！”言罢，贺军“啪”地挂了电话。

“二十分钟？市区这么堵，我飞啊？！”秋峰捂着手机愣了一下，他随即掉转车头，朝区政府方向风驰电掣般驶去。

由于市区堵塞，四十多分钟后秋峰抵达了区政府大院。他找停车位又耽搁了十分钟，从停车场匆匆乘电梯到十六楼又用了七八分钟，气喘吁吁终于找到了十六楼会议室，他推开了虚掩的门。

一进会议室，就见到十几位官员和独坐顶头位置的宋得法，只见宋得法此时像个犯错误的孩子耷拉着脑袋，官员们都一脸冷峻地齐刷刷地看着他。

“秋峰，你搞什么名堂？这么多领导整整等了你一个小时！”一位络腮胡官员站起身来训斥道。

“不好意思，路上车堵……”秋峰点头哈腰道。

“你从哪过来啊？”另一大个头儿官员尖声尖气道。

“我从海都过来，我在那里有工程……”秋峰赔着笑脸，话未说完被大个头儿官员劈头盖脸抢白道：“胡说！你说你从海都过来，有人看到你九点钟还在神州厂露面，分明不老实！”

“我……”秋峰瞠目结舌。

“坐下，坐下谈话！”一个斯斯文文的官员朝秋峰摆摆手，又道，“看来老板做大了，一些小节就忘了！”

秋峰朝他望去，正是面熟的区委办贺军主任。

“这是我们局一把手贺局长！”大个头儿对贺军谄媚地笑了笑，又道：“贺局长您讲。”

“秋峰老总，你坐在宋厂长旁边那个位置。”贺军示意秋峰坐在顶头一个位置，这样就可以让十多位官员集体会审他和宋得法。

“我先给你们介绍一下在座的有关职能机构领导及办案人员，”贺军随后一一给秋峰介绍道，“这位你应该认识的，是我们城南区政府分管政法、社会稳定和安全生产的俞旺旺副区长。”

“俞区长您好！”秋峰恭敬地招呼道。

“秋总，看来你真是祸不单行啊，”俞旺旺哼了一声道，“正值市委市政府拉开百日安全生产活动的第一周，你的神州厂就发生这么大的工亡事故，你这是把我们城南区架在火上烤哇！”他又沮丧地低声道，“我这个分管副区长也算当到头了啊！”

秋峰张着嘴瞪大眼睛，望着俞旺旺，宋得法在旁叹了一口气。

“先别说这种丧气话！来，我先简单说一下当下的情况，今天石门市神州冶金铸造厂发生重大违反安全生产的工亡事故，已经造成两人死亡一人重伤，故定性为重大事故，立即成立5·17事故调查善后处理组，副区长俞旺旺担任组长，区人大黄长安同志、区法制办黎阳主任、区公安分局王健同志、区政协易健山同志和我本人担任副组长。下面由我局稽查科科长田园生汇报一下，对今天在神州冶金铸造厂发生的工亡事故的初步调查情况，请田园生同志发言。”

“尊敬的俞旺旺副区长，尊敬的各位领导，”田园生站起身来，拿着稿子念道，“今天上午八点五十二分，我局接到神州冶金铸造厂厂长宋得法电话报案，称同日凌晨五时许因员工违章操作突然发生严重伤亡事件，接到报案后，我局在贺军局长亲自指挥下，组织我科经验丰富的工作人员及我本人立即前往……”

田园生声情并茂念完了稿子，看着贺军，贺军看着秋峰。

“秋峰董事长，你作为石门神州冶金铸造厂的法定代表人、董事长，对此起事故造成的工伤工亡，作何表态？”贺军直勾勾地望着秋峰，在座的十几位也齐刷刷地望着他。

“俞区长，各种领导，”秋峰整理了一下思绪，坦然道，“针对这起严重的生产事故，我作为企业负责人有着不可推卸的责任！此起事故的发生，给刚刚改制后稍稍恢复元气的神州厂当头一棒！对这个本来就四不像、举步维艰的企业可谓是雪上加霜。这里不谈神州厂当前多么的艰难，我只谈三点：第一，不惜一切代价、全力以赴救治第三个工人，排除次生隐患；第二，公司全力对已经罹难死者家属做好安抚、赔偿及善后事宜处置，这点请各位领导放心，众成集团及神州厂一定高度负责，善始善终，就是砸锅卖铁，也做到应赔尽赔！第三，完全配合政府事故调查组的调查，无条件接受区政府的处理及处理决定！”

秋峰此言一出，大家面面相觑，有的官员轻声交谈起来，宋得法频频点头。

“呼呼！”俞旺旺用笔用力敲了敲桌子，环顾四周后拉长脸道：“大家静一下，神州厂的成功改制，是我本人亲自参与并主持的，不可否认秋峰先生在解决我区困难国有企业问题上有一定的功劳，但是功是功，过是过，功过是不能互抵的；尤其在人命面前，一切都无从谈起，安全生产大如天！当前，我市百日安全生产活动及考核已全面展开，我区在前天出台了对安全生产事故单位负责人的问责联动惩戒条例，今天神州厂的重大工亡事故就是对区委区政府颁布条例的严重亵渎！”俞旺旺瞟了秋峰一眼，高声道：“我宣布，责令神州冶金铸造厂从现在起停产整顿，未经调查组批准擅自开工，将依法从严从重处理；该企业的董事长、负责人及事故的当事人全部不得离开石门，听候处置；安监局、公安分局为此起事故的全面调查和责任主体单位，责令在七日内调查完结，报送5·17事故组，区政府办要尽快拟写报告报送区委。大家对此有无意见？”

“没有，没有！”大家都摇头表示。

“大家没有意见，俞区长您看那就散会了？”贺军征求俞旺旺的意见，俞旺旺一点头，大家便纷纷离席了。

秋峰看到俞旺旺离开会议室，想上前交流沟通几句，却被心情并不好的俞旺旺摆摆手挡下了，俞旺旺扬长而去。

“秋总，你们政协的易健山想跟你交流一下。”宋得法拽了下秋峰的衣袖。

“秋总，”身材魁梧的汉子朝他伸出手笑吟吟道，“我是易健山，咱们是政协委员大家庭的，久仰久仰了！”

“您好您好，久闻大名！”秋峰苦笑着与他握了握手，又道，“给政协组织丢脸了。”

“哪里的话。”易健山微笑道：“做企业当老板哪个容易？不过，我为你会上的表态点个大大的赞！不管怎样，对政府官员而言，企业家有负责态度，有担当是十分重要的，但是，”他又把秋峰拉到走廊，轻声道，“知晓不，区里已把你此次工亡事故确立为典型案例了，因为在百日安全生产活动考核当口，你正好撞在风头上，很可能成为严重惩戒对象，事情不乐观啊！”

“唉！那可如何是好啊？”秋峰急得如热锅上的蚂蚁，坐立难安。

易健山正要说话时，突然传来急急的脚步声。

“你是神州厂董事长秋峰吧？”一个大个儿壮汉冲着秋峰便问，另一个瘦弱些的年青已靠近秋峰的另一侧。

"你们想干什么，我正在与秋总谈事呢。"易健山阴着脸对两个不速之客道。

"我们是区公安分局的，请你跟我们到分局接受调查！"大个儿壮汉一脸严肃地掏出了警官证。

"走吧，秋董事长，我们也是公职所在，您可别为难我啊！"

看着秋峰被两个公安带走的背影，易健山发出无可奈何的叹息声……

第十一章　郑胜利的演讲

秋峰、宋得法被几个警察带到公安分局一幢小楼的小型会议室，刚一进门，一个老警察又把宋得法单独喊到另一个房间去了。

秋峰被两个年青警察看了一个多小时，时至中午，一个警察给了他一盒饭，秋峰见旁边的警察有滋有味吃得很香，觉得肚子也饿了，便也打开盒饭吃了起来。

秋峰草草吃了盒饭，见一缕阳光从窗户折射进来，感觉又温暖又伤感又孤独，心想此番遭难十分离奇，又可能老天注定难免一劫。

他回味易健山一番语重心长的话，心里愈发憋闷。“对，听易健山的话，诚恳地给郑胜利发个短信，说不准有转机呢？”想到这儿，秋峰编辑了情真意切的短信发给了郑胜利。短信是这样写的：

尊敬的郑书记，首先由衷祝贺您又一次晋升，每次晋升不仅证明了您自身的政治实力，还有效地造福了辖下市民，此乃我等福祉。

祝贺的同时，颇为沮丧地修书向您报告：您曾日夜牵挂的神州冶铸厂在五月十七日凌晨发生重大工亡事故，此系车间工人大意操作所致，目前我正全力投入善后处理，纵然如此，我仍愧悔不已，深知已重创我城南区一贯修筑的安定政治局面，教训血深，恳望教诲！在苦难之时，区公安、区安监将课以重罚，但有一求，恳请免除刑罚，一旦刑罚，恐依此生存的一企数百员工及其家眷生活无着，特具信恳请指点，授之幸也！盼复，顺颂万安！秋峰谨上。

短信发出后，秋峰疲累至极，昏昏欲睡。

等到下午两点半左右，秋峰正在打盹，小型会议室走进三男一女，秋峰猛地惊醒，打眼儿认得其中二位，一个是上午参会的公安局内保科卢克科长，另一个是区安监局稽查科田园生科长，另外穿警服的一男一女他并不认得。

“首先得向秋董事长打个招呼，”田园生虚假地笑了笑，道，“因为需要调集些资料，让你久等了，真的对不起了啊。”

“问吧，我如实回答。”秋峰揉揉眼睛道。

“跟你介绍下，”田园生指着另外两个穿着警服的人道，“这二位是公安分局刑侦大队的吴警官和邵警官。”

“刑侦大队的？安全事故跟刑侦大队有什么关联？”秋峰诧异。

“工作需要。”卢克又道，“这些不重要，重要的是工作，抓紧时间吧！秋峰，请你如实回答公安和安监机关联合办案执行人员的提问，如实反映5·17重大工亡事故的来龙去脉，听清楚没？”

“听清楚了。”秋峰沮丧道。

“那好，请回答你的姓名、年纪、籍贯、文化、职业及职务。”

卢克科长边问边示意女警官记录。

秋峰一一作答。

一番长达两个小时的询问、录音、拍照后，卢克拿着资料走了出去，半晌又折了回来。

“根据国家安全生产法和城南区委区政府新近下达的关于对违反安全生产追究责任主体通知精神，”卢克科长向秋峰宣布道，“本局经研究讨论，确认石门神州冶金铸造厂存在比较严重安全隐患和企业内部管理漏洞，表现为内部制度不完整，员工安全生产学习培训次数不够、不扎实，公司及厂领导审查制度不严谨，还有宣传标识口号不够多，等等，证据确凿。5·17重大工亡事故是企业负责人重视度不够造成的。因此，为了保证社会长治久安和保障安全生产、杜绝血的教训再次发生，必须惩戒肇事企业负责人及相关责任人。现经分局和有关领导批示，对该厂厂长宋得法、车间主任章立新、班组长窦小兵以及公司法定代表人、董事长秋峰刑事拘留，依法追究刑事责任！”卢克接着向秋峰出示了一份刑事拘留书，又道，“就剩下你了，其他人均已执行！在上面签字、按印吧！”

“我抗议！我拒签！”秋峰听后十分激动，站起身来大声抗议，道，“我不是肇事者，更不是违反安全生产的人！我要向市政协反映，向郑书记反映，你们这样对待企业家很不公平，我有私人律师，我要求律师到场！”

“你签不签字？”卢克目光炯炯，一副咄咄逼人的架势，门口又闪进三个警察，随即将秋峰手臂紧紧按住。

“秋峰，请你冷静！”田园生怒吼一声，竟把秋峰、卢克及警察们震住了，而在此时他的手机响了起来，他看了下手机对卢克做了个手势，“嗯嗯”几声后，便对卢克摆摆手道：“慢着！慢着！”

卢克疑惑地望着田园生，田园生附着他耳朵低声说了一句，卢克听后愠怒的脸色陡然变得和善起来，“哦”的一声连连点头，并努努嘴示意警察放了秋峰。

秋峰正猜疑时，门口一拨人鱼贯而入，前面一个笑呵呵的大汉非常面熟，后面跟进来的是俞旺旺、贺军、黄长安、王健、易健山等，贺军冲着秋峰朗声道：“秋总啊，我们郑书记看你来啦！”

“哦，郑书记！”秋峰一见郑胜利激动地站起身来，便想深鞠一躬，却被郑胜利拦住。

“这就不必了，行大礼那是封建社会的名堂咯！”郑胜利笑呵呵道，“秋总，咱好久不见了，记得有八个多月了吧？”

“是，郑书记记性真好！”秋峰连连点头道。

“我收到你的手机短信了，”郑胜利拍了拍秋峰的肩膀，对大家语重心长地说，“秋峰同志是我区杰出的企业家，不仅在我区新一轮困难亏损老国企改革改制中勇挑重担，在创业建业中负重前行，也为我区广大下岗职工再就业创造机会、作出贡献，像秋峰同志这样的企业家，其实是我区的宝贝，是税源创造者，是值得尊重的，更需要充分保护的！”

他停顿了一下，挥手又道：“五月十七日凌晨五时许，正是大家深度睡眠时间，也是车间工人容易劳累瞌睡、思想最麻痹的时间，此时最易发生生产事故，大家想一想，工人是人不是神，行政机关的执法者也好，企业管理者也好，要充分了解一线工人作业时间和风险特点，加以防控，以制定对应的防范措施，防患于未然！而不是发生灾祸时死搬硬套，抓人罚款了事！

“当然，对于一味盲目追求经济效益，粗糙简陋应付检查，对工人生命置之不顾，甚而草菅人命的那些黑心老板必须绳之以法、课以重罚！而神州厂发生的工亡事故据安监局同志调查，原因是该企业工人违章操作、疏忽大意，这种情形就要区别对待！

“首先我们行政机关同志要会同企业管理人员找出企业薄弱环节，帮助企业制定切实有效的规章制度加以强化；其次帮助企业做好工亡事故的善后工作，处理好死者家属的慰藉帮扶，稳定好社会及企业和谐局面，尽快促成企业正常有序的复工复产；最后对相关责任人进行教育和必要的惩戒，而对企业家在创业中存在的一些过失，我们要有耐心，要宽容，切不能动辄抓人判刑，一棒打死！

“如果我们行政执法如此简单粗暴，谁来做企业、做产品？谁来保就业、保税源？谁来创造财富养活全家老小？我们都要食人间烟火的嘛！据说，在神州厂及当家人秋峰董事长危难之际，还有人暗中窥觊、捏造谣言，说什么企业老板故意戗害生命，歪曲事实，制造混乱，蓄意举报，这是看不得神州厂振兴的妒忌行为，这是别有用心的恶劣行为，我们在行政执法中要加以甄别和关注，坚决不让这些害群之马钻空子、得逞！

“为什么要保秋峰同志？从一定意义来讲，保他就是保我们区的经济繁荣，保我们区的和谐稳定！如果我的决定是错误的，由我郑胜利一人承担责任，我自行向上级组织请辞谢罪！”

郑胜利一番说辞，立即赢得大家的热烈掌声，掌声中郑胜利紧紧握住秋峰的手不放，秋峰热泪盈眶。

掌声中，贺军脸部本能地抽搐了一下，又不露声色地鼓起掌来……

第十二章　陈娇娇加盟

这是四个多月后的一天。

都说九月风光宜人，是适合出游赏景的时节，九月的石门城被鬼斧神工的大自然装扮得璀璨娇艳，这座拥有近七百万常住人口的大城市，散发着雍容华贵而又大气磅礴的气息。秋高气爽，蓝蓝的苍穹下，石门的秋天是个清秀、湿润又极富耐心的美丽女子，不得不说，石门的秋是短暂的，要不怎么让人觉得珍贵？

绚烂斑斓的石门，醉人的秋风将整座以碧绿色彩为主色调的古城调成暖暖的金黄色，而橙红色又镶嵌其中，那是石门秋的另一种色彩来源——枫叶。静下心来观察，这座城是令人陶醉的，那一排排古老遒劲的梧桐树高昂着树杈，肆无忌惮地散向天空，而棵棵树根盘根错节，承载着不同色彩的叶片。

庭院里，馨香而柔软的碎槐花瓣，此时已纷纷洒落，瓦檐上盘绕的紫藤正在悄无声息地生长，那气宇轩昂的广厦、绿荫环抱的走廊、恢宏壮阔的护江宝塔、郁郁葱葱的狮子山、神秘幽静的古刹、回音袅袅的黄吕钟声，粗糙雄浑的法国梧桐、涓涓流淌的石朝湖水、默默注视世事变迁的石佛大像……在摇曳的秋风里有的显得柔情万种，有的显得豪情万丈，有的又显得羞答答的。纵然石门的秋景繁花似锦，但心思托秋，便成了个“愁”字，秋峰如何有雅兴赏秋呢？

秋峰的大脑变得越来越清晰，他又回想起元炳队长那漫不经心又浓重的苏南口音——“身边的人可要提防当心啊……”

身边的人，是谁？

他数数身边的人，无非是妻子谢英、小皮、霍元旦，还有新聘用的耿彪、周大力、江上风等。

谁会出卖他？妻子谢英，他摇摇头，夫妻是命运共同体，绝无可能。小皮？这小子是跟自己从小玩到大的，且是走投无路之时来投奔自己的，不可能，除非这小子想死！霍元旦？不会不会，虽然他们因业务相识相交，其人品绝对信得过，况且他如此精明，损人不利己的事是不会做的，还有几位新聘用的小周、小江等，压根不掌握自己的重大决策及所作所为，如何举报？

要不是自己社会关系深厚，这种举报是要命的，足以摧毁他所有的一切，甚至最终令他锒铛入狱！

秋峰想到此，不禁打了个激灵，倒吸一口冷气。

“真是一波未平一波又起，吴江行贿受贿案尚未沉冤昭雪，又出现了这种事，这个人到底是谁呢？一定要查个水落石出！”秋峰攥紧了拳头，心中暗暗发誓道。

“秋峰！秋峰！”秋峰顺着声音望去，只见霍元旦一路小跑过来。

“我的秋秀才，”霍元旦渐渐跑近，气喘吁吁道，“你真有雅兴在这儿赏景，我知晓你每天上班走这条路，果然碰上了，哎，告诉你一个消息，陈娇娇放回来了。”

“噢，这可是好消息。”秋峰道。

“她在电话里说，她今上午到我们公司办公室，有事找你哩。”霍元旦拖着秋峰道，“走，我们马上回办公室。”

在他们刚进办公室不到一支烟的工夫，陈娇娇便推门进来了。

“你们好！”陈娇娇一进门便高声问好。

“哦，陈大美人还是那么时髦靓丽啊！”

陈娇娇一身名牌，扑面而来的贵气不自觉就引得人想多看几眼，鲜红的唇色，再配上一头波浪卷发，脚蹬尖头高跟鞋，精致又美艳。

“陈娇娇，你跟我们说说现在的情况，我们都在担心呢。”霍元旦问道。

陈娇娇左顾右盼道：“走，有些不便，我请你们到楼下的雅然茶座边喝茶边聊，好吗？”

“行行，”秋峰知晓办公室有许多人，陈娇娇有话不便讲，同意道，“这就下楼。”

他们三人下了楼，在雅然茶座找了个包间，喊来服务生沏了三杯茶，拿来一些小吃。

“秋总，元旦。”陈娇娇突然哽咽，眼泪扑簌簌地向下流，掏出手帕边擦边哭，搞得秋峰手足无措，霍元旦安慰她道：“娇娇别哭了，有话慢慢说，没有过不去的坎儿，相信咱哥们儿有办法的。”

“我……我命好苦啊！”陈娇娇泣不成声，边擦泪边断断续续地道：“自……自被吴江铁检关后，我……我那老公就……就逼着我离婚，今……今天一早我就从民政局取到了离婚证，你们瞧瞧。”说着她从口袋里掏出了一个红彤彤的离婚证，秋峰接过一看，无奈地叹息一声。

“不只是离婚呢，”陈娇娇止住了啼哭，但眼泪仍在往下流，只见她神色暗淡，幽幽地诉说：“我没了工作，还被公公婆婆撵出了家门，作为一个女人，落到如此下场，你们说，我惨不惨啊！我现在心里只剩下恨，恨柴敏这个混蛋，是他害得我这么惨……呜呜……”说完又呜呜掩面哭泣了起来。

秋峰、霍元旦束手无策，缄默不语。

陈娇娇擦干眼泪，眼睛望着秋峰，楚楚可怜。“秋总，”陈娇娇诚恳道，“虽然我现在两手空空，但我有财会这一技之长，秋总能否收留我，我一定会全心全意为你工作，与元旦共同协助你公司做大做强，绝无半句怨言。”

秋峰、霍元旦面面相觑，霍元旦也用征询的目光望着秋峰。

“好吧。”秋峰沉吟后缓缓道。

“谢谢秋总！”陈娇娇见秋峰表态，激动地站起身，深深地向秋峰鞠了个躬。

“别……别，你坐你坐。”秋峰连忙起身，谦让道。

“秋总，元旦。”陈娇娇抹干眼泪动情道：“我陈娇娇的为人你们应该清楚的，我从无害人之心，我精通会计电算化，这两年我在材料段自学，考取了会计和税务师两项中级职称，掌握了CMA会计电算化程序，不瞒你们讲，像我这样的人在外面找工作肯定是没问题的，但我想与熟悉的人一起工作，秋总请相信我，以我凭熟练的财务经验和税务部门的人关系，一定辅助你及你的众成公司驰骋商场，获得成功！”

“好好，太好了！企业要发展，人才是第一要素！”秋峰情不自禁地紧握着陈娇娇的手，道，“我正缺一位财务高手，可以说我日夜都在盘算这个事，你来了，这太好了！”

“众成公司是梁山泊，只收英雄好汉啊！”霍元旦感叹道。

“和你们一起工作真的很荣幸！”陈娇娇也紧紧握住秋峰的手，说道。

“唉，过去的就让他过去吧！陈娇娇虽然吃了那么多苦，但也未必是灾难，俗话说福祸相依嘛！说不定好运就在后面呢。”霍元旦安慰道。

“承元旦吉言，没有这场苦难，我如何加盟众成公司呢？”陈娇娇对秋峰拱拱手道，“承蒙秋总在我落难之时收留我，我们共同把众成公司做成石门的一流公司，只要秋总吩咐，我陈娇娇一定全力去做。”她又低声道，“现在我反而轻松多了，可以24小时做到工作第一了。”

“好了，好了，”秋峰摆摆手道，“我现在最关心的是，我们众成公司与铁路材料段钢材业务后面究竟怎么做？货款怎么收结？”

“怎么做？”陈娇娇从小包里掏出一包蓝色小盒香烟，她熟练地取出三支细长烟，又分别给秋峰、霍元旦各一支，自己用打火机点着又把秋峰、霍元旦的烟点上，她深深吸了一口，吹出一缕烟圈圈，道："听说原来吴江铁路局计划材料段的副处长，接任了新段长，年纪也不大，刚三十出头，我们可以先去拜访一下他！"

陈娇娇停顿了半晌继续道："据我所知，材料段新建职工住宅区钢材尚有大半工程，要使用近万吨钢材，这么大的业务量，我们可以去争取一下！以免中途插进其他的供应商，对我们不利。"

"娇娇说得对，我们立即前去拜访！"霍元旦断然道。

"行，"秋峰看看手表道，"这事是头等大事，但上午时间不够了，午后两点我们就去材料段。"转而又道："把小皮带上。"

"哎，说到小皮我总感觉他最近神态恍惚，又有些神秘兮兮的，好像有什么心事。"霍元旦道。

"他有什么鬼名堂？"秋峰道，"哦，我倒烦心他做神谭寺储林储老板钢材货款的事，已经快三个月了，二百多万货款至今没有消息。"

"那神谭寺业务还在做吗？"陈娇娇接话道。

"早就不供货了。"秋峰道。

"那姓储的老板为何不付货款？是没钱？"陈娇娇又问。"小皮反映说，褚老板经常出差，说近期到东南亚考察去了，起码三个月才回来。"秋峰道。"那他出差应该不影响支付货款，只要交代下财务办理便是了。"陈娇娇嘀咕道。

"但小皮说财务一定要有褚老板的签字才行。"秋峰道。

"小皮在公司上班吗？"陈娇娇又道。

“天天在公司呢！”秋峰道。

“这样吧，”陈娇娇把烟蒂在烟缸捻灭后，道，“你们下去材料段，我与小皮下午去神谭寺，正好让小皮带我熟悉一下业务，秋总你看可好？”

“那敢情好啊！”秋峰鼓掌道，“从现在起，陈娇娇当我财务主管兼办公室主任如何？”

“太感谢秋总赏用了！”陈娇娇拜谢道。

“那，秋总要把人家待遇说一下哦。”霍元旦替陈娇娇着想道。

“哦，陈娇娇同志的待遇吗，暂定固定月薪两万，另一万作为浮动奖金，以签劳动合同书为准，如何？”秋峰又补了一句，“年终奖金及季度奖金，以公司合格线作为考核线，社会统筹保险以及交通补贴、通信补贴、伙食补贴不在上述范围。”

“很好，很好！”陈娇娇满意地点点头，高兴道，“从现在起，我就是光荣的众成人啦！”

“欢迎陈大美人加盟众成！”秋峰又握住陈娇娇那洁白而纤细的玉手，陈娇娇毫不回避，反过来握住秋峰的手朗声道：“愿为秋总效劳！”

第十三章　疑团陡生

他们三人返回众成公司办公室，秋峰马上召集会议。

秋峰向小皮在内的所有职员郑重其事地介绍了陈娇娇，同时秋峰为陈娇娇特地介绍了小皮：“他真名叫毛小利，小名叫小皮，是众成公司业务主管，人勤快又能干，希望与陈总珠联璧合，为众成公司创造奇迹！”秋峰明确了她作为公司财务主管兼办公室主任的职务，大伙报以热烈的掌声。

随后，秋峰布置了当前任务并做了分工，其中明确陈娇娇为公司的应收货款总监督人，负责公司各应收账款的安全督查与登记，兼顾公司内部建章立制的考核等，秋峰这一宣布，大伙隐隐约约感觉到陈娇娇俨然坐的是公司的第二把交椅。而陈娇娇并不推却，笑吟吟地做了自我介绍后与所有员工一一握手，一再声称自己只是一名“服务员”和“消防员”，哪里需要就往哪儿，所谓“服务员”，就是为所有员工服务，为老板分忧；所谓“消防员”，就是哪里“失火”，就出现在哪，确保公司安全经营，稳健航行，不断壮大，陈娇娇殷切希望得到大家的理解帮助，共同学习进步，创造和构建和谐温暖、朝气蓬勃的好团队。

陈娇娇一番情真意切、充满煽动性的话语，赢得大伙一阵阵的掌声。而公司里别有用心之人听了秋峰的宣布和陈娇娇的话，心里也开始打起了算盘。

会后，小皮把秋峰喊到外面的走廊里，说有事汇报。

“您既是我的老板，又是我视如嫡亲的哥哥，我早已把自己的命运和公司融为一体，”小皮欲言又止，踌躇道，“但……但有句话不知当讲不当讲？”

“讲呗，有什么吞吞吐吐的？”秋峰皱眉道。

“那陈娇娇在咱们这个行业早已臭名昭著，前阵子才被公司革了职，还因经济问题被吴江铁检关了这么长时间……如今您给她这么大权力，她本来就不干不净的，万一……”

小皮又小心翼翼轻声补言道：“我既是为您考虑，也是为自己着想呢……”

“你说完没？”秋峰盯着小皮道。

“说完了。”小皮道。

“小皮，这事我已决定，不可更改！”秋峰拍了拍小皮肩膀又道：“众成公司不是以前的个体户了，现在正在向集团化发展，旗下有数百人的神州铸造厂，凭你我能把持这个局面？你能担当大任嘛？没有人才引进，恐怕维系不了长远，现在公司缺的就是人才！这你应清楚！”

秋峰又道：“至于你担心的这个问题，我心里有底，再说每笔资金的流动，没有我的签字是出不了账的，我赋予她的权力只是监管嘛，别再胡思乱想了，配合人家好好干吧。”

“那好，只当我多嘴多舌吧。”小皮听后悻悻地走了。

依照秋峰的部署，公司分成若干个行动小组展开工作，其中一组就是陈娇娇和小皮，他们需要前往神谭寺建筑工地。

陈娇娇催促小皮，小皮则说褚老板不在，去了也是白跑一趟，很是不愿去。但在陈娇娇的一再坚持下，小皮很不情愿地与陈娇娇下了楼，搭上了前往郊外神谭寺的汽车。

一路颠簸，近一小时两人才抵达终点站，陈娇娇、小皮下车后，又找了一辆人力三轮车，“咣当咣当”骑了半个时辰，才终于到了神谭寺的大门口。

小皮付了车夫费用，带着陈娇娇径直向寺门走去，寺门两个警卫见是小皮，笑嘻嘻地把挡检打开，显然小皮早与警卫人员混得很熟了，小皮手一挥大摇大摆进入寺内，陈娇娇也紧随其后。

大约在鹅卵石铺的小道上走了十多分钟，两人才攀上了一条山坡小路，来到一座看上去新建不久的崭新而恢宏的殿堂，殿堂内有一尊三丈高的如来佛祖神像，只见这座释迦牟尼像金光闪闪，气势如虹，凛然不可侵犯，佛祖两侧，则是栩栩如生而又形态各异的十八罗汉。

殿堂的内广场则仍是坑坑洼洼，一群施工人员还正在进行后期的布置施工，制作“放生地”“喷泉”等设施。

“喂，你们是干什么的？”陈娇娇朝喊声方向一眼望去，只见殿堂门口台阶上一位手捻佛珠、身着百纳袈裟的僧士正用手指着他们。

“哦，是唐大神师父。”小皮忙作揖道，“我是众成公司的毛小利啊。”

“哦，是小毛啊，哈哈！”僧士哈哈一笑，下了台阶，走到他们跟前，道：“我以为是闯入禁地的游客呢，哎，小毛来检查施工工地情况？”

“哪里，哪里。”小皮指着陈娇娇介绍道，“这是我公司的陈总，是专门检查纪律的呢。”

“不是不是，是专门服务的。”陈娇娇谦和道。

陈娇娇的嘴上虽没说什么，可心里却对这个僧士起了疑，看这做派一副流氓气，懒懒散散，再加上小皮的刻意介绍，让陈娇娇更添反感。

“师傅，”陈娇娇接着问道，“这寺盖得真雄伟啊，这么大工程造价多少呀？得多长时间竣工啊？”

“这工程是由我的朋友香港商人佛教大师冯大贺先生投资兴建的，总造价超过两个亿，光这座寺就得五千多万，现在进入后期的装修阶段，本月可望竣工啦。”僧士哈哈一笑又道，“既是小毛领导光临本寺，贫僧带你们走一走介绍一番呗。”

“先介绍一下这座供奉的释迦牟尼佛祖像吧。”僧士道，“寺内供奉的佛祖尊像高达十三米，净重二十三吨，加上十八罗汉神像，光镀金就不是小数目。”

“价格不菲啊。”陈娇娇感慨道。

“自然，”僧士笑眯眯道，“这个价值不是以人民币算的，而是以美元算的。”

“用美元？”陈娇娇用奇怪的眼神望着僧士。

“是的，”僧士漫不经心道，“这些佛像的质量国内施工水平是达不到的，都是冯先生从新加坡请来的能工巧匠，支付的当然是美金了，人家不认人民币嘛。”

“如此讲究啊？”陈娇娇看着精致绝伦的佛像，不禁啧啧称奇，又道，“果然非同一般，不过，施工这般考究是出于何种考虑呢？”

“出于冯先生入佛之深，商界之德呗。”僧士捻了捻佛珠道。

僧士友好地说：“午后寺内有素斋茶，请两位尝尝特制的素茶吧。”

“不客气，不客气。”陈娇娇却突然道，“既然冯先生投以巨资，寺庙已基本建成，怎么承建的钢材款迟迟不付啊？”

“是承建褚老板出远门了，此事要等他回来办，是吧，唐大师！”小皮眼神不自然地看了眼唐大师，抢先回答道。

“哦哦，对对。”唐大师应承道。

陈娇娇看在眼里，心中更多了一分了然。

“怎样，贫僧邀请你们尝尝寺内特制的素菜如何？”僧士再次邀请，可眼神却不老实地端详起陈娇娇来。陈娇娇摆手道：“不了，谢谢大师，公司还有急事要办，改日再拜访，小皮咱们先走吧。”说完，拉着小皮胳膊就要离开。

反观小皮却一副意犹未尽的模样。“这样吧，陈总，难得来这神谭寺，我还想参拜下佛祖，你要是有事我也不勉强，大可先行离开。”小皮道。

"那好，我就先走了！"陈娇娇说完就匆匆离开了寺院。

一直等到陈娇娇的身影消失在拐角，小皮才收回目光，重新回到了庙内。

陈娇娇下了山坡，越想越觉得这个小皮有问题，便寻了一块可以暂时歇脚的大石块，给秋峰打去了电话。

"喂？喂，秋总方便吗？"陈娇娇拨通秋峰的电话急急道。

"嗯嗯，我们在铁路材料段会议室，等待蒋段长的召见，现在方便的。"传来秋峰的声音。

"秋总我问你，那毛小利到底与您是啥交情，您对他了解吗？"陈娇娇单刀直入地问。

"他是我父亲的小徒弟，跟我一块儿长大的，小皮什么情况，你说给我听听。"秋峰道。

"那我就直说了！"陈娇娇愣了一会儿，又道："神谭寺这笔货款肯定有文章，毛小利这人肯定有问题，他对您并不忠诚！"她想了又想道，"您能否告诉我那承建神谭寺的褚老板的长相特征，我一定查个水落石出，给您一个清清楚楚的答案，您觉得呢？"

"嗯，好！"电话那头秋峰也愣了一下，道，"褚老板年过五十，谢顶发稀，长方脸，细长眼睛，留有短须，个头一米七五左右，操着南淮口音，常年穿着黄色皮夹克或深蓝色夹克衫……"

"好了，明白了！"陈娇娇坚定道，"从现在起，我开始暗中调查神谭寺的应收账款情况，我敢断定你被毛小利欺骗了，但没有充分的证据，我暂时不到众成公司上班了。"

“啊，竟有这事？”秋峰很惊讶，过了一会儿又道，“我相信你，有情况及时联系我。”

“有你这句话，我陈娇娇再累再苦也值了，”陈娇娇道，“等我消息吧。”

陈娇娇挂掉电话，脑海里飞速转动，下面该怎么办？

陈娇娇飞速在想几个方案：一、上山坡杀个回马枪，直捣老底；二、花钱买通门警人员及有关人员，了解储老板行踪；三、请求秋总派人支援，直接找褚老板的财务对账。陈娇娇猜想，既然如来佛祖殿堂南麓广场尚在施工，那么褚老板办公室及财务都应该在附近，突然对账，对方是否会配合？依毛小利与对方的热络程度，只要毛小利放句话，对方肯定听他的，如此一来，不仅事情办不好，整个计划都砸了。挖空心思徘徊几个来回，她还是决定，找寺庙大门处门警人员，先探个情况再说，陈娇娇想好了便朝寺庙大门处走去。

“哎哎，大哥你好。”陈娇娇见一位身穿门卫制服约有四十岁的门岗正独自坐在板凳上悠闲地吸着烟，便迎上去跟他打招呼，一边说着一边将准备好的一包大石门香烟塞进他手里，道：“我刚进去找我表哥褚老板，在里面已经找了一阵子了，您看见我表哥了吗？”

“你是储大老板的表妹啊？”中年门岗见一位美妇人塞给他一包烟，又拘谨又激动，手足无措地站起来，连连点头道：“我早上看到他出了寺门，可能又到外地采购啥物资去了，应该晚上才能回来，这段时间都是这个规律，早出晚归的。”

“哎，我这个表哥真是个大忙人，也不跟我约个时间，只让我来，大老远的让我扑了个空。”陈娇娇埋怨道，“那他办公室或者财务室也在寺内吧，劳驾大哥指点一下，我给他带了一张货款支票，交到财务室即可。”

“可以可以，我带你去。”门岗说着便给陈娇娇引路，陈娇娇见门岗要引路，心想真要是去了，毛小利在那儿，碰上面岂不露了馅，还是等毛小利出了寺门，我再闯进去也不迟，不能冲动，不能打草惊蛇！想到此，陈娇娇又改口说道：“这样我还是觉得不妥，那支票还是当面交给我表哥为好，谢谢您啦！”

“也好也好，不谢不谢！”门岗露出一口大黄牙，对她点头哈腰。

陈娇娇出了寺门，跑到寺外不远处一处百货超市买了一件大围巾、一副墨镜以及一把花式阳伞，买完物品后，她朝寺庙一排卖水果、佛香、蜡烛的地摊后面走去，这后排既能清楚观察寺庙大门进出的游客，又很难被察觉到。

为了谨慎起见，陈娇娇戴上墨镜，披上大围巾，撑起了阳伞，还在地摊上买了三只脐橙，卖水果的老板给了她一个小板凳，陈娇娇边吃脐橙，边死死盯着寺庙大门。

时间一分一秒过去，陈娇娇等了一个多小时，也没看到毛小利的身影，她怀疑寺庙还有别的大门，遂问水果老板：“师傅，请问出寺有几个大门？”

“三个大门，这边是西门，还有东门、南门呢。”水果老板漫不经心道。

正当陈娇娇懊恼地想转移之际，门口出现了熟悉的身影，毛小利与几个门岗寒暄打招呼后便向寺门外一辆黑色轿车走去，陈娇娇起身取下墨镜，清楚地看到并记下轿车车牌号：营 AB06768，是辆日本本田，车内好像还有一位驾驶员，只见车上下来一位胖墩墩的大麻脸，陈娇娇觉得此人有些眼熟，她渐渐记起了，这人是在众成公司见过的工商局的人，他如何与毛小利接上了头？还玩笑地捶了捶毛小利的胸膛，毛小利上了车，黑色轿车迅速驶离神谭寺。

陈娇娇见黑色轿车已驶离，遂将所购的阳伞、大围巾塞给水果老板，道："这是送给你的。"便拔腿向寺门走去。

那门岗看到陈娇娇又跑了过来，眼睛眯成一条缝。

"师傅，能带我到我表哥办公室吗？"陈娇娇征求道。

"能，能啊！"中年门岗马上把陈娇娇放了进去，还引路向那工地方向走去，陈娇娇跟在后面，心想要是遇到那个唐大神咋办，他要是与毛小利通风报信咋办？正在她犹豫时，突然背后传来一个熟悉的声音"陈娇娇"。

陈娇娇一怔，墨镜竟然掉在了地上。

第十四章　奇异的“对账单”

陈娇娇回头一瞧，一个三十出头，样貌有些面熟的男人正用炽热的目光注视着自己。

这男人身挎黄色皮包，手上提着一袋祭品，浓眉大眼，身材健硕，身高一米八〇左右，戴着黑色眼镜，一副教书先生的模样，后面跟着腼腆胆怯的小女孩，七八岁的样子，也怯怯地看着她。陈娇娇思路渐渐明朗起来，冲着来的人喊道：“你……你莫不是陆靖？”

“是啊！还认识我？咱们可是老同学啊！”陆靖惊喜道。

原来，这陆靖和陈娇娇是高中同学，当年，陈娇娇是班上的文艺委员，又是班花。而陆靖则是班上的体育委员，学校里有名的体育王子，先后获得全省曲棍球业余赛个人一等奖，全国曲棍球技巧比赛二等奖，此外，他还是有些项目的优秀种子选手，多次参加省市项目比赛，曾拿下许多奖项，为学校乃至全市争得荣誉。

两人可算得上是郎才女貌，一对璧人，初恋的悸动最是最刻骨铭心。那时的两人经常一起逛街、看电影，是学校里有名的情侣。不仅两人情投意合，就连双方父母也心知肚明，但考虑到孩子毕竟年龄尚小，还是要以学业为重。双方家长便约定两人考入大学后，正式定亲！

哪料世事无常，陆靖高考时因参加的体育比赛过多，忽视了文化课成绩，致使高考落榜。再加上当时跟父母产生了矛盾，陆靖竟然在一气之下，偷偷报名参了军，还被分配至云南边境当了武警，但陆靖勤奋进取，聪明好胜，不到两年便被所在的武警队长先后提拔为班长、连长、副支队长等。距离让两个原本相爱的人渐行渐远，陆靖后来在云南与一个苗族姑娘谈了恋爱，还生下一个女孩，本来陆靖事业稳定，家庭生活还算过得不错，但去年夏天，陆靖的妻子被一场车祸夺去了生命，伤心之余，陆靖从云南某武警支队调至石门市城南区公安分局经济案件侦查大队，任副大队长。

时隔多年，陈娇娇虽对陆靖情况有所耳闻，但毕竟两人距离太远。自己则在毕业后被分配到市水泥制管厂出任出纳会计、办公室文员，后转调担任石门铁路材料段供应科主任。在市水泥制管厂工作期间，经他人介绍认识了同单位销售科的蔡某，同年十月，陈娇娇夫妻关系彻底破裂，最终离婚，夫妻分道扬镳。

如今陈娇娇、陆靖意外在神谭寺相见，也着实勾起了两人许多回忆。

“你……你怎跑到这个地方了？”陆靖见到日日思念的陈娇娇又惊又喜，现在的陈娇娇已经蜕去了单纯懵懂的青涩模样，变得成熟性感。

“我来寺庙办事。”陈娇娇从包里拿出一张支票扬了扬又放了回去，“你咋也来寺庙了？”

“哦，”陆靖收起笑容，提起一袋祭纸沉重地答道，“今天是我妻子的忌日，我带孩子过来悼念亡妻，供奉祭品。”

“你妻子过世了？这里有她的碑位？”陈娇娇惊讶地问道。

“是的，”陆靖咬咬嘴唇道，“图个心安。”陆靖又道，“哦，你现在过得好吗？在哪个单位工作呀？”

“还行，还行。”陈娇娇呡着嘴唇轻声道：“我嘛，现在在一家民营单位做销售和财务。”

“销售、财务一把抓？”陆靖有些诧异道，“你这一个女同志能耐还真够大的！”

“边干边学呗。”陈娇娇有些局促，捋了捋秀发道，“才到这家民企，人家民企希望用的人是一专多能，最好是一职多岗，这不就省人省钱了吗？”

“哦哦！”陆靖从背包里掏出一张名片，递给了陈娇娇道，“这是我现在的工作单位，有事尽管吩咐，对了，我们的老同学宋捷你还记得吗？他前天给我打电话了，召集这个月同学们聚聚呢！”

“哎，”陈娇娇接过名片惊奇道，“你不是在云南当武警干部，怎么又跑到石门当起公安队长了？”

“这是组织调动嘛，”陆靖笑道，“军人就要服从命令，虽然现在脱下了军装，但心还是没有变。”

“那以后有事找你可不要推脱哦。”陈娇娇打趣道。

“那是当然！”陆靖看了看旁边的孩子爽朗道，“只要不越红线，全力照办！我现在一个人除了上班就是接送孩子，过得也还算充实！”

“孩子多大了？”陈娇娇蹲下身子欲抱小女孩，温柔地问，“告诉阿姨，几岁了？叫什么名字？”

小女孩躲在陆靖身后，一声不吭，怯怯地望着陈娇娇。

“哎，”陆靖抓住女孩的手，和蔼道，“梦倩，快告诉阿姨几岁了，叫什么名字。”

“阿姨给你买好吃的，好吗？”陈娇娇也轻轻握住小孩的手，道，“这孩子是你平时管得太严了吧，见陌生人好像有点害怕，嗯，样子挺可爱的，穿得挺洋气的。哦，她叫什么来着，梦倩？这名字里面还有你的字么。”

“是的。”陆靖低沉道，“这名字是小名，是她妈妈生前起的，意思是时时梦见陆靖。”

“看得出，她妈妈生前很爱你吧？”陈娇娇追问道。

“这……这话不……不要说了……”陆靖突然淌下眼泪来，他用手纸擦了擦已湿润的眼睛，道：“不打扰你了，看得出你有要紧公事办，日后再联系吧，哦，娇娇咱留个号码好吗？”

“真不好意思，我的电话号码是136××××××××，记好了吧，那咱以后有空再联系，陆靖你多保重！”陈娇娇抱歉地说。

陆靖点了点头，转头对一直等在旁边的门岗招招手说道：“这位师傅，不好意思，让你久等了。”说完便牵着小女孩朝另一方向走去，陈娇娇也跟着门岗来到了一排平房。

门岗指着窗子上贴有福字窗花的房间道：“这窗户上贴福字的就

是褚老板的办公室，右边第三个有防盗铁栅门的就是他们的财务室，褚老板肯定不在，你去敲一下铁栅门，财务室肯定有人。”

“谢谢这位大哥。”陈娇娇道，“你先回去吧！我去财务室办事。”

门岗道了声“不谢”，便转身离开了。陈娇娇思来想去，还是先拿出手机，给秋峰拨打了电话。

“秋总，现在接电话方便吗？”陈娇娇拨通了秋峰的电话。

“嗯。情况怎么样？”秋峰问道。

“我想了解毛小利经办神谭寺钢材货款的具体数额，以及拖了多长时间。”陈娇娇道，“因我现在在褚老板财务室门口，马上要进去与对方财务核对，这样才能让对方信任。”

“你记一下！一共207.65万，已经拖欠三个月零八天了。”

“货款发票什么时候开具的？”陈娇娇道。

“也快三个月了，对方已签收。”秋峰说得清清楚楚。

“明白了。”陈娇娇补了一句：“那个褚老板在石门，根本没去东南亚。”

“此话当真吗？”秋峰追问。

“没错！”陈娇娇肯定道，“具体待我回去汇报。”说完便挂了电话。

陈娇娇定了定神，走近那个铁栅门，用指关节轻敲了三下。铁栅门开了，一个大学生模样的女生探出头来：“找谁呀？”

“不好意思，我是众成钢铁公司的财务人员，前来与贵处核一笔往来账款可以吗？”陈娇娇小心翼翼地问。

“是众成公司的？”女生并未把门打开，只是轻描淡写道，“那你喊毛小利前来核账，其他人我们一概不见，抱歉！”说着便要关门，却被陈娇娇死死拽住。

“你要干什么？”门内传出一声浑厚的男声呵斥声，“我们会计不是说不见了吗，你是不是聋子！”

“对不起，我只是来履行公事的，不是来寻衅滋事的！”陈娇娇还是不松手，一副不依不饶的模样。“你们单位连正常的公事都不能配合，谁敢为你单位服务？”

“别说我没提醒过你！你再胡搅蛮缠，我马上放狗咬你，信不信？快滚！”房间内再次传来恶狠狠的男声，紧接着几声恶犬的狂吠声响起，吓得陈娇娇一个激灵，松开了手，铁栅门勾带着她手腕上的一条白银手链掉进了门内侧，也顾不得再次敲门捡回来，陈娇娇便逃也似的下了山坡。

纵使陈娇娇再胆大，也不过是一介弱质女流，很难与对方抗衡，自知抵挡不住的陈娇娇有些不甘心地离开了山坡。这一路她的心跳得极快，一直走到了宽敞的马路，见到了往来匆忙的行人，这才松了一口气。许是方才太过紧张，陈娇娇突然感到有些口渴，左右环顾，蓦然发现前方四五百米处有便民小店，于是她朝那个便民小店走去。

她进了小店买了一瓶矿泉水，打开后仰起头咕咚咕咚几乎一口气喝了大半瓶，这才恢复了过来。可是冷静下来后，她越想越憋闷，那个姓储的工程公司一定是带黑社会性质的企业，但越是黑恶，她越觉得要深挖下去，她咬牙切齿，心中暗暗发誓一定要铲除这家黑恶公司。

可凭她一个手无缚鸡之力的弱女子，没有强大的后盾，又如何撼动这些黑恶势力！她突然想到方才重遇的老同学陆靖，他不是公安局的大队长吗？对，找他商谈！但她又想，今天的事情太重要了，得先向秋峰反映，想到这儿，她拿起手机又拨通了秋峰。

“秋总，你那头事情谈得怎么样了？”陈娇娇平静地说：“我有重要情况向你反映，什么时候见面？”

“很急吗？”

“很急！”

“这样，我们一个多小时返回公司，在公司里面谈吧。”

“不能在公司。”陈娇娇着急道，“找个没熟人的地方谈吧。”

“那就在上次公司楼下巷子里的雅然茶座吧。”

“好，我大约 1 小时到！”陈娇娇挂上电话拦了辆出租车，谈好价格后直驶雅然茶座。

一个多小时后，陈娇娇与秋峰、霍元旦在雅然茶座见了面，秋峰见陈娇娇神情恍惚，便问她遇到了什么情况。陈娇娇一五一十将今天在神谭寺的所见所闻说了一遍，令秋峰、霍元旦大惊失色。

“小皮背地里竟然做这样的事，我对他向来不薄，我马上找他，绝不放过他！”秋峰愤愤道。

“现在不可打草惊蛇！”霍元旦挥挥手道，“我们先不露声色，静观事态变化，打蛇要打七寸。”

“是的。”陈娇娇道，“老霍说得对，不过我今天在神谭寺巧遇我多年未见的老同学陆靖，他刚从云南武警转业至城南公安分局当经济侦查队副大队长，我把他喊来共同分析一下。”

“这么巧？”秋峰高兴道，“赶紧把他请来。”

“我这就给他电话。”陈娇娇顺手掏出手机拨通了陆靖的电话。

“陆靖，”陈娇娇一通电话便道，“知道我是谁吧？”

“哎，你还在神谭寺吗？”

“我已回到市区了。”陈娇娇道，“你回来了吗？”

“我也回到单位了。”陆靖回道，“刚把孩子放到我妈那儿，现在在单位，娇娇，有啥……”

“我公司发生了挪用巨款的事，不知道这种事情是否归你们公安管？”陈娇娇道，“你能否抽空到乐泉路的雅然茶座来一趟？”

“马上来，马上来。”传来陆靖爽快的回答。

陆靖真是军事作风，外加老同学的面子，不到两支烟的功夫，陈娇娇听到有人过来，便喊：“陆靖，到3号包间。”

门推开了，探出陆靖的头，陈娇娇立马向彼此介绍了一番。随即，陈娇娇将事情的来龙去脉以及她的疑虑又复述了一遍，她坚定地认为，那神谭寺姓储的工程公司有涉黑嫌疑，建议公安机关立案调查，毛小利涉嫌勾结他人利用职务之便侵吞公司巨额财产，已构成刑事犯罪，建议秋峰上报公安机关，公安机关据此立案查处。

听了陈娇娇这番言论，秋峰、霍元旦把视线投向了陆靖。

只见陆靖沉思了一会儿，看着他们三人慢条斯理地说：“公安机关立案审查从来不凭主观臆断、猜测怀疑随便逮人捕人，也不可把经济纠纷案件当作刑事案件来处理，陈娇娇在神谭寺的遭遇到目前为止，只是怀疑推测，所有刑事案件最基本的特征，必须有事实依据，以及事件发生并形成破坏性的后果，比如诈骗、暴力伤害等，已构成客观事实，行为人以虚假捏造的材料，造成当事人的财产损失、心灵创伤。

“目前尚不具备立案的条件，此外，不瞒诸位说，我调至城南公安局任职尚不到三个月，一些业务及人际关系需要时间巩固和磨合，分管经济案的局长曾是石门理工大学的教授，也是不久前调来的，为人十分谨慎，就目前来看，报立案条件不成熟，肯定会被局里打回。”

陆靖的话虽然有理有节，但对陈娇娇而言，不啻于一盆冷水从头泼下。

“那，那姓储的财务室人员居然要放狗咬人，这太恶劣了！”陈娇娇愤愤不平地道。

“人家只是口头威胁，未酿成后果。”陆靖耐心道，“再说，你上门对账，人家未见经办人出场，对你又不熟识，拒绝对账是人家的权利啊！”

“眼前唯一的办法就是搞到毛小利侵占公款的证据！”陆靖又道，“只要与姓储的公司核对，证明货款真的被侵占了，有了这个证据，那么毛小利就是公安机关的突破口，可以立案调查，如何？现在我们证据不足，会被人家反咬一口的！”

“看来核账是当前的重中之重！”秋峰把目光又扫向陈娇娇，陈娇娇意识到秋峰把全部的希望寄托在了她的身上，陈娇娇深感责任重大，她突然又想起神谭寺那位中年门岗，是否可以买通他并通过他与对方财务接触呢？

“这样，我向局里领导请示一下，与你前往神谭寺采集证据。”

陆靖对陈娇娇道，“俩人也能有个商量，总比一个人强。”

“不妥！我有办法了！”陈娇娇眼睛一亮道，“知道这事的人越少越好，免得人家生疑，你是公安大队长，眼睛看人不一样，容易被人猜疑，现在还不是你出马的时候。不过这趟去神谭寺，可要花钱哦。”陈娇娇对秋峰道。

“娇娇言之有理，”霍元旦赞道，“我赞同她的观点！”

陈娇娇说服了他们，决定自己再次独闯神谭寺，翌日，陈娇娇到了神谭寺西大门门口，再次看到那个大黄牙门岗。

她热情地主动上前，对大黄牙门岗道：“哎，大哥，昨天忘了问您姓什么？”

“姓钱，金钱的钱。”大黄牙门岗羞涩地自嘲道，“但我缺的就是钱！”

“哎，你不会缺钱的！”陈娇娇把大黄牙喊到一边把提早准备好的鼓鼓的信封往他手里一搁，爽快道，“我正有一件事需要得到你的帮助，这是三千块，事成之后我再给你两千。”

大黄牙被眼前面容姣好又尽显干练的女人的行为惊呆了，大黄牙突然“呜呜”地哭了起来：“我长这么大，从来没被当人看，也没见到有人给我这么多钱，老妹子，我看你面善心慈，只要我能办到的，就是躺钉板也去为你效劳。”门岗边哭边打开信封，见里面厚厚一沓钱，果然是三千块人民币，又激动地抹起泪来并迅速地将钱包塞进自己的上衣口袋。

“钱大哥，”陈娇娇开导大黄牙道，“其实并不是什么难事，昨天你带我找到褚老板办公室，那么熟门熟路，说明你对这家工程公司非常熟悉。”

“那当然了，”黄大牙道，“那家工程公司的所有的人我都熟悉，那搞财务的小崔还是我的远方亲戚呢。”

“是吗？”陈娇娇听到这话暗暗高兴，依她做财务的经验，猜想这工程公司肯定有代账会计帮做账册，本想走“曲线”用钱打通“代账会计”，现在不需要绕道了，想到这儿，遂道，“你和那小崔会计个人关系如何？”

“可好啦，”大黄牙手舞足蹈道，“小崔会计事事都喊我帮忙，昨天你走后，小崔还让我为她家修电灯、扛煤气包呢，这点算不了什么，她到银行取钱，为保证安全，我都陪她跑银行呢。”

“既然你们关系这么好，如果让你找她帮忙做件事，她会答应吗？”陈娇娇不失时机地问。

“她肯定会答应，”黄大牙加重语气炫耀道，“不是我吹，她爸找她办什么，还不如我管用，你信不信？”

“我信，我信。”陈娇娇边说边拿出一张纸来，突然哽咽道，“我是石门一家钢铁企业的财务主管，半年前我相信我表哥褚老板，给他发了二百多万的钢材，钱没付也就罢了，就连个手续都不完善，我老板天天拿我批斗，我一直吃不好睡不安，都快崩溃了……”

陈娇娇边说边用手帕抹着眼泪，断断续续道：“我两处房子都押给我老板了，如果褚老板货款有闪失，我的两套房子就抵充公司的这个窟窿了，这叫我怎么办啊？！”

“有这么大的事？”黄大牙听后非常震惊，安慰道，“老妹子别哭也别急，总有解决问题的办法，你看我能为你做什么事。”

“既然你说那崔会计和你这么好。”陈娇娇拿出一张事先准备好的对账单给黄大牙道，“大哥帮助我找那个小崔会计，请她核对我公司的往来账目，有如异议在上面写个说明，盖上他们的公章，办完了把这份对账单交还给我，我另外再给你两千块，可好？”

“哎，昨天你来找她咋就没办？”大黄牙疑惑道。

“不谈了。”陈娇娇道，“昨天我过来找她办，却看见一只巨大的狼狗，我天生怕狗，便吓得逃了出来。”“哈哈。”黄大牙大笑道，“怎么怕狗呢，好吧，好吧，一句话。”黄大牙接过单子道，“我这就找她办。”

“现在去怕有不妥，”陈娇娇拦住黄大牙道，“到了中午时分，小崔吃饭时单独找她，现在去财务人多怕不方便。”陈娇娇想了想又道，“你找小崔会计时说，众成公司负责财务的会计是你的表妹，其他不必多言。”

“好好，包在我身上！”黄大牙拍拍胸脯道，“那我中午去找她。”

“好好！”陈娇娇道，“拜托钱大哥，我正好想参拜下观音殿和财神庙，大约下午一点我来找您。”

“还到这个原地呗。”黄大牙笑呵呵道。

下午一点，陈娇娇准时返回原地，但不见黄大牙身影，陈娇娇来回踱步又等了半个多小时，仍然不见黄大牙身影，不禁心中生疑，焦虑起来。

正在陈娇娇胡思乱想的时候，黄大牙突然兴高采烈地朝她跑过来。

“老妹子，老妹子，搞定了！”黄大牙气喘吁吁地把两张纸交给了陈娇娇。

陈娇娇如获至宝，连忙翻看，但见对账单上用钢笔明明白白写着：我司于1997年3月21日全部支付207.65万元，早已结清，故双方无账。并见落款日期为1997年11月3日，盖有鲜红的公章。

陈娇娇又看了看另外一张复印件，是银行转账支票付款凭证的复印件，也清楚地显示确已付款，且收款单位名称就是石门众成钢铁集团有限公司，陈娇娇又看了第三张，也是复印件，是歪七竖八的一行字：今收到货款207.65万元，至此货款结清。落款是毛小利。

“哎！”大黄牙疑惑道，“这上面说，这货款早就付给你们公司了嘛。”

“嗯嗯。”陈娇娇看了材料也大吃一惊，她边说边从口袋里掏出一叠钱来，道，“这是答应给你的两千块，你清点下。”

“那怎么好意思？”黄大牙边说边接过包，拿出钱简单数了一下就塞进了自己的口袋。

“钱大哥，多谢您了。”陈娇娇把三张纸叠起来放进了自己的包里，道，“我有事得先回去，告辞了。”

“老妹子，有啥事，尽管找我啊！”黄大牙拱拱手道。

“再见！”陈娇娇匆匆朝车站走去。

第十五章　打消报官

陈娇娇上了汽车后，用手机拨通了秋峰的电话："秋总，你带老霍还是到那家雅然茶座，我把我同学陆靖喊来。事情十分严重，我坐上了公交车，大约40分钟到达。"

"好的，我和老霍在那儿等你。"秋峰挂上电话。

四十分钟后，陈娇娇到达了雅然茶座，见秋峰、老霍、陆靖早已在那里等着她。

"什么情况？"陆靖发问。

"秋总，你这二百万没了！"陈娇娇却看着秋峰，从包里取出三张纸来，秋峰立马接过纸张，认真地逐字看了一遍，不禁大惊失色。

"这……这账户不是众成公司的！"秋峰惊讶道。

"你确定这账户不是你公司的？"陆靖道。

"绝对不是！"秋峰坚定道，"这账户肯定是毛小利私下开设的，这笔货款是他截用了，可恶！这小子胆子太大了，陆警官，您看此事怎么办？”

“有了这个东西，才具有刑事立案侦查的依据，从这份材料来看，毛小利已有了侵占公司财产犯罪的嫌疑！下面，你要做的，一是写一个报案材料，二是写个证明，证明此账户非你公司的账户。”陆靖又道，“你今天下午带着材料可到我公安局正式报案，我在大队等着你们。”陆靖言罢，便起身离开回去安排后续的工作了。

“秋总，”陈娇娇见陆靖走了，便义愤填膺道，“那个毛小利太可恶了，陆靖是我同学，我们报了案他一定会全力以赴，等把毛小利这个内贼抓捕了，一定要让毛小利将款退出来。”

“对，对这种人一定严惩不贷！”霍元旦也非常气愤，胆大包天，全然不顾职业道德！

“你在神谭寺门口看到小皮和袁太坚在一起？”秋峰突然向陈娇娇发问。

“是的，是的。”陈娇娇比画道，“就在昨天我在神谭寺等候小皮，只见袁大麻子从一辆本田轿车上下来，还开玩笑地捶了小皮一拳，俩人有说有笑，看样子他们非常的铁，然后小皮坐上了他的车走了。”

“这辆车的车号呢？”秋峰又问。

“哦，”陈娇娇从包里掏出一个小本子，翻开道，“我当时记下了，车号是营 AB06768，是黑色本田车。”

“上次那个假冒案肯定就是他们干的，害老子白白花费了十万，真是是可忍孰不可忍！”秋峰狠狠地说道。

“是的，”老霍叹道，“这年头，人心不可测啊，秋总对这家伙那么好，这小子在背地里竟干这样狼心狗肺的事，实在不该！”

“现在收拾这家伙的时机到了。”陈娇娇道，“我们把材料按陆靖要求的赶紧做了，下午就送到公安局，我陪你去。”

“马上做，走，回办公室。”秋峰站起身道。

“这时候，那小子在公司里？”老霍道。

“管他在不在呢。”秋峰咬牙切齿道。

“我的意思是，我们如果看见毛小利，要装作啥事没有，如果让他察觉了，这小子便逃跑了，公安抓他难度就大了。”霍元旦道。

“对，我们不能惊动他，免得他逃了！”陈娇娇道。

“有道理，走！”秋峰结了茶钱，手一挥，仨人便朝公司走去。

“领导们回来了，”他们刚进门，小皮就迎了上来，讨好道，“辛苦，辛苦，我刚给您沏的顶级铁观音，您尝尝。”说着便将茶杯端给了秋峰。

“呵呵，你现在是真有钱啊，”秋峰并没接他的茶，只是向里面一间大办公室走去，甩话道，“我现在不想喝茶。”

“我想尝尝，我想尝尝！”霍元旦笑嘻嘻地接过小皮的茶杯，吸了下鼻子道，“呵，这茶真香啊！”

“这茶真的不赖！”霍元旦喝完后赞道。

“来，陈总也尝尝。”小皮给陈娇娇端上一杯。

“谢谢！”陈娇娇不露声色地客气道。

“小皮，”秋峰又折回头对小皮道，“安排你一件任务，替我去浦滨农贸茶场采购两份大闸蟹，要精品好蟹，我要拿去赠送重要客人。”说着便从身上掏出二十张一百块的人民币。

“好好！”小皮连连点头，又道，“领导这蟹要得急吗？”

“很急，快去！”秋峰道。

“我马上就去。”小皮从他办公桌上拿起挎包，便匆匆下了楼。

秋峰把小皮支走后，对霍元旦、陈娇娇使了个眼色，道：“我们可以行动了。”

秋峰草拟文稿，陈娇娇在秋峰桌上的一部电脑上按稿打字，不出一刻钟，刑事立案申请书几经修改便打印好了。

秋峰将申请书及复印件均盖了公章，喃喃道：“你不仁，莫怪我不义啦！”

陈娇娇、霍元旦赞成地点了点头。

正当他们会商后一步行动时，陈娇娇手机响了，陈娇娇一看是陆靖打来的：“娇娇，你跟你们秋总讲，下午别来公安局了，因今下午和明天一天，局里有其他安排，你们后天上午来吧。”

“哦哦，我跟秋总反映一下。”陈娇娇挂掉电话对秋峰道，“刚才陆靖来电话，今下午至明天全天他们局里部署活动，他让我们后天上午去公安局找他。”

“哦，只能等到后天了。”秋峰无奈地摇摇头。

“这两天我们千万不能惊动他！”霍元旦低声道。

“对，要沉住气，坚决不让他知晓，他要逃了就麻烦了！”陈娇娇道。

第二天黄昏，秋峰正在家烧菜时，门口传来有节奏的敲门声，秋峰让谢英开了门，见门口站着三人外地人，谢英并不认得，只得喊秋峰：“客人来了，秋峰出来一下！”

秋峰听到喊声，用毛巾擦了擦手，跑过来一看，惊呆了。

“啊，是师父？你……你们怎么来啦？”秋峰恍过神有些结巴道。

原来，站在秋峰家门口竟然是秋峰在黄家圩港造船厂打工时拜的蔡段长师父，从秋峰离开黄家圩算起，他已十四五年未见到师父了，但见蔡段长白发苍苍却精神矍铄。还有一个似曾相识的胖胖的汉子和一位老头模样的人则完全不认识。只见那胖胖的汉子用黄家圩方言喊道：“秋峰，你不认识我了，我是海狗呀！”

“哎哟，是海狗？我真认不出你了，长相变化那么大！”秋峰喜出望外道，“师父！海狗！赶紧进屋，我给你们烧菜吃。”

正在秋峰手足无措热情张罗时，那一声不吭的老者突然在秋峰面前“嘭”地跪趴在地，把秋峰、谢英着实吓了一跳。

“这……这……”秋峰语无伦次道，正当秋峰夫妇面面相觑时，只见蔡段长厉声吼道：“小皮，还不滚过来向你师兄谢罪！”

随着蔡段长一声呵斥，小皮低着头一声不吭走了进来，扑通一声跪在了老者后面。

“秋峰啊，”蔡段长满脸堆笑地道，“咱师徒俩算算有十五年未见面了，我一直为你感到骄傲，你有今天的成就，是你奋发进取，千辛万苦得来的，跪着的老者你认识不认识？”

秋峰摇了摇头。

“他是小皮的父亲，叫毛根生，也是你父亲生前的要好朋友。”蔡段长又道，“今天我们特地从黄家圩赶来，就是知晓小皮这孽子闯了大祸，我和他爹知晓这事后，把小皮给臭骂了一顿，我们也为小皮的事咨询了老家的律师，只要你秋峰向公安报案，他就构成侵占公司财产罪，至少得判十年，所以，我们希望秋峰你网开一面，看在我们家乡人的份上，看在你过世的父亲的份上，给他一次将功赎罪的机会……”

“哦，”秋峰恍然大悟，讥笑一声道，“原来师父您赶来，是为他求情的？那饶了他，二百万咋办？”

“秋峰啊，”蔡段长诚恳道，“你想啊，你要是通过公安，逮他去坐牢，他便更是死猪不怕开水烫，索性不还钱，损失的还不是你，这样既薄了面子，结了恩怨，你还得不偿失，你的目的是收回二百万啊！”

“是呀，是呀。”旁边黑胖的海狗不失时机地跟话道，“钱好还是人好，你秋峰的根还在黄家圩，从老家到大城市创业，还不是想让家乡人替你高兴，你要是把小皮逮到牢里去了，家乡人如何看待你秋峰，黄家圩地方小，屁大点儿事都能传几条街，你秋峰是个名人，不用三天全镇都传遍了。”

“海狗，你少说话！”蔡段长瞪了他一眼，海狗一听不敢再言。

“秋峰啊，我这老脸，真是丢大了，我家出了这个败类！”小皮的父亲毛根生站起身来朝小皮屁股上便是一脚，然后抡起拳头朝小皮头上连锤，小皮嗷嗷哭叫，秋峰、谢英实在看不下去，拦住毛根生的拳头，毛根生气喘吁吁地指着小皮骂道：“你、你这畜生！今夜你就替我跳进石门北大江死掉算了，别给我毛家丢人现眼……唉！我毛家不幸，如何出了个孽子啊，如何对得住我过世的秋大哥哇？！”毛根生捶胸顿足，小皮边哭边扇自己耳光，弄得秋峰、谢英局促不安，不知所措。

“你们别嚎了！”蔡段长一跺脚厉声道，“要是你们再嚎，我和海狗不管你们了，我们就走了！”

蔡段长这一吼，果真把毛氏父子给吓住了，他们怔怔地看着蔡段长。

“老毛，你把我和海狗请到秋峰家求情，难道就为了看你父子淌眼泪，这有用吗？！”蔡段长双手一摊道，“淌眼泪说空话没用！得看你们的实际行动，先说如何还钱，我相信秋峰才会考虑放你一马，申请撤案呢！”

“我还钱，我还钱！”小皮跪着连连叩头。

“怎么还？”蔡段长追问道。

“先还一百万。”小皮道。

“还有一百多万呢？”蔡段长又追问。

“还有，还有一百多万在……在半年内准还清！”小皮畏畏缩缩道，“钱被我买了货送到客户那儿了，人家答应半年之内付款，等这钱一到，便全部还清。”

小皮此言一出，大家都看着蔡段长。

“你把那订购的日本本田车赶紧退了吧，还债要紧！”老毛指着儿子鼻梁骂道。“他还购置轿车？”海狗道。

“这时候还买车，这钱是你挣的吗？！”老毛又恨恨地道。“我卖掉还不行吗。”小皮闷闷道。

“好了，好了，你们父子俩先下楼回避一下，等会儿再喊你们！”毛氏父子爬起身出了门下楼去了。“海狗你也下楼去。”蔡段长又指着海狗，海狗随即也跟着出去了。

谢英十分不耐烦地望着秋峰，皱着眉拖地板。

“秋峰啊，”蔡段长见他们下了楼，拉着秋峰的手情真意切道：“你可是我四处炫耀的资本，有你这个出息的徒弟，是我老蔡一生的骄傲，不过，这件事希望你听师父的，师父和你亲父一样，就是希望你好，全家好。小皮能把钱还上，你就能少受损失。如你一时气愤，逮他去坐牢，那毛氏父子索性分文不还，就是判他无期徒刑，判他死刑，钱没了，对你有啥用？图个一时解气，可不是目的，你们夫妻想想是否得不偿失？听师父的话不会有错，先把公安局报案的材料拿回来。”

“师父，谢谢指点，”秋峰道，“不瞒您说，算那猴仔子命大，幸亏你们今夜来我家，如拖到明晚再来，谈什么求情肯定晚了，我本想明天上午去公安局报案，如果报了案撤销就难了！”

“小皮这坏东西确实命大。”蔡段长听后点点头，又道，“那你们听我的吧，让他还钱，并且写个还款保证，再写个检讨，就别报案了。”

“听师父您的。”秋峰道。

“那好，师父也谢谢你们的信任啦！”蔡段长高兴地跑到门外，大声喊道，“老毛、海狗，你们上楼来！”

毛氏父子和海狗听到老蔡的呼唤后，陆续进了屋门，谢英一脸不悦，冷冷地看着秋峰的这些老乡。

“老毛，告诉你们父子，”蔡段长故意放缓语调道，“遇到秋峰如此宽宏大量的老板，算你们父子的福气，今天当着我的面，你们父子拿出个态度来，第一，一百万什么时候还？第二，剩下一百多万什么时候还？”

“第一个一百万明天还。”小皮低声下气道，“今天天黑了办不起来，后面的一百多万，需要凑，暂定明年上半年还，望秋峰多多谅解，蔡伯伯也多多谅解！”

“你说的是人话还是鬼话？”毛根生指着儿子骂道，“你说的要兑现！”

“当然！当然！”小皮辩道，“我一定说到做到，可以立字据！”

“但……但……”“但什么？你说呀！”老蔡凶道。

“但是能否请秋总写个不报案的字据，我再还那一百万。”小皮嗫嚅道。

“我看你小子就是得寸进尺！那钱本来就是人家秋峰的！现在人家不告你也是看在我的面子上，你有什么资格让人家秋总立字据！你这个不要脸的东西！”蔡段长指着小皮的鼻子道，“你赶紧把字据写好后给秋峰过目。”

“好好，我写。”小皮垂下头从自己包里掏出笔和纸，这似乎是他早就准备好的“道具”。

“写两份，一份是明天要付一百万的承诺，另一份是还后面一百多万的承诺书。”蔡段长提醒道。

小皮跑到秋峰家客厅一盏四方桌前，坐下后想写又写不出来，直晃着脑袋发愣。

“他文化程度低，写不出来的！”老毛知晓儿子几斤几两，便揶揄道。

“承……承诺怎么写？”小皮的汗滴从额头滑落。

“我写个草稿，你照抄吧。”秋峰鄙视地看了小皮一眼，但看到小皮那狼狈不堪、可怜兮兮的模样，不禁有些怜悯，便坐在他旁边“唰唰”连写两张承诺书交给小皮，小皮一脸尴尬地抄录起来，抄录完了交给蔡段长看，蔡段长不看一眼便转给秋峰。

秋峰先将供小皮抄录的草稿撕碎了，又看了看小皮所抄的两份承诺书，对蔡段长道：“要他毛氏父子共同在下面签字，签上日期。”

蔡段长让毛氏父子写了，完了又交给秋峰审视，秋峰终于点了点头，随后他又随手写了份“说明”：“在毛小利履诺付还先期的一百万以及后期所剩一百余万元后，本人不再追究或以侵占资产为由报案，即放弃追究！秋峰。”

事情办完了，秋峰挽留蔡段长、海狗一起出去找饭店吃饭，蔡段长却死活不同意，说等小皮还完两笔巨款后再讨个饭吃，便不顾拉扯，向楼下走去。

秋峰、谢英追出门，见蔡段长、海狗及毛氏父子已大步朝对面大街走去，秋峰只得与蔡段长远远招了招手。

次日上午十点，秋峰果真收到小皮汇付的第一笔一百万，便也打消了去公安局报案的念头，就当是还师父一个人情吧！

第十六章　触目惊心

翌日午后，多云少风，冷热适度的天气，倒也无恙，哪知纷乱的秋末陡然变脸，瞬间将好端端的恬美诗意捣碎搅乱，一阵呼啸而至的妖风将阴沉的天气撕裂，墨色的浓云挤占着少得可怜的蓝色，同时急急地以墨色淹没一道道的猩红色，这下，沉沉的天仿佛要坠落大地，顿时压抑得整个世界幽静得出奇。

而在不远处，估计也就几里路的距离，用心会听到淅淅沥沥的下雨声，由缓而急，很快由远而近，雨点在身边绵绵落下，既恣意，又婆娑，既忧愁伤感，又黏稠恼人！

“秋峰，”霍元旦嘴里腾出一团烟雾，他通过窗外瞅见对面屋檐下两只挪动的飞燕，正躲闪着凄风寒雨。“我觉得这小子是只瘟虫，不值得你同情，我赞成陈娇娇的观点，移交给陆靖处理，放了他，贻害无穷。”

“秋峰就是心善，不该给姓蔡的、姓毛的写那份毫无意义的东西！”谢英也愤愤道，“昨天那小皮装成一副可怜样，其父贼眉鼠眼，一看就不是什么好东西，姓蔡的老头口若悬河地说服秋峰，其实他们就是演了一出早已准备好的口水剧，以博得秋峰同情，我看，后面的钱要回来，难呐！”

“什么？”陈娇娇对秋峰惊愕道，“你给他们写了份什么东西？”

“是份说明！”秋峰摊摊双手道。

“咋写的？”霍元旦、陈娇娇同时问。

“是份说明，我也是为了师父他老人家安心。”秋峰思索道，“内容是，在毛小利归还侵占的资金后，我承诺放弃对毛小利的追诉，仅此而已。”又道，“你们就依我意见，只要钱回来了，就放他一马呗，他毕竟是我老乡，再说还有那么一层关系，算了吧！”

“啊？”陈娇娇一听懵了，愣了愣道，“如此说来，秋总已经承诺放弃对毛小利的法律指控，再找陆靖已毫无意义，我得跟他通气说明一下了。”

“那这种人你还留在身边做事吗？”谢英道。

“还留在身边做事？做啥事？”秋峰瞪大眼睛道，“笑话，留贼养着啊？肯定开掉，还用我说？”

“对，这种人见一除一，绝不再用！”陈娇娇一脸正义道。

“秋峰为人真诚，容易被这类人耍着玩，被人卖了还替他数钞票！”谢英似乎耿耿于怀。

“丁零——”办公桌上电话铃响了，霍元旦接起电话：“喂，哪位？哦，哦好，哦好。”

“什么人？”秋峰道。

“是海岸钢厂的‘长寿人’韦不包，他有事要马上过来找你，我答应他了，你没事吧？”霍元旦道。

“没事。”秋峰道，“此人挺有意思的，好像多时未有声音了，外面雨大了，他来找我干啥？”

“听他声音挺急的，估计他很快就能到。”霍元旦又道。

“是啊，外面下着这么大的雨，‘长寿人’他却赶来，怕不是为了一般的事吧？”陈娇娇又对秋峰道，“咱众成不差海岸的货款吧？”

“不差。”秋峰道，“倒是他差我众成几百万发票呢。”

“难道他为送发票来不成？”霍元旦笑道，“‘长寿人’好赌，据说一次他赌博输光了，竟然把他嘴上那颗金牙取下作为押注，还偷着把他老婆一对金耳环押了注，结果还是输了，至今他嘴里还少一颗金牙，张嘴还漏风，额头一颗鸡蛋大小的包，是他老婆打的，等他来了，我们看他是否头上有包，嘴上漏气呢？”

大家正在嘲笑，就听见敲门声。

“嘘——‘长寿人’来了，莫笑！”霍元旦边朝大家示意，边起身开了门，进来的果真是“长寿人”韦不包。

“秋总好，大家好！”韦不包在门口放下湿漉漉的雨伞，使劲蹬了蹬潮湿的皮鞋，边进边微笑着向大家客气地示意，他看到霍元旦、陈娇娇，又是握手又敬礼道：“多时不见，你们好哦。”韦不包边说话边抖，大家偷偷发笑。

“韦科冒着雨赶来，一定有要务传达吧？”秋峰道。

“那倒是，那倒是。”韦不包抱歉道，“公司刚刚下发文件，凡是对来厂紧急援货的代理商，要出具有二证，介绍信和调拨函，上午你委派的毛小利来厂提货五百吨，就差这两个手续，故我特来补办，不然我这个月奖金就扣光啦，不好意思啦……”

“什么？上午毛小利去你厂提货了？”秋峰猛然一惊，霍元旦、陈娇娇、谢英惊讶地望着“长寿人”。

“是呀，你不是安排毛小利来我厂提取一批螺纹钢么，来了整整十辆大挂车呢，货已经发走了啊。”韦不包不解道，“有什么不对吗？”

“我根本就没这个安排！”秋峰“腾”地冲着韦不包嚷道，“是毛小利打着我的旗号去你厂提货，他是个骗子，赶紧报警！”

“毛小利胆大妄为，报警！告他招摇撞骗！”陈娇娇、霍元旦也道。

“我早就说小皮会捅更大的窟窿吧。”谢英道，“不知后面还有什么纰漏在等着。”

“韦科，告诉你，毛小利已不是我众成公司的人了，你看，这是声明，我马上安排登报呢。”秋峰把一份声明取出给韦不包看。

“这……这坏事了！”韦不包大惊失色，颤抖着道，“我马上报告周董事长。”

韦不包立刻拿起电话与周万里联系：“周董，不好了，上午来厂提货的毛小利已经不在众成公司了，这是一起诈骗！”韦不包火急火燎道，“我，我现在众成公司。”

“什么？”电话那头沉默良久后，忽然又传来周万里厚重的声音，“你让秋峰在所在地报案，众成公司的毛小利一直在我们厂提货，但厂里从没有收到解聘毛小利的书面通知，应当认定这次提货是他代表众成公司的职务行为，至于货物被骗，这是众成公司内部管理不当所造成的，与我海岸钢厂无关！我说的，听明白了吗？”

“明白。”韦不包想想又低低道，“那……那提货手续还补不补了？”

“补不补一个道理。”周万里道，“不补也没关系。”言罢便挂了电话。

“你们听清没？”韦不包指指电话对秋峰道，“电话里周董说了，这批五百吨的货被毛小利提走，是他代表众成公司的职务行为，如果被骗应当由你们众成公司报案，海岸钢厂不会报案的。”

“你这话不对！”还不等秋峰发话，陈娇娇抢话道，陈娇娇对韦不包若无其事的态度表示反感，“这完全是你海岸钢厂内部管理不善，怎能推到众成公司呢？发生诈骗造成经济损失与众成公司何干？”

“周董的话有道理的，这就是众成公司的事。”韦不包又道，“他对法律有研究，要不你们咨询一下律师去。”

“不用咨询律师，肯定是你海岸钢厂的事！”陈娇娇快人快语道，“首先，货物在海岸钢厂车间里，事情也发生在海岸钢厂，案发地是关键！其次，货物被提取时，一是没有众成公司的任何手续，二是没有众成公司在职员工及其法人委托证明，三是货物的产权没有转移，很明显，这批货的产权仍是你海岸钢厂的！如果一定要说这批货是众成公司的，那众成公司买断了没有？”

陈娇娇见韦不包摇摇头又眉飞色舞道：“至于毛小利先先后后不

断代表众成公司前去海岸钢厂提货，在没有众成公司授权或委托手续的前提下，仍获得海岸钢厂信任，能够提到货，这次同样又获得你们海岸钢厂信任，货被堂而皇之地提出，这完全反映出海岸钢厂内部管理的严重缺失，如今被骗，竟把责任推向别人，岂不荒唐？我友情提醒你韦科别轻信你们周董，赶紧报案！现在情况紧急，若贻误公安破案的最佳时机，一切责任与众成公司无关！你把我说的话传给你们周董听，让他抓紧报案！”

陈娇娇一番有理有节的话语令韦不包左右为难，无所适从，本来已经放心的他又焦虑不安起来。

他又拨通了周万里的电话，还没等他把话说完，竟然被周万里骂了一通，电话又挂了。

一阵窒息般的沉默。

望着一筹莫展的韦不包，秋峰与陈娇娇、霍元旦、谢英面面相觑，还是秋峰开了口：“此事非同小可，海岸钢厂与众成公司关系由来已久，情谊深厚，如今发生如此大案，且不论谁错谁对，我众成公司不可袖手旁观，而要和你们共同应对，事出紧急，我们与韦科马上去海岸钢厂，见周万里董事长！”

“但是，秋峰你想过没有，”陈娇娇突然对秋峰直呼其名，道，“你如果找海岸钢厂抓小皮，一旦抓住此人，首先要清偿别人家的债务，所以……”

“这坏东西赶紧逮住，要不然不知还要坑多少人呢！”秋峰十分愤懑道。

“好好，感谢秋总，能够深明大义！”韦不包摆摆手道。

“外面雨好像很大。”霍元旦道。

“就是下刀子也得马上去！”秋峰坚决道。

“我赞成秋总的话，我也去！”陈娇娇道。

“谢英就别去了。”秋峰道。

“我留守呗。”谢英应承道。

海岸钢厂。

韦不包把秋峰一行安置在厂会议室，足足等了一个多小时，他们终于等到了周万里。

“我说秋总啊，这货是你们众成公司提的。”周万里一见秋峰一行便嚷道，“你们不赶紧报案，还心安理得地坐在会议室，莫非韦不包把情况搞错了？”

“周董，”不等秋峰发话，陈娇娇抢话反问道，“这货怎么是众成公司的呢？”

“你们派人来提货，货提了便是你们众成公司的啦，还用问吗？”周万里道。

“好，我问您，”陈娇娇紧接着发问，“请问周董事长，这批货在有人提取之前，众成公司是否与您厂签订过合同？这货是否已经被众成公司买断，并且付了货款？有没有相应的手续及证明？”

“你们公司毛小利都来人把货提走了，我厂里按常规交易发了货，难道，我们还要对众成公司的人员反复验明身份？”周万里解释道。

“我的问题您并没有正面回答我。”陈娇娇道，“我强调的是，这货众成公司与贵厂有无手续证明，并且付了相应货款？”

“这货账款嘛，我们都是每月结算的。”周万里似乎大度道，“怎么，你们是要结付货款？可以啊。”

“周董事长，您是在跟我们绕圈子！”陈娇娇板起脸道，“我不想再次重复，但我郑重其事向您声明：一、这货的货权属于你海岸钢厂；二、这货没有任何交易手续，贵厂犯了经验主义，这些情况众成公司法定代表人秋峰并管理人员一无所知，这被骗后果与众成公司毫无关联！众成公司作为贵厂的友好合作单位，今天前来只是协助贵厂，帮助贵厂挽回经济损失，如果周董事长嫌我们多余，我们现在就走！”

陈娇娇言罢，对秋峰等手一挥道：“看来周董见我们不耐烦，咱们走！”

“哎哎，”周万里见他们起身欲走，仿佛一下子醒悟，连忙拦住秋峰诚恳道，“你们稍等，请秋总告知，毛小利可是你手下的人啊？”

“以前是，现在不是！”秋峰如实道。

“他什么时候离开众成公司的？怎么没通知我们海岸钢厂呢？”周万里道。

“准确地讲，毛小利是在三天前辞职的，我们还没来得及发布通知，但手续已经办了。”秋峰道。

“这样说来，”周万里皱皱眉道，“他利用你众成公司名义来海岸钢厂提货，是一起有预谋的诈骗行为？”

“应该是，”秋峰顿了顿道，“这个毛贼不仅骗取了贵厂的五百吨钢材，早在半年前还瞒天过海，将我众成公司二百余万元货款挪至他的私人账户，占为己有，这事我们才刚刚发现，正准备处理他，而今又发现他骗取贵厂巨额货款，实在可恨！”

“这小子竟如此胆大包天？”周万里听了非常吃惊，但又沉思道，“他搞得如此大，一定是团伙作案，他一个人干不下这么大的案子。”

“现在怎么办？周董。”韦不包急道。

“怎么办？赶紧报案！”周万里拍拍脑袋嚷道。

“好，我马上去公安局！”韦不包正要走，被周万里拽住，他低声在韦不包耳边嘀咕了几句，韦不包点点头走了。

“那毛贼就是逃到天涯海角，我周万里也要把他抓回来！”周万里一拍大腿道。

“周董事长，”秋峰道，“这家伙本来就是亡命徒，当务之急，先逮到人，如逮晚了，他把货物变卖了，你就是打死他，他一身骨头抵给你，值几个钱，又有啥用？”

“唉，秋总，说句难听的，都是你一手培养出来的货色啊！”周万里一句话说得秋峰无地自容，秋峰摆摆手道：“难堪！难堪！这种东西真希望政府抓住直接判刑！”秋峰掩面长叹一口气道，“丢尽我黄家圩的颜面了！”此时韦不包却兴高采烈地折了回来，他对周万里耳语了一番，周万里眉头一挑，连连点头称好，搞得秋峰一行一头雾水。

“你看看！”周万里把手机递给了秋峰，只见几行文字在闪烁“十辆货车已经堵在江堤堰南端，哈哈，插翅难飞啦！”

“什么意思？”秋峰不明白。

“不瞒你们说，”周万里得意道，“在你们没来之前，我就安排几班兄弟在省高速出口布岗堵车，结果被南路的兄弟在往南淮方向的省出境出口处发现这支钢材运输队，是刚发现的。乖乖，幸亏行动快，要是他们一过江堤堰桥，就无法追踪他们了，现在他们被我的兄弟们用大货车和几辆轿车给堵住了，货是跑不了啦，但这诈骗的小子到现在还没露面，一旦露面，我们会立刻通知警方将这贼人捉拿归案！”

“周董果真是个大企业家，有手段！”秋峰不由由阴转晴，伸出大拇指赞道，听到货车被堵住，陈娇娇、霍元旦、韦不包高兴地欢呼了起来。

“现在陆大队长率领一拨公安干警正往那个方向赶呢。”周万里又道，“估计那毛贼离车队应该不是太远，子安在几条路口都有警察布控，他无处遁形。”

“一定要抓住他！”陈娇娇一向疾恶如仇，箍紧拳头道，此时她手机来了短信：“我正在抓捕这家伙的途中，陆靖。”

一个多小时过去了，前方弟兄们不断地给周万里发来消息，却怎么也没发现这伙毛贼的踪影，他们似乎人间蒸发了，大家感到很纳闷。

“嘿，终于发现目标啦！”周万里高喊一声，秋峰他们一听周万里拿着手机高喊，便围绕过去，只见他手机闪烁着一行文字——“在树丛中发现一辆黑色本田车，车号为营 A06768。”陈娇娇猛然记神谭寺那辆轿车。“他跑不了啦！”正当大家庆幸时，“啊呦，不得了！”只见周万里神色大变，大家又围绕过来看周万里手机，只发现两行字：“爆炸了，警察与车都被掀翻了，现场血肉模糊，触目惊心！”

“啊——”大家惊呆了。

第十七章　沆瀣一气

1999 年 11 月 3 日下午 4:12 分，石门城南郊。

原来，石门公安局刑侦局陆大队长率一拨民警在追击诈骗逃犯时，发现树林里停放着一辆黑色丰田轿车，他们上前查看，发现车内有两人正在吸烟，遂想拉开门盘问，哪知正要拉门时，只听见“嘭——”一声巨响，顿时车翻人倒，强烈的爆炸声响彻方圆几里，一股黑烟滚滚冲天，黑色轿车被熊熊大火包围，空气里散发着刺鼻的火药味和汽油味。

现场至少有四五名未及逃命的警察应声倒地，陆靖还算身手敏捷，事故放生当时，他带着几位干警连滚带爬得躲进了远处的树丛匍匐在地。看着前方正在燃烧的车辆，一直等到爆炸声消失后才仓皇起身营救。现场隐约看到一处足有浴缸大小的陷坑，陷坑四处是汽车的碎片和横七竖八的尸体，陆靖失魂落魄地掏出手机拨通了市公安局指挥中心的电话。

省、市公安局领导以及石门市委书记贾刚闻讯后，紧急赶往事故现场，大批记者也闻讯赶来。先行抵达现场的武警官兵封锁了现场，扑灭了大火，他们把牺牲的警察用白布包裹，整齐地摆放在路边，在现场，他们还发现了早已烧成木炭状的两具犯罪嫌疑人的遗体，相貌已无法辨认。

陆续赶到的省市领导看到这样惨烈的现场，个个神色惶惶，立刻命人封锁现场，遣散记者。可是第二天一早，各大媒体还是纷纷报道了石门史无前例的惨烈新闻，陆靖等生还的警察成为新闻媒体争相采访的对象，也成为石门市的大英雄，连日来，石门召开一次又一次隆重的表彰大会，陆靖等备受上级领导肯定。

此次因公殉职或不治身亡的四名英雄中，有两名警察、两名辅警，一名为市经济侦查支队副科长戴天，另一名是队员伍海祥，两名辅警分别是章左生和王琼，他们分别被公安部授予一等功、二等功、三等功，追认烈士，省市公安系统召开了隆重的追悼大会。

在这起犯罪分子拒捕引爆的现场，留下两具已烧成木炭状的遗体，他们究竟是什么人呢？经公安刑警大队法医 DNA 鉴定：一位年龄在四十五左右，男性，身高在 1.75m 左右，较瘦，现场还有已烧得严重变形的铁桶、皮箱等物品碎片，公安鉴定，那皮箱里装有近二十公斤的炸药，犯罪分子配置火药的技术娴熟，懂得引爆技巧。对引爆威力之巨，后果之严重也是十分清楚，也就是说，犯罪分子明知引爆后会“同归于尽”。

那么，这犯罪分子到底是何许人也？

当石门警方公布检测结果时，秋峰他们就推测这两个身亡的家伙中并没有毛小利（小皮）这个人，显然毛小利逃跑了。

一场爆炸案葬送了几条性命，也改写了几个人的命运，陆靖就是其中一个。经过这个案件，他升任石门市公安局副局长兼经案侦察支队支队长，当前，石门城乡 GDP 经济增速达到 13%，位于全省首位，而随着经济总量不断上升，各种经济案件也层出不穷，陆靖的工作越来越繁忙。

陆靖纵然事业有成，但心中寂寞，暗中思念的仍是他年少时魂牵梦绕的陈娇娇。

“娇娇，”陆靖不是第一次联系陈娇娇了，他的心思陈娇娇自然心知肚明，“为祝贺我升迁，晚上，我请你在大明湖四十八层旋转餐厅一起用餐？”

“恭喜陆大局长啦，但不好意思，”陈娇娇总是以各种理由拒绝：“晚上秋总让我做一大堆银行报表，明天人家来取呢，谢谢你的好意啦。”

“哎，什么时候能约上你啊？”陆靖追问。

“以后有机会吧。”陈娇娇不失礼貌地回道。

“那个叫毛小利的人，他是背负大案的犯罪嫌疑人，如有消息向我反映，这家伙已被列入公安重点通缉名单了。”陆靖提示道。

“知道了，局长大人，一有消息立即汇报。”陈娇娇挂掉电话。

那个“小皮”消失得无影无踪了，究竟跑哪里去了？

小皮的失踪多少让秋峰“宽慰”了一些，秋峰做梦也未曾想到，自己的铁哥们小皮竟然会蜕变成一条过街老鼠，人人喊打。

也是到了几年后，秋峰才渐渐想通，小皮走上犯罪道路，缘于他的虚荣，为了满足自己不断膨胀的物欲，毛小利吃穿用度追逐名牌，在他力不可支情况下，还挪用公款购置丰田轿车，驾驶出入乡里，向乡亲炫耀。过分讲求奢豪消费，潜意识高攀权贵，渐渐债台高筑，寻思一夜暴富，最终欲望成了一匹脱缰的野马。

所谓天网恢恢疏而不漏，不到一个月时间，陈娇娇告诉秋峰，陆靖派出的警察终于在云南洱海一个彝族山村里捉住了毛小利，现在正在押解返回的途中。

获悉这个消息，秋峰心中并无喜意，倒是辗转反侧，心中横竖不是滋味。

毛小利被一群警察押至石门市公安局，警察让他在刑事拘捕书签字按印，拍了正面、侧面、反面照片后，他直接被送到西郊市看守所关押了。

三天后，陆靖赶到西郊市看守所亲自提审毛小利。

“毛小利，给你三天的考虑时间，我想你该清楚自己的处境吧？”陆靖睿智、老辣又低沉的语调和犀利的眼眸，令毛小利不寒而栗，“你将面临两种选择，一种选择是如实交代所有问题，态度端正，我公安机关会鉴于你认罪伏法的态度予以从轻处理；若拒不配合，施奸耍滑，哼哼，相信我们费些功夫，一定能查清你的违法问题，到时候有最严厉的刑罚等着你，你看你选择前一种还是后一种？”

“毛小利，请你端正态度！”陆靖旁边一个浓眉大眼的副大队长厉声道，“给你指示的是我局领导陆副局长，他今天亲自提审你，请你珍惜这次坦白从宽、将功赎罪的机会！听明白了吗？”

“明白！明白！”毛小利道，“我珍惜这次机会，请求陆局长宽大处理！”

陆靖冷笑一声道：“好好，政府是否能对你宽大处理完全在于你的配合程度，我们需要你毫无保留地将作案经过全盘托出！绝不可虚报、欺瞒！”陆靖敲了敲桌子，又道：“我问你，11·3爆炸中两个死亡的人真实身份是什么？另外，把爆炸的前因后果告诉我！”言罢，陆靖严肃地盯着毛小利的眼睛。

“领导，我只是个跑腿的伙计，听从袁老板的安排。”毛小利结结巴巴道，“那……那起爆炸我压根儿不清楚，我事后才知晓是袁老板干的，他为啥这……这样做，我也想不通……”

“你别卖乖了，”陆靖拿出一顶鸭舌帽厉声道，“爆炸现场你留下的脚印，还有你戴的鸭舌帽，你敢说你不清楚？不知情？”

“毛小利，事到如今，你还不老实！快如实招供，快讲！”葛副大队长呵斥道。

“领……领导，我……我讲，老，老实的，您……您不相信，叫……叫我怎么办？”毛小利一脸无辜道，“我……我一定如实反映。”

“讲！”陆靖示意女干警记录。

“那……那天是11月3日上午十点，我听袁老板安排到海岸钢厂以众成公司名义提取五百吨的螺纹钢，提货手续办完后，我将提货单交给了在钢厂大门外等候的袁老板。”毛小利正在说话时，被陆靖打断道："你说的袁老板是谁？"

"袁老板是前不久从城南工商局辞职下海的袁太坚，大家都叫他'袁麻子'，也叫'太精袁'，他现在是石门金利建筑材料有限公司的后台老板，公司大股东是袁太坚老婆，叫金晓虹，占股85%，我占股15%，其实公司实际控制人是袁太坚，我和他老婆金晓虹大事小情都听他的，袁太坚又把朱海招来，充当驾驶员兼办事员，金利公司算正式启动了。"

毛小利渐渐放松了下来，将事情的来龙去脉一一道来。

原来早在半年前，一次偶然的机会，尚未辞职又未被单位处理的袁太坚找到毛小利，还约他一起喝个咖啡，袁问他是否愿意私下随他共同做生意，挣得利润按三七分成，毛小利可分得其中三成。

能够得到袁太坚的信任，毛小利感到很是庆幸，自己从穷山沟里出来，目不识丁，虽说有秋峰这样一个靠山，但毛小利也知道自己几斤几两，这辈子也就能在他秋峰手下当一个端茶递水的小厮，难有出头之日，更别说另立门户做老板了！

现在翻身的机会就在眼前，毛小利自然高兴，连连称好。公司成立后，袁太坚称接到一笔五千吨钢材的生意，但启动资金缺口一百多万，需要循环周转三个月，按袁太坚测算，五千吨钢材平均每吨可净赚500元，总利润达到250万元，毛小利依三七分可得75万，这对毛小利而言，可是十分诱人的一笔财富。

毛小利想了半天，袁太坚所说的必要时采取借船过江、借鸡生蛋的意思，后来他突然省悟，自己经手神谭寺褚老板一笔二百多万的钢材款，秋峰正忙于吴江铁检审查的行贿案，无暇顾及神谭寺业务，何不趁机策动褚老板将这笔钢材款移出，只要隐瞒三个月，赚取这笔买卖的利润后再完璧归赵就行了。

想到这儿，毛小利把自己的想法告诉了袁太坚，袁太坚大喜过望，连赞毛小利头脑聪明，称这样完全可实现借鸡生蛋！但要神谭寺褚老板那边配合付款可又是一道难题，袁太坚问小皮褚老板有何嗜好，小皮说那储公就好色，一拍脑袋连称“有门了”，毛小利问他有何妙策，袁太坚如此这般对毛小利一说，毛小利茅塞顿开，连称“佩服佩服”，俩人哈哈大乐。

三天后，袁太坚与毛小利两人在电影制片厂门口请了两个美女演员，为褚老板精心设计了一场“仙人跳”。

按照电话约定的，褚老板早早在离神谭寺二公里外的乐逍遥冰冠306包间等候，其实这房间毛小利三天前就预定好了，还偷偷在房间隐蔽的角落以及洗手间多处安装了微型摄像头，只要人一进入房间，一举一动尽被拍得清清楚楚，而被拍者很难发现这些隐蔽的摄像设备，万事俱备，只欠东风。

这褚老板果乃色中饿鬼，很快就进入了毛小利等人设下的圈套，等到他急不可耐地脱掉了衣服，毛小利等人就迅速破门冲进房间。并以褚老板的不雅照片做威胁，人在屋檐下，哪能不低头，就这样褚老板答应将二百多万钢材款转入毛小利的户头，并且禁止别人查款，这也正是褚老板放狗撵走陈娇娇的真正原因。

很快钱款就打入了账户，毛小利更是喜出望外，连忙致电袁太坚查收，袁太坚到银行一查，果然到了二百零八万元，自己截留了58万元，将剩余150万元分两次付给海岸钢厂，购买各种规格的螺纹钢送往石门江北的建筑工地。

毛小利与袁太坚狼狈为奸，众成公司的秋峰等人却毫无察觉，还对毛小利深信不疑。

第十八章　袁太坚作孽

“少扯太远。”陆靖敲了敲桌子，不耐烦地打断了毛小利的供述。“既挪动了公司的货款，为何不尽早返还众成公司呢？此外，你是如何以众成公司的名义到海岸钢厂调拨钢材的？为何不用你们自己的金利公司来调拨钢材呢？”

“直奔主题，快说！”葛大队长也厉声道。

“哦哦。”毛小利挪了挪僵硬的身躯，眼神闪烁，畏畏缩缩地晃了晃手腕，坚硬冰冷的手铐令他非常不适应，本就瘦弱的身躯，如今显得有些“佝偻”，三十不到年纪倒像一个小老头了，看起来他坐得委实酸痛，用细蚊般的声音道：“我说我说，那天……”

“声音大些！”葛副大队长呵斥道，“你在自言自语啊，声音越来越小！”

“小梅去搞点水给他喝！”陆靖指指旁边记录的女警官，女警官应声离桌而去，不一会儿她端来了一杯水，递给毛小利，毛小利浑身颤抖了一下，用他戴着手铐的双手接住了女警官递来的水杯，两只手铐相碰发出金属撞击的叮当声，他迫不及待地将水递进嘴里，一饮而尽，发出舒服的叹息声。

“谢谢，谢谢！”毛小利这杯水喝下后声音亮堂了不少，于是他陷入沉思，将两个月前发生的事一一道来。

毛小利自储老板那里调转208万货款，划给袁太坚后，袁太坚喜不自胜，很快将其中150万元用于支付购买海岸钢厂螺纹钢，截留的58万元用于购买日本本田轿车，所剩十六万用于“结交”开销。

可转眼两个多月过去了，毛小利根本没见如袁太坚所说的，钢材送到他朋友那里，不过三四天便有货款收回。为了追回货款，毛小利随袁太坚、朱海往往复复几十趟，截留的十六万已花费得所剩无几。一直到陈娇娇与储老板的财务小崔对账发现，众成货款早已被毛小利转移提取，挪用货款案终于东窗事发。

毛小利唯一的办法，就是拆东墙补西墙，以求解燃眉之急。

毛小利坐立不安，一大早，毛小利直接找上了袁太坚的家门，他缠上了袁太坚，一副不依不饶的样子。

“袁老大，听说我老板秋峰到公安局告我侵占公司资产，公安要抓我了，我要坐牢了……”毛小利不顾袁太坚老婆在场，带着哭腔声嘶力竭地喊道。

“小皮！”袁太坚双手一摊，眼露凶光地吼道，“你小子大清早的到我家里哭什么丧！那江北工地你也清楚人家甲方没拨货款，哪来的钱？不是说再等十来天吗，你连忽悠都不会啊！”

“我给你忽悠惨了，你还……还让我再忽悠别人，人家头脑比我强多了！”毛小利着急道。

“你小子说什么！我忽悠你？！”袁太坚用手指着毛小利的脸凶狠道，“你敢再说一遍！”

“就……就……” 未待毛小利说完，“啪啪啪！”袁太坚上前连扇了毛小利三个响亮的耳光，毛小利捂着脸顿时眼冒金星。

他人本就瘦小单薄，远不及袁太坚人高马大，身形魁梧。紧接着袁太坚左右开弓对着毛小利就是一顿拳打脚踢。

“行了！行了！再打就出人命了！”袁太坚老婆边喊边阻拦道，“你要打到外面去打，别把家里搞得一团糟！”解了恨的袁太坚这才收手作罢。毛小利蹲在地上双手捂头，不肯起来，只是呜呜啼哭。

“哭！哭什么哭！你个熊包，还不如个娘们！”袁太坚边骂边换上一套衣服，又回头用脚碰了碰毛小利，换了缓和口气道，“小皮，我想了个办法，跟我出去谈，这事情能解决！”

“真……真的能解决？”毛小利停住啼哭疑惑道。

“我说成，一定成！”袁太坚手一挥道，“跟我下楼出去讲！”

袁太坚说完便出了门，毛小利悻悻地站起身来，跟着袁太坚下了楼。

俩人下了楼，袁太坚带着小皮到了自行车棚内，袁太坚把手搭在毛小利肩上，态度竟转了 180 度。

“老弟，刚才老婆在旁边演出戏罢了，对不住了。”袁太坚左右开弓连扇了自己两个耳光，又道，“小皮，你来，再扇我耳光，解解气！”

“算……算了。”毛小利迟疑地摆摆手道，“你说这挪用众成公司秋老板的货款怎么解决，这才是最紧要的事！”

“噢噢，”袁太坚顿了顿说道，“咱们合计下这事。对了！众成公司不是海岸钢厂的石门总代理吗？你不是海岸钢厂的常客吗？海岸钢厂领导你不是挺熟的吗？”

袁太坚这一连三问问得毛小利有些发蒙。“是又怎么样？”毛小利道。

“如果有你这层关系，那就没什么问题了！”袁太坚扬扬眉头道，“小皮，我们跑趟海岸钢厂，你就以众成公司名义调拨五百吨螺纹钢，我那朋友老裴说只要看到货单，当天就付一百万，货到他南淮谢家甸仓库，五百吨货款近二百多万一次性付清，这批货款就用来给你还秋峰的钱，至于这批货款吗，江北工地的货款不消一周时间就到了。秋峰现在被吴江铁检检查案搞得焦头烂额，哪有工夫烦货物的事？再说我看你与海岸钢厂交情也不错，调拨几百吨应该没问题。”

看毛小利的神情有些犹豫，袁太坚再次开口道：“现在只有这条路了，小皮啊，我这样良苦用心还不是为你着想吗？这样干，一举两得：一是缓解你与众成公司的矛盾，不让秋老板盯上你；二是咱们又能小赚一笔，你说不是吗！”

“以众成公司名义调拨螺纹钢？”毛小利犹豫道，“这我也考虑过，可你那朋友能不能按你说的时间付款呢？如果做，价格怎么算呢？”

“我算过了。”袁太坚掰着手指道，“现在行情差不多是每吨四千六，而我朋友因和我多年的交情，他给我四千八，运输由他自己解决，也就是至少净赚二百，我们可赚十万，你我按对半分，各得五万。”

“你能把下游的事确定，我应该没问题。”毛小利又道，“不过这批货要是弄出来，后面又是一个窟窿，江北那裴老板的货款一定要尽快收到，不然又会出事了！”

“一步步地解决，我看应该没事！”袁太坚道。

“我们马上去海岸钢厂！”毛小利道。

“我让朱海把本田车开来。”袁太坚说着拿起手机联系朱海。

一会儿，朱海驾着车，三人坐车直奔海岸钢厂。

毛小利让袁太坚、朱海在海岸钢厂传达室等着，自己则拿着事先准备好的众成公司空白盖章的调拨单，找到了“长寿人”韦不包，韦不包见毛小利着急要提五百吨螺纹钢，依常规给他办了提货单及出门证，还挽留毛小利吃顿午餐再走，但毛小利推托工地在等货，匆匆告别了韦不包出了厂门，将手续交给了在门外等候的袁太坚。

袁太坚见毛小利真的弄到钢材提货单，喜不自胜，立马打电话给他朋友老裴，也就不到一小时，老裴驾车赶到海岸钢厂见到袁太坚，袁太坚把一摞货单交给了老裴，老裴并不放心，拿着单子找到海岸钢厂卸装队验证，确认无异后打电话让其财务给袁太坚提供的账户预付了一百万，袁太坚随即将钱转与毛小利，毛小利收到钱后还给了秋峰。

老裴同时组织了十余辆货车，陆续到了的货车装满钢材，向老裴指定的南淮江堤堰方向浩浩荡荡驶去。

且说上文对袁太坚未做详尽交代，袁太坚 1969 年出生在黑龙江佳木斯边远的山沟沟村庄，在家排行老五，家境十分贫寒。十六七岁时，袁太坚长得又黑又瘦，上至初二便辍学跟村上叫老树干的师傅学做泥瓦工，靠挣些小钱补贴家用。别看袁太坚没读过几年书，可人却聪明圆滑得很，让人难以捉摸。

后来有部队来老家征兵，袁太坚便偷偷报名并被录取，被分配至某团野战营，袁太坚所在的部队，其实就是人们所称的“铁道兵”，而袁太坚所在排则是专门为修铁路做前期工程勘探服务的“爆破排”，工程一旦遇到山体及需要打通排出淤泥的情况，这个排便担任实施爆破任务。

这种爆破任务其实在条件极为不足的时期是相当危险的，袁太坚入伍不久便亲眼看见两个战友在一次执行爆破时被垒石压死在涵洞里。越是刺激越要上，爆破任务就自然而然落到袁太坚身上，袁太坚从胆怯到胆大，从不懂到精通，出色地完成多次重要堰坝和湖泊堰塞淤泥爆破任务，为“爆炸排”争得了多项军区通报嘉奖。

袁太坚退伍后，虽然有了正式的工作，却对爆破技术念念不忘。他虽然理论知识不足，但实战出经验，也懂得许多关于爆破的化学原理。每每与人谈起爆破，他便眉飞色舞，滔滔不绝地吹嘘他是这方面的专家能手。

为了进行爆破试验，他时常偷偷在外面烟花爆竹店买些爆竹，在家中将爆竹剖开制成炸弹，为了不让家人朋友知晓，他偷偷将炸弹运至三十公里外的荒坡试爆，试爆成功后，袁太坚就会有莫名的快感，满心欢喜返回家中。

其实此时的袁太坚已经心理扭曲，他甚至时常对妻子说，如何可以，他希望能亲手引爆炸弹，与所有跟他作对的人同归于尽，袁太坚是这般想的，也是这般做的。

在得到毛小利拿来的海岸钢厂五百吨螺纹钢提单后，为了防止意外，他竟然从家里携带了自制的近二十公斤的钢罐炸弹，悄悄放在车厢，在海岸钢厂提货后他让朱海驾车，自己坐上副驾驶与货车一起出发。

当车行驶至江堤堰桥南端时，一辆警车呼啸而来，急速驶至车队前面鸣笛，袁太坚一看见警车顿时感觉大事不妙，遂示意朱海靠边停车，自己下车向警车招手，警车里的警察敏锐地发现下车打招呼的是骗货团伙的头头，便立即将警车开近袁太坚，为首的警察拔枪下车一脸狐疑向他走来，命令袁太坚掏出身份证，袁太坚佯装返车查找身份证，那三四位警察怕他逃跑，围了上来，哪知他转身打开轿车后备厢，迅速引爆车厢内的土炸弹，“嘭”的一声巨响，顿时连同自己及四名警察，加上坐在车上的朱海一并轰上了半空。

坐在后面货车上的毛小利和驾驶员听见前面不远处突然传来巨大的爆炸声，感觉整条路都在颤抖，吓得心都跳了起来。毛小利赶忙下车朝爆炸方向望去，只见浓烟滚滚，刺鼻的火药味扑面而来，他捂着鼻子朝那方向跑去，发现一辆轿车已侧翻燃烧，好几具尸体横七竖八在火堆中，毛小利大惊失色，第一次看到如此惨烈的景象，顿时吓得腿都软了，半晌他才省悟过来，朝反方向一瘸一拐地逃去。

“毛小利，请你在审讯单上签字！”陆靖的神情显得非常严肃。

毛小利的泪水已经湿透衣襟，他很痛苦，现在的毛小利也尝到了追求虚荣所带来的恶果。

“我……我这……这……不……不会判……判我死刑吧？”毛小利用颤抖的手接过女干警递过来的审讯笔录结结巴巴道。

“犯不犯法，你心里没数？判不判死刑，法院说了算！”陆靖讥笑地哼了一声，“在里面好好反省吧。”

言罢，便手一挥，起身出去了。

“快签吧！”葛大队长催促毛小利，毛小利瞅了瞅笔录，垂头丧气地签了字。

“押进去！”葛大队长吩咐狱警，狱警随即上前，拧住毛小利胳膊押解入内。

第十九章 飞来横祸

众成公司小会议室，秋峰、陈娇娇、霍元旦正在热烈谈论。

“我的乖乖，你瞧瞧，秋老板，你的小老乡胆贼大！”陈娇娇不由失声道，“他才是一颗深埋在你身边的炸弹呢！”

“行善作恶，天各一方，毛小利咎由自取，活该！”霍元旦道，“以他作为反面教材，要想贼不偷，篱笆扎扎紧，对众成公司和秋老板而言，出事不见得是坏事，这次买了个大教训，公司后面的路就宽敞了，我说的对吗？”

“非常对，非常受用！”秋峰点头赞道，“这些遭遇权当花学费买教训呗，我们生意人不能老沉浸在这些苦涩的记忆当中，心思还得放在商道。唉！最近业务不振，心情更郁闷呢。”

“哎，你们可晓得吕大环挪位了？也升职了呢！”霍元旦一屁股坐在会议桌上点燃一根烟吸了一口道。

“购买雄钢假建材一事，说来这吕大环也算对我有恩，理应登门拜访祝贺一下！”秋峰沉思道。

“这……我们为商，他为官，虽说两家没什么见不得的往来，可难免会有闲人碎嘴，拜访一事我们还得从长计议，可别给吕局长添了麻烦才是！”陈娇娇思虑道。

“嗨！我们两个大男人去无碍，只要你这个美娇娘别去就行！”霍元旦笑着打趣道。

“老霍！”陈娇娇也笑着捋了捋她披肩秀发道，“只要秋老板点个头，我陈娇娇愿意为众成公司效劳，不过……”

“不过什么啊，陈大小姐？”霍元旦一脸幸灾乐祸地看着陈娇娇。

“不过啊，就看秋大老板舍不舍得啦！咯咯咯……”陈娇娇又笑得捂住嘴，言语中多了几分不易察觉的暧昧。

“娇娇。”霍元旦还是那副玩世不恭的样子，瞅着陈娇娇秀美的脸道，“那个陆靖是在追你吧，你们是老同学，老相好，现在人家官运亨通，你见好就收得了！自己也老大不小了，还能总这么单着？”

“谁是他老相好？”陈娇娇斜了霍元旦一眼道，“他当他的公安局局长，跟我有什么关系？我说老霍你嘴上留点口德好吧！”

“咦，你……”霍元旦欲言又止。

“不谈这个，谈正事，吕大环那儿，我建议现在找伍权厂长，毕竟他俩是多年老友，省得咱们直接过去不合适！”陈娇娇一向快人快语。

“陈娇娇言之有理。”霍元旦用征询的眼光望着秋峰道，“老板，我先与伍厂长联系如何？”

“嗯，有必要！”秋峰思忖道，“拜访人家不能两手空空，我得采购些礼品。”

“你可得了吧，拎着礼物去政府大楼，那不是摆明了说人家吕局长贪污受贿么！秋峰你也做这么长时间生意了，咋还能犯这么低级的错误！”陈娇娇再次打趣道。

“心意到了就行了，你不也只是想感谢一下吕局长之前助你自首，抓捕汪海洋么！要我说，一顿家常便饭聊表心意即可！”

“行！那就听你的！”秋峰点头道。

“对了，我记得之前你说过，去神谭寺褚老板那儿的时候遗失了一条白银手链，正好我今天下午有空，陪你去重买一条吧！”秋峰转而说道。

“这……”陈娇娇的脸更红了，“这怎么好意思……”

“嗨！你这本来就是为我办事才丢了的，我本来就应该赔给你，这啊，算‘工伤’，哈哈！”秋峰无所谓地摆了摆手道。

“那好，反正碧金岛商场离公司也不远，走吧！”陈娇娇拉起秋峰，开心地朝门外走去。

陈娇娇所说的碧金岛商场是石门最大、最高端的商场，从众成公司步行到那里也就十五分钟。

商场坐落于茅山路，商场金碧辉煌如一支令箭直插云霄，大楼外立面的玻璃幕墙在阳光照射下光芒四射，让人目眩，楼下街上行人如织，车水马龙，红女绿男，熙熙攘攘，商场内环境优雅，伴随着悠扬的萨克斯轻音乐，中央空调冷暖适宜，让购物者颇为舒适，眼前琳琅满目的各式各样商品，着实令人目不暇接，眼花缭乱。

“我们直接上四楼就行，那家店就在拐角！”陈娇娇拉着秋峰的衣袖示意道。

“这个地方不是我这种寒碜人光顾的，这叫乌龟爬进面粉缸——毫不匹配啊！”秋峰自我调侃着。

“你要是寒碜了，还有我陈娇娇这样的人的日子过吗？咯咯咯……”陈娇娇拍打着秋峰后背又咯咯咯笑个不停。

陈娇娇领着秋峰绕过小家电柜台，直奔首饰柜台。

秋峰跟在后面东张西望，在人群中他突然捕捉到一个十分熟悉的背影：“咦，这不是谢英吗？她在这干吗呢？”

秋峰定睛望去，只见谢英着一身精致玫的瑰红连衣裙，戴着紫黄相见的丝绸巾，显得很有气质，低着头正在选购男士的电须刀，挽着她手臂的男士同样让秋峰眼熟，秋峰定睛一看，差点让他从喉咙底部喷出声音：“小鼠眼！”

秋峰口中的“小鼠眼”正是受理众成公司上千万贷款的郭行长，也是妻子谢英的顶头上司。

陈娇娇见秋峰怒火中烧，牙齿咬得咯吱咯吱响，预感到大事不妙，便用力拽住秋峰的胳膊往电梯口拖，她压低声音道：“你可别犯傻，冲动是魔鬼，那郭行长即将给你上千万的贷款，你要是得罪了他，他把贷款收了，你咋办！”

“你！你放开我！”秋峰攥紧拳头眼睛里仿佛要喷出火焰来，使劲挣脱陈娇娇的手，咬牙切齿地吼了一句：“今儿个我要让这狗男女好看！”

秋峰说着便朝正在低头购物的谢英和郭行长的方向奔去，陈娇娇看着秋峰颤抖的背影，呆若木鸡。

“小鼠眼，我当你是个好人，你这披着人皮的色狼！”未等“小鼠眼”反应过来，秋峰“呯”的一拳砸在“小鼠眼”郭行长的脸上。

郭行长被突如其来的一击打懵了，双手捂住脸，秋峰又是猛地一拳砸在郭行长鼻梁上，鲜血从鼻孔下方汩汩而出。谢英及柜台几名营业员大吃一惊，旁边十余名顾客围拢过来，一位身材高大的男营业员立即抱住丧失理智的秋峰，谢英和赶来的陈娇娇也拦住发疯的秋峰，秋峰见抓他胳膊的是谢英，破口大骂：“我在外面累死累活的赚钱！你……你竟然给我戴绿帽子！！”

此时的郭行长也缓过了神来，用袖子猛擦了一把鼻血，冲上来揪住秋峰的头发，用膝盖狠狠连撞秋峰胸脯，又朝秋峰胸口连击几拳，一连贯的动作打得秋峰难以招架，败下阵来！瞧郭行长的身手恐怕也是个练家子。

秋峰忍住剧痛，捂住胸口弯下了腰，郭行长骂了一句：“小屁孩，敢与老子作对，看老子拳头！”言毕拳头直挥了过来，秋峰一个闪身，躲过了郭行长的勾拳，打空的郭行长一个趔趄，正在他步伐不稳之时，哪知身手矫健的秋峰蹲下一个扫堂腿横踢在郭行长的小腿上，郭行长结结实实摔了个“狗吃屎”。

郭行长的额头上已隆起了一个大包，脸上、脖子上、胸襟上已被鲜血染红，样子十分凄惨，秋峰冲上去用皮鞋死死踩住了郭行长的头，又死命地用另一只脚连踹郭行长的背部，随手又抓起柜台旁一盏木椅，高高举起向郭行长头部砸去，哪知被两只大手紧紧掐住，秋峰侧头去看，身边两个警察及三名保安随即一起将秋峰死死控制住，使他动弹不得。

“放下椅子，你想杀人不成？！”背后是陈娇娇的怒吼声，陈娇娇话音刚落，两个警察迅速将秋峰双手反背，秋峰此时意识到事态的严重，遂不再反抗，乖乖地任警察发落。

“走！都到派出所！”为首的警长一声令下，“还有你！”为首警长又指一下谢英道，两名警察和三名保安分别押着秋峰、郭行长以及谢英在众目睽睽之下，乘坐电梯下了楼。

谢英瞥了陈娇娇一眼，低头跟着走了。

在公安派出所，警察把秋峰、郭行长及谢英各关在一个房间进行审讯，郭行长因血流不止，在警察的陪护下到医院做了伤情鉴定，其鼻梁骨折，胸部有瘀青，多处抓伤，被鉴定为七级伤残，需留院治疗。

秋峰也要求到医院验伤，但除胸部和额头有轻伤外，其余都无大碍。

他们被公安局置留了整整一个通宵后，次日上午十时，一名派出所领导走到秋峰面前交给他一份材料让他在上面签字，秋峰一看呆了，是“刑事拘留书”，于是大吼起来：“你们凭什么要关我？我也是受害者，他依仗自己的身份职位，与我妻子通奸！还打我！为何不追究他的法律责任！”

“你吼完了吗？”派出所领导抖抖这份文书低沉道，“你完全可以在诉讼期间请你的律师做辩护，你故意伤害他人并致人七级伤残，这有医院诊断证明，已构成故意伤害罪，根据我国《刑法》规定，犯有故意伤害罪的，处于三年以下有期徒刑、拘役或管制，再是你所称人家对你妻子有性侵或与其有通奸行为，仅仅是你的主观怀疑，我们公安机关不予采信。”

秋峰听后觉得脑门发凉，手心又攥出汗来，只听见那公安领导又发话道：“没意见了吧，那就签字吧！”说着将“刑事拘留书”放在他面前，秋峰看着“刑事拘留书”那突兀的黑体大字，顿时慌了神，头脑里一片空白，这意味着自己即将坐牢。

“快签，我们耐心有限！”旁边一位短发的警察将笔朝秋峰“啪”地一敲，目光炯炯地瞪着他。

“我签、我签……”秋峰用颤抖的手在刑事拘留书下方签上了自己的名字，短发警察麻利地给秋峰戴上了手铐。

“请吧，下面有专车送你去上课呢。”公安领导似乎天生幽默，做了请的手势，板寸头警察不容秋峰分说，直接拽着他的胳膊出了门，下了楼梯朝一辆警灯闪烁的警车走去，板寸头警察把他推上了车，自己也跟着上了车，在他旁边的位置坐下，另外两位警察也上了车，以命令的口气对司机说：“直接开到红光看守所！”

司机拉响警笛，警车“乌拉乌拉”急速向看守所驰去。

“真是飞来横祸，哎！”秋峰耷拉着脑袋，懊悔地看着冰冷的手铐，头脑中闪现出谢英那张对着“小鼠眼”媚笑的脸，还有郭行长那副颐指气使的模样。秋峰的心中充满了仇恨，牙齿咬得咯咯直响，嘴唇也咬破了，浸出的血从嘴唇流淌到他的脖子上，顺着脖子又垂落到他锃亮的手铐上，他也浑然不觉。

第二十章　隐蔽纵情

秋峰因打架致人重伤，被红光公安分局以故意伤害罪拘留了。

就在警察在看守所为秋峰办理收监手续之时，一辆开着双闪的公爵面包车在看守所门口停了下来，车未停稳，车上跳下了火急火燎的陈娇娇，随后两名身穿西装，夹着公文包的男人也下了车，俨然一副律师的模样，他们一起朝看守所办公区走去。

“夏天所长，夏天所长！”为首身穿夹克衫的中年干部进门便喊。

“夏所正在办理犯人的收监手续呢。”一名狱警盯着他们看，又质疑道，“你们……”

“他是秋峰的律师，我们来为秋峰办理取保候审！”陈娇娇介绍道。

“您好，我叫肖武，是秋峰伤人案的委托律师。根据我国《刑事诉讼法》的规定，我们有权对秋峰提出取保候审，还望夏警官批准！”肖武抚了抚架在鼻梁上的黑框眼镜，从容地说。

“肖武……”夏所长的心里犯起了嘀咕，难不成是那个打赢了轰动全城的“医闹案”的大律师？

说起四年前的“医闹案”，夏所长至今仍记忆犹新，当时新城医院的一名脑外科医生救助了一位突发性脑出血的病患，当时患者贾某脑神经出现了三处出血点，情况极其严重。医生也明确告诉过家属，能够救活的可能性不大，即便是救活了也多半会瘫痪，家属也明确表示会接受手术之后的结果。在经历了两天一夜的抢救后，医生暂时保住了患者的性命，并将重度昏迷的贾某送到了ICU监护病房。可贾某在昏迷了10天后还是撒手人寰了。

从贾某入院做手术到住了10天的ICU监护病房，总共花费了近20万元。病人家属认为，医生在手术中有过失，并且有敛财的嫌疑，拒不补齐剩余15万元医疗费用，还一纸诉状将医生告上了法庭。但好在医院的手术过程全部都有监控记录，在没有证据的情况下，贾某家属最终败诉。

这件事到这里才刚刚开始，为了报复医生，贾某家属还演了一场大戏，特意背对监控镜头，哭着递给了医生一封用红色信封包装的道歉信。而后又在洗衣房内根据标签，找出了医生的白大褂，在里面塞了一沓一万元的钞票，以此栽赃嫁祸。因为洗衣房中没有摄像头，清洁人员在发现钞票后便上报给了院长。另一边，贾某家属还召集了大批的新闻媒体介入该案，舆论一边倒地向贾某家属倾斜，医生被院长停职处分。就在这时，肖武出现了，作为医生的辩护律师，他在法庭上提出那一万元是假币的说法。就是这一举激将法，直接让贾某家属沉不住气大声喊道："法官！他说谎，那钱就是真钱！"

仅凭这一句话，肖武一连三个反问，质问得对方哑口无言，最终医生无罪胜诉，法院判处贾某家属利用舆论扰乱公共治安罪，且情节严重，判处三年有期徒刑，并勒令其补齐贾某拖欠的所有医疗费用共计 15 万元整。

要说这么厉害的一个律师，她陈娇娇又如何请得动呢？原来，陈娇娇目睹秋峰发了疯似的拳打"小鼠眼"郭行长，被带回红光派出所后。她立刻找到了老同学陆靖，说来也巧，肖武正是陆靖多年的发小，只是后来认识陈娇娇的时候，肖武已经随父出国求学，前两年才回来。见陈娇娇有事相求，陆靖二话没说就给肖武打去了电话。

大律师登门，还带来了授权委托书以及取保候审申请书，夏所长也没有坚持扣留秋峰，便沉声道："还不立刻放人！"

板寸头警察走到秋峰跟前，用钥匙解开他的手铐拍拍他肩膀道："你跟我出来。"秋峰跟他出了门不解地望着板寸头，板寸头警察又拍了拍他的肩膀道："你没事了，那边有个女士在等你，她是你老婆吧，上她车走吧。"

秋峰一脸诧异，揉着酸痛的手腕又惊又喜地走出门外，见不远处停车坪二辆轿车旁站着一群人，其中一位时髦女士格外惹眼，只见她的雪青色丝绸围巾在微风吹拂下，飘飘荡荡，煞是好看，在她旁边站着一群正在交谈的男士，秋峰定睛一看，那女士便是陈娇娇，黝黑汉子是霍元旦，身穿花格夹克的是陆靖，还有肖武及其助理。

秋峰朝停车坪的人群走去。

“我说秋老板啊，”陆靖傲慢地指着陈娇娇道，“你得好好感谢你的员工陈娇娇，没有她使劲，你这个牢是坐定啦！”

“是啊是啊，娇娇确是你的救星。”霍元旦也应和道。

“感谢娇娇，秋峰永不忘恩！”秋峰上前紧紧握住陈娇娇的手，眼里饱含热泪，躬身哽咽道。

“你这是冲动啊，以后吸取教训啊，这次也是你命大，还好还好！”陈娇娇受秋峰情绪的影响，不禁也抹起了眼泪。

“我……我以后一定自控……”秋峰像个孩子似的，愧疚地抹泪认错。

“另外，娇娇你上次让我打听毛小利判刑的消息，现在法院一审已宣判。”陆靖讨好道。

“判了多少？”陈娇娇追问，秋峰也很想知道。

“一审以诈骗罪判了他五年六个月。”陆靖道。

“罪有应得，活该！”陈娇娇愤愤道。

“丁零零……”陆靖手机响了，他拿着手机不断“嗯嗯”应答，接完电话后便对陈娇娇招呼道：“娇娇，我马上要到市里开会，你们回去千万不要高调，尤其是秋峰，注意安抚好那个银行行长，不能惹事，倘若不慎，秋峰还得进去，明白吗？切记切记！”

“陆局放心，我们做事绝对讲分寸。”陈娇娇对陆靖拱拱手，又道，“感谢老同学了，娇娇领情了！”

“领情就好！”陆靖忙钻进已经久候的一辆皇冠轿车，他的专职司机为他关上了车门，随即司机返回车内，陆靖摇下车窗，对陈娇娇做个打电话的手势道："有啥事打电话。"陈娇娇回道："真的感谢老同学，再见！"陆靖的轿车匆匆驶离。

他们望着渐渐消失的皇冠轿车，陈娇娇凝望着一脸憔悴而亢奋的秋峰，以忧伤的口吻道："你想过没有，你那笔在郭行长那儿好不容易贷的一千万低息贷款，说不准就泡汤了，你收购神州冶金铸造厂正缺大块资金呐，怎么不为大局考虑呢？！"

"这下肯定砸锅了！"霍元旦也神色黯然，摇摇头叹息道，"我推测谢英故意与那'小鼠眼'行长套近乎，可能就为这笔贷款，按理，谢英这人一贯清高，不为这笔贷款，她不至于拍'小鼠眼'马屁的，我的话你信么？"霍元旦看着陈娇娇。

"也许你的话是对的。"陈娇娇哀叹一声道："当前钢市形势这么好，要是咱公司多了一千万，能赚多少钱，真为秋老板可惜，太意气用事啦！"

"我宁可公司关门，不可遭黑灰抹脸！"秋峰却无一点懊悔之意，仍愤愤地道，"身为男人，哪容得了戴绿帽子的奇耻大辱？没有这一千万，我照样把众成集团玩转！"

"嘿！"霍元旦以惊异的眼光望着他："我说秋老弟呀，我的话说出来你可别不高兴，如果没有娇娇全力救你，你蹲了大牢，你玩个屁呀，等你从大牢出来，你的众成集团恐怕连影子都没啦，还不醒醒啊！"

"你刚才还认错，答应我以后要学会自控，难道你……"陈娇娇也不解地望着秋峰。

“我是感谢娇娇，以后一定自控。”秋峰仍似天生一副傲骨，理直气壮道，“但我绝不接受以男人的廉耻换取所谓的成功！至死不会！”

“啧啧。”霍元旦无奈地对陈娇娇笑笑，陈娇娇也无奈地轻轻叹了一口气，摇摇头。

“秋峰！”正在陈娇娇想劝说秋峰时，忽然传来一个声音，他们抬眼一看，只见谢英气喘吁吁地拎着一个大包朝这奔过来，远处的一辆白色别克车上下来了一个男人。他正朝这边望着。

“是谢英！”霍元旦不由自主道。

“秋……秋峰，你……你让我急死了啊！”平时非常注重容貌的谢英此时却有些披头散发，文雅娴静皆无。“哼！”秋峰见是谢英，头也不回地扭身就走，谢英把包甩在地上，拼命朝秋峰追去，哪知秋峰甩开膀子，健步如飞，谢英哪能追上他，只看见渐行渐远的秋峰的身影，谢英瘫坐在地，哭泣起来。

秋峰的身影不见了，谢英伏地而泣，陈娇娇、霍元旦走了过去，陈娇娇把谢英搀扶了起来。

“我……我以为他……他真的坐牢了，我给……给他买了生活用……用品……”谢英边抹眼泪边断断续续道，“他……他咋……咋就这样不冷静啊，我……我这个家算完了，呜呜呜……”

“没完没了啦！”陈娇娇先安慰后又责怪道，“公安对他采取了取保候审，后续有肖武大律师帮忙，秋峰一定没事的！不过……我说你也真是的，怎么与那个‘小鼠眼’好上呢？秋峰他哪能接受这种事呢？”

“我以为你谢英不会干这种事呢！”霍元旦一语双关道。

“你……你们冤枉好人啊！”谢英听后号啕大哭，一把眼泪一把鼻涕地哭道，“我……我与郭……郭行长只是工作关系，还……还不是为……为了他好贷款这事吗？呜呜……你们别血……血口喷人，呜呜……”

“我说是吧，”霍元旦推了推陈娇娇，低声道，“秋峰误解谢英了，我们赶紧把秋峰找回来，让他认错道歉，说不定那一千万贷款还能救回来！”

陈娇娇一听这话，把霍元旦拖到一边，低声道：“你说得轻巧，怎么可能？你晓得她与‘小鼠眼’到底有没有这种事？女人真有这种事，还跟你承认？你不看看，不远处车上那男人不就是‘小鼠眼’行长？真幼稚！”陈娇娇又道，“人家家务事少插手为好，但想办法让秋峰无论如何耐下心来，先把那笔贷款搞到手再说，这笔贷款能搞到手，你我都受益，这才是最重要的事，懂吧？”

“那当然，那当然。”霍元旦恍然大悟，然又踌躇道，“那怎么说服秋峰呢？”

“我有办法。”陈娇娇道：“先得把谢英劝说回家，告诉她我们负责把秋峰找回来，先稳住她。”

“也好。”霍元旦应道。

陈娇娇、霍元旦互使了个眼色后，俩人七嘴八舌地劝慰了她一通，谢英拾起地上的包袱，朝那个白色轿车方向走去，陈娇娇、霍元旦远远望去，只见谢英上了车，轿车掉过头开走了。

“怎么办？我们到哪找秋峰？”霍元旦问陈娇娇。

“咱们分个工吧。”陈娇娇沉吟一下后道：“你负责找‘小鼠眼’行长沟通一下，就说秋峰最近因毛小利出卖勾结储秃顶和袁麻子，头脑受到一定的刺激，发生这种事他很懊恼，想找个时间当面好好道歉，就希望‘小鼠眼’给他个机会，好小范围聚一下表示歉意，我负责找到秋峰，说服他与‘小鼠眼’见面。”

“你有这个本事？”霍元旦睁大眼睛看看陈娇娇。

“还真没有。”陈娇娇道。

“咱们赶紧去干吧。”陈娇娇转身朝秋峰离开的方向走去，很快消失了。

天色阴沉，临近黄昏。

不消两个小时，陈娇娇果然在石门东郊南麓一处极隐蔽的石窖平台上与秋峰见了面，四周都是树林。

他们事先联系好了，秋峰早已驾车到此，而车则停在树荫庇护的石窖平台上。陈娇娇是打车到的附近，再独自步行寻来的，当她走上石窖平台，一阵冷飕飕的凉风来袭，虽然身体有些冷，但心里却暖暖的。秋峰坐在轿车后排，侧门也已打开，陈娇娇顺势坐上车，与秋峰并排坐在一起。

对于秋峰，陈娇娇是有私心的，她一个离婚的女人愿意投奔他，说心中没半点喜欢，那纯属瞎话。可是即便再喜欢，陈娇娇也是一个有自尊的女人，她不愿意破坏秋峰的家庭，可现在，看着眼前满目哀伤的秋峰，陈娇娇心疼极了。

内心翻涌的悸动，终于让她挣脱开思想的束缚，给了秋峰一个大大的拥抱。

“你……”秋峰显然被陈娇娇这一举动吓了一跳，想要推开，又怕拂了陈娇娇的面子，干脆僵硬地愣在原地，没有动弹。

“秋峰……我喜欢你……”陈娇娇颤抖着身子，用尽全部力气，终于将这句话说出了口。

“我……我哪配得上你！”秋峰一声长叹道。

“配得上！我说配得上就是配得上！秋峰！你别想再推开我了！”陈娇娇起身，不由分说地亲了秋峰一口，然后红着脸别过了头去。

“唉……你这是何苦呢！”秋峰摇了摇头，也半推半就地接受了与陈娇娇之间的暧昧关系。他喜欢陈娇娇么？美女谁不爱。那谢英呢？秋峰越想心中越是憋闷。过了许久陈娇娇才再次出声道：“你会和她离婚吗？”

“离与不离，就看老天爷安排了。”秋峰皱着眉头望着车窗外天空中闪烁着的几颗星星，道，“谢英怎么会看上那‘小鼠眼’，令人捉摸不透！”

“这有什么奇怪？”陈娇娇道，“萝卜青菜，各有所爱。人在一起，时间长了，日久生情么。据我看，你那老婆谢英早就被那小鼠眼策反了，只不过人家做得隐蔽，未让你发现而已，等机会真正成熟了，他们找你谈资产重组时，看你脸往哪搁。而且那时就由不得你了，你呀，别太死心眼了。”

“哼，这种事丢脸的不是我！”秋峰气呼呼道，“那姓郭的行长不是无业游民，我只要一告，看他这个行长还能不能干下去！”

“哎，说正经的，你还没回答我的问题呢，你这次真的下决心与谢英分手了吗？”

“分！”秋峰脑海里浮现出谢英挽着‘小鼠眼’郭行长手臂的情形，怒不可遏，脱口而出，“我明天就同她去民政局办离婚手续去！”

“真的？”陈娇娇突然双手一拍掌，然又痴痴地望着秋峰的脸道，“祝贺秋先生终脱苦海。”

“苦海？”秋峰愣道。

“是啊，终于脱离爱情苦海啦！”陈娇娇抚摸着秋峰的手掌道，“你从此又可以开启新的幸福爱情旅程啦。哎，我能不能再追问你两句？”

“说吧。”

“你与谢英分开后，第一，你会不会忘记她？第二……”陈娇娇欲言又止。

“第二？”秋峰道。

“第二，你想不想娶我？”陈娇娇嘟着嘴，紧紧伏在秋峰身上，看着他的表情，又道：“不许撒谎哦！”

“你这一句话真是多余的，”秋峰想下道，“第一，一日夫妻百日恩，怎会一分开就不想对方，人不是畜生啊，人之所以是高级动物，就是因为有思想嘛，否则与牲口何异？第二，我们刚刚接触，彼此尚不了解对方，怎么就着急谈婚论嫁，这太荒谬了，你说对吗？”

“你……你以为我……我是放荡随便的女人吗？”

陈娇娇听了当即掉下了眼泪，用手抹了抹又道：“你还不了解我陈娇娇，我为了你，什么都抛得干干净净，心思都花在你一人身上，你还看不出来？”

“抛得干干净净？”秋峰坐起身子把车灯按亮，看着陈娇娇的委屈样子，突然发问道，“你不是又在与你老同学陆靖交往谈情吗？”

“什么呀？”

陈娇娇眼泪哗啦啦直淌，哭得更凶了，不住地抹着眼泪道：“什么老同学，陆大局长，我跟他毫无关系，他是追我，我答应了吗，而……而且，他的邀约我都推得干干净净的！这……这次，要不是为了你，我迫不得已才找他，他心里清楚，我心里没有他的位置，如果我稍有一点表示，他绝对会像苍蝇一样叮上我的，但是，他对我已渐渐冷淡了，原因很明白，我对他毫无兴趣，我只爱恋你，你知晓吗？”

陈娇娇一把抱住秋峰，生怕他会挣脱飞走，带着央求的口吻道：“秋峰，我知晓我不配你，我比你大两岁，但我实在离不开你，你娶我吧，只要你娶我，我做牛做马也心甘！秋峰，你晓得吗，我每天每夜，眼睛一闭，你的身影就出现在我脑海里！秋峰，你懂我的心吗？啊？”陈娇娇眼神真挚，向秋峰倾诉衷肠，这使秋峰喘不过气来。

“好了好了。”秋峰把陈娇娇白皙的手拉开，道，“我感觉有些饿了，你也饿了吧，咱们找个地方吃些东西再说，怎样？”

“好啊，好啊，”陈娇娇从衣服口袋里找出纸擦了擦眼泪，破涕为笑道，“我陪你吃东西去，离这儿两三站有个今有缘乡菜馆，是我闺蜜刘娟开的，她家做的菜可好吃了，我带你尝尝，正好我给你介绍我的闺蜜刘娟。”

“可以，咱们去那儿！”秋峰边说边启动了汽车。陈娇娇拿起手机拨通了闺蜜的电话，说等会儿带一个好朋友去吃饭，留个小包间，说着便挂断了电话。

陈娇娇对着车上的镜子用手理了理凌乱的秀发，又补了补口红。秋峰发动了汽车，按陈娇娇指引的方向驶出石窨平台，沿着石蛋垒铺的窄窄马路，一路颠簸向“今有缘乡菜馆”驶去。

第二十一章　睿智的娇娇

今有缘乡菜馆。

陈娇娇向酒店老板娘刘娟得意而认真地介绍了秋峰，刘娟看起来比陈娇娇更老练成熟，为人爽朗。她上下打量了秋峰几眼，对着陈娇娇轻轻耳语了一番，便引着陈娇娇和秋峰去了走廊最里端的“梦伊来”小包间。

房间不大，也就十来平方，倒是装扮得十分整洁，墙上贴的是梁山伯与祝英台十八相送的墙纸，包间内放置着一盏别致的小方桌和四个卡通板凳，小方桌上方是一盏吊灯，淡黄色的光线十分柔和，把室内映衬得浪漫而温馨，看来酒店主人为了营造情人约会的包间煞费苦心。

“这是我店最浪漫的情侣包间，不想那对订房的小情侣家中有事退订了，你们真有福气。”刘娟又对陈娇娇挤挤眼道，“或许是老天有意成全你们，你们先坐下等等，我已给你们点了几道小菜，等会儿上菜，我处理一下杂事过来陪你们喝点小酒。”言罢便出了门。

陈娇娇见刘娟出去了，冷不防朝秋峰俊朗的脸颊亲了一口，他的侧脸顿时印上了陈娇娇鲜艳的口红印。看着秋峰一副憨憨的模样，也不知道脸上粘了口红，只是低头看着手机笑，笑得陈娇娇前仰后合。边笑边掏出手纸为秋峰擦脸，秋峰用手机一瞧，十分的尴尬，连道："难堪，难堪，给你朋友看了多不好！”

俩人坐定后，陈娇娇给秋峰倒了杯水，关切道："渴了吧，喝点水。"

秋峰确是渴了，这杯水温度并不太高，他一饮而尽，陈娇娇又给他倒了一杯，他照样又一口喝下，就这样，连喝三杯。

“秋峰，”陈娇娇盯着秋峰的脸，神色凝重道，“跟你聊正经事，你可别犯糊涂哇，男人以事业为重，不能意气用事荒废了你的大业，郭行长那一千万贷款对你太重要了，我相信，只要你跟谢英认个错，这一千万贷款还有救，郭行长现在就听谢英的，男子汉大丈夫能伸能屈，只要事业做成了，牺牲这点算什么呢？”

“你让我向谢英、‘小鼠眼’低头认错？”秋峰张着嘴望着婀娜多姿的陈娇娇，不解道。

“对，为了将来的众成大业，你能放下你高傲的自尊吗？”陈娇娇柳眉上扬，杏眼炯炯，字正腔圆道：“我知道，你秋峰爱事业远远超过爱女人，我给我自己算个命，我就是秋峰背后的女人，我一定与你共患难，为你撑起众成集团！”

她又动情道：“眼下，众成集团正处在上升期，这也是公司发展的关键点，如果有了一千万贷款，你的众成集团就如大海扬起风帆的雄舰，将一往无前，前景必然一片光明。而如果失去这一千万的支持，众成集团只能如搁浅的鲸鱼，非死即伤，也丧失了大好商机。我想你比我更明白，当前石门市与其他沿海大城市一样，都在轰轰烈烈地大搞基础建设，所需钢材不计其数，钢价频频上涨，这一千万对你很重要啊！秋峰，依一般女人自私的心理，在这时候是不会让你向你老婆低头的，但是我为了你的将来考虑，不能因为儿女情长而断送了你的锦绣大业，秋峰，你明白我的心吗？我希望你好，咱们共同努力好吗？”

“娇娇……”秋峰抓住陈娇娇纤细的手，用炽热的目光望着她，竟然不知说什么好。

俩人四目相对，深情款款，陈娇娇的泪水在眼眶里打转，她咬着嘴唇颤抖着。“叩叩叩！”此时有人敲门，陈娇娇用手纸擦了擦眼泪，道：“是刘娟，我开门。”便起身开了门，只见刘娟笑吟吟道：“没打扰你们的幸福时光吧？”

“嘿嘿，哪里话！”陈娇娇回道，“哎，你们那位冯大老板呢？”

“他一会儿过来。”刘娟对陈娇娇伸了大拇指，赞道，“老妹子行啊，哦，上菜了，你们先吃起来，边吃边等他。”此时，服务生已端上了三道热腾腾的菜。

“不不，我们还是等他一道吃吧。”陈娇娇转脸对秋峰道，“秋峰你说呢？”

“对，要等主人。”秋峰掏出一包烟，用打火机点着后悠闲地吸了一口气，烟雾弥漫包厢。

“少抽烟，对你身体不好。”陈娇娇友善地提醒秋峰，秋峰“嗯”了一声，听话地捻灭了烟头。

“关键形象不好，不文明吧。”秋峰自嘲道，“包间小了些，吸烟会把这么漂亮的墙纸熏黄的，建议刘老板在房间里贴个禁止吸烟的牌子，岂不更好。”

“好是好，但会影响生意。”刘娟叹了一口气，道，“做餐饮生意很难的，哪像你们做钢材一张合同下来赚个大几十万，我们做餐饮的辛辛苦苦做一年不见得赚得到钱呢。”

“做钢材赚头大，风险也大啊。”秋峰道，“反正做哪行都不容易。”

“在冯健没到之前，我先给你们介绍他的近况吧。”刘娟坐下道：“我先生冯健与他朋友最近在海都购置了二百多亩地，正在做房地产项目，忙得连家都顾不上，哎，听娇娇说，你们在做钢材生意，冯健说他正准备购一批钢材呢。”

“冯总在海都哪个地方，多远？”秋峰道。

“离石门不算远，七八十公里吧，开车过去一个多小时便到了，我去过他那里。”刘娟比画道，“哟，那个地方可大了，就是荒无人烟的，我真佩服我那位的勇气，搞那么大的项目。”

“房地产项目一旦做成，可是发大财的，这年头不跨步不行啊，只要国家政策允许，有啥不能干的。”陈娇娇又道，“再说，你家冯健这么精明能干，头脑好使，一定会开辟新天地，到时你就是阔太一个，不知那时还带不带我们玩呢。”

“瞧你说的，”刘娟推了推陈娇娇的胳膊，嗔怪道，“你的那个一点不差呀，说不准你们将来发达了还不带我们玩呢。”

“不管将来发达不发达，我们两家都要靠着，不许不带！”陈娇娇说着，俩人都笑了起来。

“咚咚”有人敲门。

“可能他来了。”刘娟起身开了门，门一开，只见门口站着一个彪形大汉，有点络腮胡，身穿蓝青风衣，四方脸，气宇轩昂，手里提着一瓶酒，腋下夹着一个包。

“来来，跟你们介绍一下，这是我先生冯健。”刘娟跟秋峰、陈娇娇道。

未等刘娟说完，陈娇娇插嘴道：“你别给我介绍了，给秋峰介绍，我不是第一次见到了。”

“这是我妹娇娇的男朋友，也是个钢铁大老板，秋峰。”刘娟道。

“秋天的秋，山峰的峰。”秋峰对冯健拱拱手，谦逊道，“多多关照，幸会幸会。”

“多多关照。”冯健从口袋里掏出一张名片递给秋峰道，“看你比我小点，就喊你秋老弟啦！”

“好好，”秋峰接过这名片，轻轻念道，“海都新天地房地产开发有限公司，冯健董事长。地产大亨啊！”

“啊啊，秋总夸奖，夸奖，坐坐。”冯健举起一瓶茅台酒，道：“我中午与朋友会餐时，一个朋友送了我两瓶二十年的茅台酒，一般人舍不得喝这个，都用来收藏，今儿个我要把这瓶和朋友分享，一瓶不够的话，外面还有一瓶。”

“这……这不合适吧，有点受之有愧，这酒还是收藏为好。”秋峰有点难为情道。

“哎，”陈娇娇摆摆手道，“我和娟姐关系近，既然健哥哥今儿个高兴，咱就陪着，这叫客随主便，秋峰酒量不咋样，我多喝些。”

“好好，”冯健拍手道，“我事先说定，第一轮我和娇娇各四两，刘娟和秋总各二两，如第一轮没事，第二轮按此进行，争取两瓶全消灭，咋样？”

“慢慢来，不能醉酒，你这酒鬼，看到酒就来劲！”刘娟指着冯健道。

“哎，”冯健道，“是你的好友来，我不拿好酒招待，客人一走你定会怪我不热情不是吗，来来，看来菜已上完了，咱边吃边聊呗。”

说着，冯健把茅台酒瓶盖打开，唤服务生送来四个小酒杯和四个高脚杯，分别给陈娇娇、秋峰和刘娟斟了一小杯，又为三人的高脚杯斟了半杯，自己则斟了一杯，尔后举杯道：“为我们的缘分干杯，我先干为敬，你们随意啦。”言罢一饮而尽，秋峰与陈娇娇相视一笑，仿着冯健把酒饮了。饮罢各自夹了些菜，陈娇娇则首先为秋峰夹了一块油焖茶蛋，刘娟笑道：“对对，吃了这蛋，好生娃崽，呵呵呵……”这话一出搞得陈娇娇一脸绯红，秋峰尴尬地笑了笑，还是将蛋全吃了。

冯健又饮了一杯，道：“这杯酒，首先敬钢铁大王秋总，娇娇作陪，没有娇娇结识不到秋总，祝你们恩爱白头，生意兴旺！”言罢又将酒喝了，边咂嘴边赞道：“好酒好酒，甘冽爽口！”

秋峰愣了一下，还是把酒喝下了，陈娇娇则对刘娟道：“娟姐，你也一起？”刘娟与陈娇娇碰了下杯，道：“干！”

“第三杯嘛，”见冯健又举起酒杯，刘娟一把夺下，嗔怪道：“你歇会儿，让人家吃点菜，想把人家灌醉啊？娇娇，你让秋总多吃菜，别听他的。”

陈娇娇边给秋峰夹菜边道：“看来今天冯总心情非常好啊，遇到喜事啦？”

“你别喊我什么冯总，喊我冯哥或者姐夫呗。”冯健又对秋峰道，“我也不喊你秋总，就喊你秋老弟了，别说娇娇不伶俐，她真会看人相，我实话说了，今天我确实心情好，因为今天我海都地产项目的商品房预售准可证下来啦，你们说我福气多大！”

冯健边说边从包里取出一张商品房预售许可证，给秋峰他们传阅，秋峰看后，主动举起斟好的酒杯，道：“来来，让我们共同为冯健老哥顺利拿下预售许可证干杯，诚挚祝贺！”秋峰站起身来，其他人也纷纷起身，四只酒杯“咣”的碰在了一起，四人都将酒一饮而尽。

“嗨，爽！”冯健坐定后，抹了抹嘴道，“今天正好秋老弟在场，听说老弟在石门钢材生意做得很大，怎么样，我海都工程最近恰好需要进购一批钢材，我问了一下工程部，大约会陆续采购一万多吨钢材，首批有近两千吨，老弟你愿不愿意合作？公司全由我一人说了算，只要你报价合理，质量有保证，合作都没问题。”

“那太好了，钢材是我们众成集团的经营强项！”陈娇娇抢在秋峰前面道。

“是的，我早就听刘娟说了。”冯健抿了一口酒道，“能不能请你们抽时间考察一下我海都的工程项目，顺便把钢材合同签订一下？”

“姐夫，我们该什么时候去海都拜访呢？”陈娇娇道。

“这样吧，”冯健道，“明天我要参加海都市政府一个招商研讨会，后天怎样？我在海都等你们，后天中午前赶到，中午我在海都请你们吃当地有名的巴鱼宴，刘娟如走得开，一同前往。”

“好好，我们后天一定拜访学习。”秋峰道。

“我后天也跟着去。”刘娟拍拍手道。

“娟姐真给力！”陈娇娇敬了刘娟一杯酒。

“那就说定了，后天海都见！”冯健举起酒杯道，“现在只谈酒，不谈其他的了，哈哈哈……”

四人把酒杯碰在一起，又一起笑了起来。

冯健喝至数杯后，见一瓶茅台见底，又要再拿，刘娟劝也劝不住，他又唤服务生从他的丰田越野车里取来另一瓶茅台，又喝了一个小时，第二瓶茅台酒也见底了，此时秋峰喝得满脸通红，陈娇娇也有些晕晕的，刘娟却十分清醒，忙到其他包厢与客人招呼结账去了，冯健则滔滔不绝，一直吹嘘自己在海都的能耐，说的陈娇娇、秋峰佩服得五体投地。

直至夜里快十一点，陈娇娇见天色已晚，劝说散席，刘娟折回来也劝散席，冯健才停下来，在服务生的搀扶下，踉踉跄跄到后院找地方睡觉去了，秋峰则在陈娇娇的搀扶下上了别克轿车后排座，上车后他侧身就睡着了，陈娇娇与刘娟招呼后，把秋峰带回了自己的住处，到达后又把秋峰一步一步扶上了楼，开门后使劲把秋峰推倒在自己的床上，然后用热毛巾为他擦脸擦手，又用热水为他抹身洗脚，俨然把秋峰当作自己丈夫对待。陈娇娇的一举一动，秋峰十分清楚，只是醉酒身子沉，任由陈娇娇摆布。

陈娇娇为秋峰忙碌半天后，又自己跑到浴室洗了澡，擦净身子，披着睡衣跑到秋峰床前，用爱怜的目光细细地端详秋峰那俊俏的脸庞，半晌后她感觉有些累，于是关了灯，脱了睡衣，钻进了被窝。

次日天已大亮，秋峰一夜酣睡后自然醒来，他环顾陌生而温馨洁净的房间，旁边则是尚未醒来的陈娇娇，他轻轻掀开被子，披了件自己的衣服，蹑手蹑脚地下了床，准备去趟厕所。

“秋峰，干吗去呀？”身后传来陈娇娇柔软的声音，原来她已经醒了。

“我……我想上厕所。”秋峰看到陈娇娇也坐起来，顿时心跳加速，不敢直视。

“咯咯咯……”陈娇娇见他这个样子掩嘴笑了起来，又道，“你还害羞啊，又不是小男人了，咯咯……”

秋峰让陈娇娇打趣得红了脸，忙转移话题道：“这房子装修得还蛮讲究的，是你设计的吗？”陈娇娇知道秋峰一时半会儿还难以接受两人的关系，也没再纠缠。

“当然，这房子虽然小了些，二室一厅，不到八十平方米，但件件都是我亲自设计的，怎么样，在你眼里还是小儿科吧？”陈娇娇漫不经心道。

“你还不简单嘛，真看不出来。”秋峰又道，“这房子是你买的吗？”

“当然是我买的啦，难道你还怀疑是别人赠予不成？”陈娇娇用手玩着自己的秀发道，“告诉你吧，这房是我去年上半年花了近三十万买的，这也感谢柴敏帮我弄到了一个号，一下子省下我七八万哩，我把省下的钱用来装修，购家具，想想现在房价涨了不少，心里还挺舒服的，怎么样，这房子你我分享好吗？”

“那哪行，我不能无功受禄。”秋峰又道，“再说像我这样的男人，接受女人恩惠，岂不是有损男子汉的形象，绝对不可。”

“你倒是挺有傲骨么。”陈娇娇笑道，“你现在还和我分得那么清，我的就是你的嘛，难道你只是与我玩玩而已？”

“哎，你可别把我当作你的男人或者老公。”秋峰有些戏谑道，“至少现在还不是哦。”

“怎么，你把我当作你的玩物了？”陈娇娇突然坐了起来，生气道，“人家可把你当作我生命中最重要的人！比我父亲都重要呢。”

“好啦，好啦。”秋峰又继续以揶揄的口吻道，“我有自知之明，我也只是你感情上的备胎，那柴敏一放回来，你不把我一脚踢走？”

“你……你胡说！”陈娇娇朝秋峰胸膛打了一下，杏眼圆睁道：“柴敏只是我曾经的上司，工作上的伙伴，外面都是谣言，你居然也跟着他们诋毁我的人格，我……我要咬死你！”言罢便张嘴朝秋峰肩膀上狠狠地咬了一口，死死不放，痛得秋峰“哇哇”直叫。

“放了放了，我不讲了！”秋峰直叫唤。

“看你下次还敢胡言乱语！”陈娇娇松了口，看着咬得很深的牙印，已经略有些红，陈娇娇又用手轻轻地来回抚摸，嘴上道，“很痛吧，谁让你言语侮辱我呢？”

“好了好了。”秋峰皱着眉道，“你陈娇娇是个名人，难免被人说三道四，算我错了，但人走不走正道，不是别人嘴上摆布的，而是靠自己的品质和觉悟，别人主宰不了，一切靠自己的想法。”

“这话我爱听，”陈娇娇接话道，“知你是中文生，你读过莎士比亚不少书吧，他有一句名言，‘品行是一个人的内在，名誉是一个人的外貌’，他又说，‘使人高贵的是人的品格’，但是我还是最欣赏中国的英雄文天祥的话——‘人生自古谁无死，留取丹心照汗青’。”

“你倒是挺有内涵的嘛，真没看出来。”秋峰诧异地看着陈娇娇，道：“你读过许多书？”

“书没谈读过多少，不过上百册中外名著，基本都看过，怎么样，想考考我吗？尽管放马过来。”陈娇娇不露声色道。

“你还说没读多少，上百册名著都读了，比我厉害多了。”秋峰对陈娇娇刮目相看。

“不敢不敢。”陈娇娇又道，“比如你刚才说的人的品格，苏联大作家列夫·托尔斯泰说过：‘人类被赋予一种工作，那就是精神上的成长。’法国作家契诃科夫说：‘人在智慧上应当是明豁的，道德上应该是清白的，身体应该是清洁的。’伟大思想家罗曼·罗兰则说：‘没有伟大的品格，就没有伟大的人，甚至也没有伟大的艺术家和伟大的劳动者。’我的话多了，你嫌我卖弄吗？”

“没有没有，我在细听品味呢。”秋峰又赞许道，“没想到你记忆力这么强，比我读的书都多。”

“哎，我们以后一起，共同学习，取长补短，共同进步。”陈娇娇望着秋峰，给他又披上睡衣，以询问的眼神道：“可以吗？”

秋峰仍不置可否，只是“嗯”了一下。

“唉！”陈娇娇叹了一口气，又道，“咱们可以说正经事吗？”

“什么正经事？”秋峰道。

“你一定要找谢英，不管你心诚不诚，但一定要装作十分真诚的样子，向她道歉，好让她说服她领导郭行长，把一千万贷款贷给你！”陈娇娇斩钉截铁道：“秋峰，听我的话没错，咱千万不能一时糊涂，意气用事可是创业之人的大忌啊。”

停顿后她又道：“你看过越王勾践的故事吗？他身为国王，被俘后为了麻痹敌人，他装疯卖傻连敌人的屎都吃。为了复仇，被释放后，他又悬梁刺股，励精图治，五年后，他终于东山再起，统帅大兵，灭了百般羞辱他的吴国。还有忍耐胯下之辱的西汉开国功臣韩信，为了不涉一时之险，有雄才大略的他竟然忍一时之辱，甘愿受屈，从一个名不见经传的屠夫胯下爬过，但他最终成了国家的栋梁之材。”

她又道：“英雄武松明知山有虎，偏向虎山行，他置生死于度外，最终成为家喻户晓的打虎英雄！人家为了达到目的，连死都不怕。秋峰啊，你一定要有气魄，为了实现你的目标，暂且受点小气算什么呢！”

“谢谢娇娇的提醒，忠言逆耳，太提气了！”秋峰紧紧握住陈娇娇的手，坚定地一字一句道，“我这就去！”

“好样的，你一定能成功。”陈娇娇深情地道，“期待你的好消息！今天争取把谢英的事情处理好，明天我们去海都找冯健！”

第二十二章 海都签约

得益于陈娇娇的宽宏大谅和深明大义，以经典说服了秋峰屈身央求谢英支持贷款。秋峰听后除了感动又深深地感觉到了自惭形秽，他随即用手机联系谢英，谢英接到秋峰的电话十分冷淡，只是问他有什么事么。

秋峰受了陈娇娇的点拨，称有愧于她，另有一事相求，谢英让他直接到她单位附近的司法所调解中心见面，而且只给十分钟的见面时间，秋峰听后愣了一下，还是同意在那儿见面，于是驾车向谢英单位方向驶去。

秋峰自然清楚谢英告知的地点，只是不甚清楚她单位附近有个什么司法所，停车后几经打听终于找到了六爷庙镇司法所，见门口左侧竖了块长牌，写着“六爷庙镇司法所人民调解中心”，便走了进去。

“秋峰，在这儿！”秋峰听见有人喊，抬头一看是谢英，她和另一女伴都坐在传达室。

“你们久等了吧？”秋峰道。

“走，罗主任在里面等我们呢。”谢英淡淡道。

他们走进一间办公室停下，见门口写着“人民调解室”，门却关着，谢英敲了敲门，门开了，一位戴着眼镜的中年男子和蔼地问：“你们哪位是谢女士？”

“我是，您是罗主任吧？”谢英也礼貌作答。

“对对。”罗主任客气地招呼，“那你们进屋吧。”说着便对屋内文书模样的一个女子和气道：“小宋，给他们泡茶。”

“罗主任，不客气。”谢英坐在椭圆形桌旁道。

小宋为他们端上了茶。

“怎么，谁先讲啊？”罗主任用征询的目光望了下谢英、秋峰，而此时谢英突然伏案哭泣起来，她的闺蜜跑过来拍了拍她。

秋峰见这情形及氛围觉得十分尴尬，有些局促不安，不知说什么好。

就这样干耗良久，谢英终于掏出手帕拭擦了眼泪，对秋峰哽咽道：“秋峰，你的情况我也清楚了，咱们没什么可说的了，离婚吧……”谢英又抽泣了一阵，缓缓道：“看在夫妻一场的份上，我知你急需一笔贷款支持，我会帮你最后一次忙的，同时我已说服了郭行长，他愿意帮你这个忙，你可以这几天来银行办手续，这笔贷款额度一千万，为期一年，已获批通过了，不日就会发放下来，但希望你专款专用，按时还本付息，不管你如何变化，诚信是你人生中最重要的资产，相信你会好好珍惜商誉……”

秋峰听着谢英慢条斯理的话语，心中喜怒哀乐翻滚纠缠在一起，真是五味杂陈，只是张着嘴望着曾经深爱的妻子，突然间觉得对方变得那么陌生，仿佛在陌生环境中偶遇了一个似曾相识的外乡女子。他使劲捕捉她表情中的不舍与留恋，但终是未能察觉出分毫，他忽然觉得两个人的夫妻缘分真的到此为止了。

秋峰如被铁器硬生生搅了下心脏，脸颊顿时痛苦得变了形，他强行控制住泪水，装出一副铮铮铁汉的样子，只是蓦然叹了一口长气，眯着眼睛看了看窗外，只见窗外一只飞鸟喳喳叫着突然停止，“腾”地飞得杳无影踪，他又失望地回过神来，用沙哑的声音语无伦次道：“谢英，谢谢你一直以来支持我，我知道可能是天意，我们缘分已经到头，我真的感谢你，你看我们什么时候去民政局办离婚，我听你的，听你的，不过，借款放心，我一定诚信，按时还本付息。”

“那……那，我想事已至此，也没什么好说的了。”谢英抹了一把泪，干脆地说，“咱们下午就去办，办完了，彼此不再纠缠，那笔贷款也不影响，还有，秋峰，我把我的行李都搬走了，房子是你辛苦挣来的，我不要你的任何财产，我还为你打扫了房间……”她沉吟片刻又道，“离婚后我希望你好自为之，保重好身体，也要遵纪守法，用心经营好你的众成公司，我想……我想分手也是一种爱！”

“分手也是一种爱？”秋峰茫然地重复了一遍，却不敢正视谢英。

“对。”谢英又轻轻叹息了一声，道：“我想你几年后想想我的话，不会错。”她站起身对罗主任点了点头，招呼道：“我要回单位了，谢谢您的安排！”随后侧身对闺蜜道：“阿倩，咱们走吧。”又回头对秋峰提醒道：“秋峰，下午两点我们准时在慧园街67号区民政局大厅等你，你把自己身份证带上便可，其他的我已安排好了。”

言罢，谢英带着她的闺蜜便推门走了。

下午两点，秋峰按时赶到民政局，不消一个钟头，与谢英办了协议离婚，各自领了离婚证，谢英取到离婚证，神情木然，突然说头有些晕，秋峰说送她，谢英则说不用了，有阿倩在。阿倩此时过来搀扶着谢英出了门上了一辆白色的铃木轿车，秋峰目送驶离的车影呆呆地伫立在街边。此时，他想起当初与谢英一道造访神谭寺时，寺中那道士神算子曾对他道：“你们不曾长久夫妻。”恍惚间，秋峰不由得吃惊，如今这一语成谶啊……

陈娇娇得知秋峰如此神速且不费气力地与谢英离了婚，大喜过望，当晚亲自下厨，为秋峰做了许多菜，俨然是个正房太太，倍加温柔。

秋峰与谢英离婚后，自然和陈娇娇同居了，圈内的亲友及邻居对他们成双出入自然心照不宣。

依照约定，秋峰和陈娇娇次日一早驾车接了刘娟，兴高采烈地朝海都方向冯健的地产公司驶去。

一个小时后，车子稳稳当当停在了冯健地产公司大楼门前，只见大楼楼顶上一排金箔大字“海都新天地房地产开发有限公司”在阳光照射下熠熠生辉，不知冯健从哪冒出来笑呵呵地迎了出来。

“欢迎欢迎，欢迎领导们莅临指导！”大块头冯健看到他们眉开眼笑。

"这楼是你们公司的？"秋峰握住冯健的手有些敬仰地问。

"哦，不不不。"冯健道，"这楼是海都行知区文化局的房子，我与我朋友'碰三壶'租的，艰苦创业嘛，省一点是一点，嘿嘿。"

"'碰三壶'？是个人名吗？"秋峰好奇道。

"哎，当然是人名啦，可别说，'碰三壶'在海都可有名了，尤其是娱乐业。"冯健嘿嘿笑道。

"'碰三壶'啥意思啊？"陈娇娇掩口吃吃乐道。

"'碰三壶'呀，"冯健答道，"就是朋友一见面，先斟满三杯酒，碰上再谈事。就是干三杯！"

"原来也是个酒鬼嘛！"陈娇娇笑个不停。

"我知晓他这个油刮子有多油！"刘娟用拳朝冯健背上敲了敲道，"你可不准和'碰三壶'老逛那些灯红酒绿的夜场子，我要发现你胡搞，从此不准踏上海都半步！"

"不来海都，那……那之前的那么多款子都不要了？"冯健惊诧地看着刘娟道，"可别忘了你还有六位数投在项目上，你如说不要了，咱就撤，你同意吗？"

"反正你得规矩点！"刘娟上前撕冯健的耳朵，嗔怪道，"做我刘家女婿就得听老婆话，懂不懂！"

"对对，听老婆话有饭吃，懂了懂了！"冯健捂着耳朵油腔滑调道："放心放心，在海都少不了你老公一两肉……"

"你们男人吗，不管是不行的，天下没有不馋腥的猫！"陈娇娇也插言对秋峰使了个眼色道，"秋峰，你说是吧？"

“不要偏离主题。”秋峰笑道，“今天来海都可不是来听女人上课的，我们是来参观学习冯总地产项目，商谈合作事项的哦！”

“对对，秋总言之有理！哎，”冯健指着飞速驶来的大摩托，道：“是‘碰三壶’来了，跟你们讲，他姓宋，宋江的宋，真名叫宋小宗，在公司里称宋总。”

“送终？”陈娇娇又重复一句，笑得直抹眼泪。

“宋总，你好！”秋峰看到前面黑汉子倒吸一口气友好地打招呼。

只见被称为宋总的汉子取下头盔后露出一脸横肉，他戴着墨镜，脖子上挂着一条手指粗的黄灿灿的金项链，在阳光照射下亮堂堂的光头就好像一只大灯泡，身材胖而矮小，身着花格夹克，脚蹬圆头老爷皮鞋，两只衣袖撸至腕间，露出一块金贵的瑞士产五星上将腕表，手指上还戴着一颗镶有硕大的蓝宝石的金戒指，手臂上纹有一个骷髅，脸上有道淡淡的刀疤，浓眉尖眼，乍一看此人又阴又毒，绝非商界贤良之士，而是久闯江湖的凶煞之人。

“你好。”被称宋总的汉子停放好艇王大摩托取下墨镜，一副骄横之气溢于言表，道：“听咱冯哥说，你是来谈钢材合作的秋老板。屋子里面坐，冯哥这种事，不会管，就找我谈就是了。”

“不认识他的人都觉得他这副样子怪吓人的。”冯健呵呵一道，“其实宋领导人可好啦，非常的善良义气，而且喜欢打抱不平，助人为乐！”

陈娇娇用胳膊碰了一下秋峰，摆摆头用眼色暗示了一下，秋峰并不理会陈娇娇，而是跟着冯健、宋小宗上了台阶，向大楼内走去。

陈娇娇见秋峰跟了进去，自己硬着头皮也跟了进去。

秋峰跟着冯健到了一间总经理办公室，见房屋并不太宽敞，房间桌上、地上堆了不少图纸及乱七八糟的杂物，冯健把长沙发上的物件清理了一番，让秋峰他们坐上沙发，有些尴尬道："你们多包涵，到工地来就是有些委屈大家了！"

"你们平时就没安排人整理清扫啊？"刘娟皱着眉头，嘴上嘀咕道，"也不看看谁来，真是的！"

"嫂子批评得对！"宋小宗连连点头哈腰道，"最近工地上特忙，人是紧张些，都怪我，不怪冯哥。"

"不碍事，不碍事。"秋峰惶惶道，"谈正事呗，冯哥、宋总都是大忙人，我们也有其他事要做，时间宝贵，切入正题吧。"

宋小宗看了冯健一眼后连忙掏出一包健牌烟来，给秋峰、冯健各发了一支，自己则点着烟吸了一口道："是冯哥讲，还是我来讲？"

冯健手一摊道："还是你来讲，工地情况你比我了解，再说你是分管材料采购的。"

"那好，"宋小宗捻着几根胡须道，"那我开门见山了，听说秋老板是石门有名的钢材大王。"

"不敢，不敢，"秋峰赶忙摇了摇手道，"大王称不上，只是钢材贸易商，搬运工而已。"

"搬运工？开玩笑吧。"宋小宗摇了摇头道。

"他是说，把钢材从钢厂批量进来，再给工程送上门，仅仅赚个搬运费而已。"陈娇娇解释道。

“唔唔。”宋小宗口中喷出一口浓烟恍然大悟道，“原来如此，开玩笑，开玩笑。”然又咳嗽几声道，“说正题吧，我和冯哥投建的湖光山色地产项目得到海都市政府的大力支持，计划一期投建两万平方米地产，包括五栋小高层，两栋十六层高楼和十二栋别墅项目。为了该项目提档升级，我们高薪聘请吴江区城市建筑设计院首席设计师梁晓杰先生担任总顾问，通过招投标，现有两支省内有名的建筑施工队伍已入驻施工，依照预算，一期计划投资近两个亿，目前五栋小高层已接近封顶，两幢十六层高楼正在建设，公司正组织技术人员进行验槽。哎，我说冯哥，你没带他们巡察一下工地吗？”

“等你回来一起呢。”冯健起身拍了拍秋峰的肩膀道，“老弟，先考察一下工地可好？”

他们跟随宋小宗出了门，一辆金杯面包客车早已停候在门口，他们依次上车，车沿着一条尚未施工完毕的马路，一路颠簸向山坡驶去。车子一直开至一个山坡上，宋小宗让司机在山坡上停下，大家跟着宋小宗鱼贯下车，跟着他向坡上走去。坡上光秃秃的，太阳非常刺眼，刺得陈娇娇、刘娟慌忙折回车子取来阳伞，陈娇娇撑开伞为秋峰挡光，被他推开了。秋峰耳朵里听见宋小宗不停地介绍他们的楼盘，顺着宋小宗的手向山下望去，果见山下延绵数里，一幢幢楼宇中人流川流不息，看得出，山下有施工队伍喊着号子正忙得不亦乐乎，确是一派繁荣景象。

“欢迎秋老板你们预购我们的湖光山色楼盘，”冯健哈哈一乐，冲着秋峰、陈娇娇道，“你们要是购置，我和宋总给你们特批个价格，有兴趣吗？”

“是哦是哦，在这儿冯哥说了算！”宋小宗也友好地补充道，“不过，一期01幢至03幢主体工程刚开始，也才取到预售证，这几天售楼处广告在报纸上一刊登，就涌来不少前来咨询的市民，不到三天工夫，01幢至03幢朝向好的房子就预订一空了，剩下的都是不朝阳的房子了。”宋小宗指着不远处一处白色小洋楼道：“那边是售楼处，要不带大家去那里看看？”

“走走，”冯健手一挥，“过去看看！”

那处白色小洋楼离山坡也就百十米远，秋峰、陈娇娇跟在冯健他们后面走了十分钟左右，走近一瞧都是很精致的四合院，门口墙上贴了许多块铜匾，都是各种各样的荣誉证书。

“山外有山，我们不是来取经学习的吗？”秋峰带着调侃的眼神看了她一眼道：“怎么，陈大美人羡慕吧，留在海都跟着冯哥他们做房地产大买卖多好啊。”

“秋老弟此话可要作数噢。”冯健马上接话道，“舍得把陈大美人让给我们，我这儿正缺美女替项目造势呢。”

“呵呵，人家秋总是舍不得的。”刘娟笑道，“你别孔雀开屏——自作多情啦！”

“把陈美人留下，冯哥奖励秋总一套房子。”宋小宗盯着陈娇娇打趣道。

“秋总房子有的是，谁稀罕你们这个鸟不拉屎的地方的房子！”刘娟冲了宋小宗一句，又对秋峰揶揄道，“你好好护着你这朵玫瑰花，别被这些坏蛋把这花给偷折了啊。”

“哈哈哈，”宋小宗仰面大笑道，“在海都谁不知道冯哥是个采花大盗，哈哈哈……”

“什么，你说什么？你冯哥是个采花大盗？”刘娟瞪圆眼睛望着宋小宗。

“啪！”冯健朝宋小宗背后打了一拳，呵斥道：“你这个管不住嘴的‘碰三壶’，口无遮拦，不许胡言乱语！”

“哦哦，”宋小宗掩嘴笑着对刘娟连连摆手道，“玩笑玩笑，嫂子，小宗我信口开河，别当回事！”

“冯健！”刘娟对嬉皮笑脸的冯健板起脸道，“你今儿说清楚，‘碰三壶’的话不会是空穴来风吧？！”

“你听他乱扯！”冯健指着宋小宗鼻子骂道，“你老酒灌多了，跟你嫂子面前胡言乱语，赶紧向你嫂子检讨认错！”

“嫂子，我‘碰三壶’碰多了，刚才说的是胡话，嫂子你别往心里去啊！”宋小宗嬉皮笑脸卖乖道，“冯哥是个正人君子，不仅事业心重，把咱们湖光山色地产项目搞了上去，还荣获海都政府方面多个荣誉称号，去年当选海都市政协委员了，这可不是靠吹的，是干出来的哟！”

“这个话‘碰三壶’算说对了，”冯健拉着刘娟的手，拍马屁道，“夫人难得前来考察，可别弄个不高兴回去啦！”又对宋小宗道，“你净扯乱七八糟的，人家秋总是个大忙人，从石门专程赶来谈钢材的事，谈谈主题！”

“哦好好。”宋小宗点头哈腰连连称是，转身对秋峰、陈娇娇道，

“往这里头来，这是我们湖光山色楼盘的情况介绍，我让售楼小姐给你们详细报告一下。”此时门内一位身着职业装，披着红绸带的高挑俊美姑娘迎了上来。

“小敏，跟客人们介绍一下楼盘。”宋小宗道。

“好的，宋总。”俊美姑娘笑容可掬地对秋峰做了个请的手势，道：“请领导跟我来。”

俊美姑娘把他们引至一个偌大的楼盘模型桌前，璀璨的灯光将一幢幢高矮不同的楼盘及山湖风景衬托得十分精致，她手持小话筒，用悦耳的声音，绘声绘色地向秋峰他们介绍起楼盘来。

“娇娇，你对他们这楼盘印象怎样？”秋峰低声征询陈娇娇。

“说不上来，”陈娇娇也低声道，“不知冯健要我们怎么样合作，反正你谨慎些为好。”

“怎么样，对湖光山色感觉如何？”冯健大步走到秋峰、陈娇娇跟前，笑呵呵道：“给你们留套最隐蔽、楼层方位最好的，来海都度假休闲用如何？”说着，递给秋峰一支烟。

“不错不错。”秋峰接过烟，冯健给他点着，秋峰吸了一口烟道，“需要我们怎么样服务？”

“走，到贵宾洽谈室，坐！‘碰三壶’过来！”冯健把宋小宗唤来后道，“一期需要多少钢材，你跟秋总报一下数量和供货进度，价格、价款由我负责谈。”

他们走进里面一间宽敞的会议室，“一期用量差不多各规格钢材要三千五百吨，”宋小宗想了想又道，“二期可能也要三千多吨，具体的等我回工程部后把清单提供给秋总。”

“那好，”冯健接话道，“这样，秋总，价格在参照雄钢市场价格基础上，我给你每吨加价两百元，由你公司负责送货到工程现场，这二百元包含运费、资金利息、税金等，收到货后，每两个月结一次账，主体工程封顶，货款全部结清，这种交易方式行不行？”

秋峰、陈娇娇听后面面相觑。

“冯总快人快语。”陈娇娇对秋峰的心思摸得很准，试探道，“贵工程主体工程预计什么时候封顶呢？”

“什么时候封顶？”冯健转身对宋小宗道，“应该到今年年底吧。”

“差不多。”宋小宗道。

“如果按今年年底算的话，钢材单吨均价在4800元，三千五百吨就是1680万，到年底还剩四个月不到，就算四个月，每个月钢材货款就有四百多万，两个月钢材货款有八百多万。”陈娇娇边掰着手指边观察冯健、宋小宗的表情，道：“不知贵司的钢材款是否已有准备，支付流程可否事先透露一下？”

“这个么……”未等宋小宗说出来，冯健抢话道：“这资金没问题，没问题，你们想想看，我们湖光山色一期商品房有203套对外出售，203套总面积有近两万平方米，按均价四千就有八个亿，一期预售按两折计算，就有一亿六千万进账，支付你这几百万的钢材款算什么？！”

冯健这一席话，说得秋峰、陈娇娇心服口服，无言以对。

“那……那冯哥，咱们先小人后君子，咱们签个合同成不成？”陈娇娇小心翼翼道。

“成啊！”冯健手一摊手道，“本来就必须签的，没合同我们新天地财务是付不了款的。”

“多谢冯哥支持！”陈娇娇看看秋峰并无反对的表情，便向冯健拱手道，“合同签好后，我们秋总请您吃饭！”

“嘿，到海都来了，还用你们请客？”冯健呵呵一乐道：“笑话笑话，这吃饭的事交给‘碰三壶’办了，咱们先回我办公室签合同吧？”

“哎，到海都来，尤其嫂子来了，我‘碰三壶’怎么能不招待好？”宋小宗扬扬眉梢道，“你们先签合同，完了直接到海都的天方夜谭大酒店，那个地方可是养生度假好去处啊，我先过去备菜。”

“好吧，走，到我办公室去。”冯健手一挥，他们便跟着冯健起身出了门。

他们返回到冯健杂乱的办公室，依照冯健吩咐，他手下小文书拟了一份合同交给了冯健，冯健草草看了一下就转交给了秋峰，秋峰看后让小文书稍微改了些文字，又交给陈娇娇，陈娇娇边看边道：“这合同你们两个老总决定了，还用我这个小助手把什么关，按此执行呗。”

言罢又递过合同让秋峰签了字，再将合同交给冯健签，陈娇娇从包里拿出随身带的公章在秋峰签字的地方盖了章，小文书在冯健签字处也盖了章。

秋峰见合同签毕，主动站起身与冯健握手，刘娟见了，喊了句：“保持这个姿势，留个影！”说着取出随身携带的照相机，“咔嚓咔嚓”连拍了几张。

第二十三章　宋陈斗酒

合同签订后，冯健带着秋峰他们取车直赴肌珠峰风景区内的天方夜谭大酒馆。

海都南麓肌珠峰风景区，是省级五A级旅游度假胜地，从冯健办公室出发车程不到十分钟便到了，冯健说离吃饭时间还有半个多钟头，既然来了肌珠峰，便趁机观赏一下风景，刘娟、陈娇娇连声称好，冯健做向导，带他们进入了景区。景区门口站着宋小宗，宋小宗招手让大家快进来，因为占了景区开发商的光，几人也被免了门票，直接走了进去，宋小宗见冯健一行进了门内，便招呼一声先去酒店了。

秋峰、陈娇娇一进景区，顿时被景色牢牢吸引。

“在明朝永乐年间，永乐皇帝带兵在这里驻扎休憩过，并在这里挖了口井，赐名凝珠井，永乐皇帝还饮用过井水。”冯健指着前方的奇峰道，“走，看看去。”

秋峰、陈娇娇他们跟随在冯健的身后，攀岩过桥拾级而上，放眼看去，身旁的园区内种植了薰衣草、波斯菊、藿香、洋甘菊、紫苏、马鞭草、麦秆菊、醉蝶花、千日红等上百种花卉，到处是姹紫嫣红、暗香涌动，向前走了百米远，出现一泓晶莹剔透、碧波潋滟的湖水，那么纯净、自然、脱俗，仿佛不曾被凡人惊扰过，又似一个亭亭玉立的少女，那么神圣。

湖的中央有座古色古香的碑亭，飞檐斗拱，红柱黛瓦，恢宏而气派，在湖面映出清晰的倒影。他们又突然发现亭的对面竟然出现三四只毛茸茸的小野鸭，拨动着清波，在寂静的水面上，悠然自得地四处张望，使人不忍心打扰。

“走吧，撤吧，再不撤就不用商量事了。”秋峰突然停下脚步，对前方的冯健喊道，“此地乃神仙居所，我等凡夫俗子一踏进来哪想再回去，家里老小还靠我们养呢！冯总带我们享受美景，要是上了瘾，就再无心工作了啊。”

“哎，前方还有永乐皇帝的凝珠井，不想看看啦？”冯健惊讶道。

“算了算了，不看了。”秋峰却道，“留点想头儿下次探访吧！”

“依秋总！”冯健摆摆手道，“那就撤吧。”

他们又兴致勃勃地回到天方夜谭大酒馆，宋小宗早已在鸿运厅等候多时，各种冷碟已上桌，桌上摆了一瓶浓香型苏洋贵宾醇酿、一瓶盛世茅台酒和一瓶干红酒，一进包间，就闻到了浓浓的酒味。

“请坐请坐，”宋小宗用嘶哑的声音喊道，“今儿个我要与秋总碰六杯，不醉不归！”

“不行不行，秋总一杯就倒了。”陈娇娇连连摇手道，“他不能喝，这样吧，我们下午得赶回石门，秋总替我开车，这六杯酒由我陪宋总吧！”

“看来陈大美人什么都强，酒量厉害，要与‘碰三壶’叫板啊？”冯健笑道，又指着宋小宗道，“人称‘碰三壶’，顾名思义，他喝酒不是论杯论两，而是论斤论壶，你说的六杯只是小杯，哪能过得了关？”

“宋总喝什么度数的酒？”陈娇娇道。

“我喝48度的苏洋醇。”宋小宗道。

“不行，那酒度数太低，喝酒要过五，桌上不是有53度的盛世茅台么，就喝它。”陈娇娇指着桌上的盛世茅台道。

“那酒是留给你们客人喝的。”宋小宗摇手道，“我喝48度的苏洋醇。”

“冯大哥。”陈娇娇对冯健道，“这酒桌上还分高低贵贱，有客我分家的规矩？”

“没有，没有。”冯健摇摇头道，“哪兴这规矩，但我友情提醒你啊老妹子，论喝酒不要招惹‘碰三壶’。”

“哈哈！”宋小宗看着酒咽下口水道，“我‘碰三壶’一般不与女人分高下，尤其是美女更不欺负啊，哈哈！”

“都先入座。”冯健把其夫人刘娟安排就座，让秋峰、陈娇娇坐在一起，然后招呼大家一一入座，见都已坐定便对宋小宗和陈娇娇道，“你们有什么大可说出来，我做裁判！”

“听说宋总海量，不会与女人计较，但我不怕，如果比试，得讲究公平公正。”大家刚刚入座，没想到陈娇娇首先发起挑衅。

“碰三壶”宋小宗一听，用眼角瞄了陈娇娇一眼，对陈娇娇的话显得十分不屑，只是耸了耸肩膀道：“喝酒这玩意，我要赢了陈美人，算不上英雄，陈美人要是为了赢喝坏了身体，我‘碰三壶’又承担不起，我啊，横竖不值，陈美人，我俩斗酒就免了吧。”

“也许宋总是害怕了。”陈娇娇漫不经心地从桌上取来盛世茅台自斟了一杯，秋峰见她行动反常，踢了踢她的脚，并用表情暗示她不要惹事，陈娇娇则装作没看见。

此话对“碰三壶”无疑就是炸弹。

“看来陈大美人今儿个不倒不行啊。”宋小宗撸起袖子，拿起已开启的盛世茅台对陈娇娇道：“怎么喝，由你定！”

大家目光聚焦到陈娇娇身上。

“既然宋总发话，我就客随主便喽。”陈娇娇杏眉一挑道，“喝酒前条件得讲清楚，不知冯哥、宋总答不答应？”

“答应，答应！”冯健展开双臂不假思索道。

“陈大美人尽管说来！”宋小宗咂了下嘴道。

“这样，”陈娇娇顿了顿道，“男女斗酒，一强一弱，谈一谈条件可好。”

“条件尽管说，我‘碰三壶’绝不说半个不字！”宋小宗拍拍胸脯道。

“这条件也得冯哥同意呢。”陈娇娇瞟了冯健一眼。

“同意，同意！”冯家鼓掌道。

陈娇娇举起桌上的大杯用手比画道：“头三杯客敬主，要求端杯即饮，饮而无滴，有滴者为输。后三杯主回客，同样要求如此，输者，新天地地产或众成钢铁公司三日内向对方预付或供货三十万，以保证合作诚意，限赌三个回合，如单方面再想赌酒，每增加一个回合，赌注翻番，宋总，这条件你敢接受吗？”

“好好。”冯健率先拍手喝道，“陈美人如此爽快，岂有拒绝之理，‘碰三壶’上！”

“唔……”“碰三壶”宋小宗虽然酒量惊人，但喝慢酒，听陈娇娇说端杯即饮，饮而无滴，心里顿时有些发毛，又碍于面子，嘴上应道：“成！成！”

“怕酒多了会赖账。”陈娇娇转眼对秋峰道，“秋总写个证言，由冯哥、宋总和我共同签字，如此可好？”

“好！好！”冯健毫不犹豫。

“成！成！”宋小宗点头应道。

秋峰有些犹豫，被陈娇娇拍了拍肩膀，只好从自己皮包里取出纸笔，飞快地写出几行字，然后念道：

“今自愿约定：宋小宗先生、陈娇娇女士，赌酒对等条件如下：暂定三个回合，客敬主三杯，主回客三杯为一轮，要求端杯即饮，饮而无滴，如需增加回合，赌注翻倍。输的一方在三日内预支对方合作诚意金（三十万保证金或对等的货物），立据者不得反悔。”

秋总念罢，冯健、宋小宗边拍手边高声称好，冯健接过秋峰递过来的纸条和笔，便在纸条下方飞快签了字，宋小宗稍有些犹豫，但还是签下了自己的姓名。

“秋总也签！”陈娇娇把纸笔交给秋峰。

“对对，秋总也要签嘛！”“碰三壶”宋小宗嚷道。

“没错没错，秋老弟不能漏了！”冯健掺和道。

秋峰看到陈娇娇炽热又坚定的目光，仿佛在告知他绝对没事，他欲言又止，硬着头皮还是签了字。

“应复印一份，各执一份。”陈娇娇对旁边酒店女服务员道，“麻烦你拿这个找个地方复印一份，复印件交给冯总，原件还我就是。”

女服务员“嗯嗯”两声拿着约定书便走了。

“依照约定比赛规程各斟三杯！”冯健边说边将六个杯子排成一行，举起酒瓶，连斟满六杯，杯杯满而不溢，然后小心翼翼把各三杯端到宋小宗和陈娇娇面前。

“可允许他们先吃点菜？不然会伤身体。”刘娟劝道。

“可以，可以！”冯健也道。

宋小宗、陈娇娇拿起筷子夹了些菜吃了几口。

“比赛开始了，先生在前，女士在后。”冯健道。

“我在前，宋总在后吧。”陈娇娇小心地举起酒杯，又道，“这规则是我提议的，应该我先来，再说客人为先，对不对？”

“对对！”大家一致认同，并鼓起掌来。

只见陈娇娇干净利落，连饮三杯，饮后将三杯一个个倒垂，不见有一滴酒滴落，大家见后又鼓掌又喝彩。

轮到宋小宗了，大家齐刷刷盯住了他。

但见宋小宗不急不忙，小心举起酒杯也照着陈娇娇的动作，将三杯一饮而下，然后自觉把这三个空杯一一倒挂，也未见一滴垂落。

冯健紧接着又把六个空杯排在一起，换了个盛世茅台，一一倒满六个酒杯。

“这次是主回客，理应由‘碰三杯’先来！”冯健道。

“嗯嗯，我回我回！”宋小宗小心翼翼端起满满的酒杯，一连饮下三杯，饮后又一一亮杯垂挂，未见一滴滴落。

陈娇娇并不言语，照样连饮三杯。

“一平！”冯健又取出一瓶盛世茅台，道，“一瓶正好十二杯，一个回合，看来三个回合正好三瓶茅台，允许你们先吃些菜，准备第二回合！”

“吃些菜，吃些菜。”刘娟催促陈娇娇，起身并为她夹了些菜。

宋小宗趁机也狼吞虎咽地吃起菜来。

冯健指着已倒满的六杯酒道：“这次由‘碰三壶’先来，不准拖延，条件事小，面子重要！”

宋小宗挑了挑眉头，鼻子里“哼”了一声，道：“一个大美人跟爷们斗酒，岂不是以卵击石？”言罢，连饮三杯，饮后又一一亮杯倒垂，不见一滴滴落。

陈娇娇并不言语，照样连端三杯，一饮而下，然后又一一亮杯见底，无一滴漏下。

大家又一阵鼓掌。

“这一轮算客谢主。”冯健举酒又连倒了满满六杯，嘴上道，“允许你们吃点菜再战！”

宋小宗迫不及待地夹菜猛吃一通。

陈娇娇只是吃了些凉菜，便起身毫无惧色地把面前的三杯一一仰头饮下，然后一一亮杯见底。

秋峰惊讶无比地看着陈娇娇，但见陈娇娇以挑衅的目光望着宋小宗有些苍白的脸，而她自己脸上也出现了细微绯红，但神情镇定，一脸的傲气。

“‘碰三壶’，就看你的啦！”冯健用嘴对宋小宗努了一下，大家看着宋小宗吧唧吧唧嚼着一块红烧肉，只见他用纸巾抹了抹油腻腻的嘴，端起酒杯仰头饮下，一连三杯后，主动举杯亮底，未曾有酒滴落，得意地瞥了陈娇娇一眼，他又抹了嘴叹了一口气道：“啧啧，好酒，好酒哇！今天要输给一个女人，爷们不如上吊自杀算了，还有何脸面在世上混？！”

“二平！”冯健看了看宋小宗，又看了看陈娇娇，一个面不改色，满面霸气；一个面色染红，愈发娇艳，真是“三杯琼浆才入肚，一朵桃花上脸来”。冯健用筷子“啪啪”敲了两下，道：“首先表扬一下陈娇娇遵守比赛规则，举杯文明。然后要警告一下‘碰三壶’，嘴上休得胡言乱语，如再叽里咕噜，罚酒三杯，再谈比赛！”

大家愣了一下，随即又是一阵掌声。

“请注意，第三轮即将开始！”冯健起身又开启了一瓶盛世茅台，手脚麻利地斟满六杯，又轻轻地把三杯端到陈娇娇面前，随后把另外三杯放在宋小宗面前，道：“这一轮互敬互爱！”见大家用疑惑的目光看着他，冯健解释道，“也就是主先敬客三杯，完了客再敬主三杯。”

“废话！这不跟前边一个样，什么互敬互爱！”刘娟反驳道，“我以为要他俩拥抱对喝，吓我一跳！”

秋峰暗暗心急，略有些焦虑地望着陈娇娇，但见陈娇娇那好看的杏眼却深情而妩媚地朝他眨了眨，仿佛告诉他：“放心，不会输的！”

“嘿嘿，别误会！”冯健嬉皮笑脸一番，又收敛起笑脸正色道，“先由主家宋小宗敬客三杯，比赛开始！”

宋小宗一听冯健喊他真名，立马站起身来，他轻轻地端起满满的一杯酒，道：“这酒每滴都宝贵，浪费罪过，我全干了！”

言罢，仰头饮下，饮下后他眉头微微一皱，咳嗽了一阵。

“还有两杯，抓紧时间！”秋峰却冒出一句。

宋小宗愣了一下，还是端起一杯送到嘴里头一仰，“咕咚”喝了下去。宋小宗喝完这杯酒后突然脸色苍白，浑身痉挛起来，只见他躬下身，朝外“唔”的一声，嘴里喷出一些秽物来。“哇！真熏人！”刘娟双手捂着鼻子，不由叫出声来，其他人也纷纷捂住鼻子，屋子里溢满浓浓的酒味。

“太……太快了，喝……喝呛了。”宋小宗拿起桌上的纸巾边擦嘴上的秽物边用手拍打自己的胸脯解释道，“我一向喝的是慢酒，又……刚才又吃了块焖土豆，卡嗓子眼了，妈呀，能否允许喝口水？”

大家望着冯健，冯健正要开腔，却被突然站起身的秋峰用手拦住。

“冯总，这比赛如果酒水混喝，岂不乱套，再说已进第三回合，宋总也只剩一杯，主人不能带头破坏规矩吧，你说呢？”秋峰认真道。

“秋总言之有理！”冯健点点头道，“‘碰三壶’别装熊样，这杯算通过，还有最后一杯干掉！”

宋小宗皱皱眉头，叹了一口气，他端起酒杯便送入口中，“哗！”这杯却像脱管的水龙头喷洒了一桌，溅到了所有人的脸上、身上。“啊呀呀！”刘娟急忙用纸巾擦着脸，嘴上骂道，“你这死鬼，真是的，真窝囊！”

大家纷纷离桌用纸擦拭，骂声一片。

“宋小宗暂且落后！”秋峰喊道。

“对对，暂且落局！”冯健也擦了擦身上的酒水沮丧道，“‘碰三壶’靠边，轮到陈大美人上了！”

陈娇娇鼻翼微张了一下，用蔑视的眼神看了看瘫坐在一边沙发上的宋小宗，从容地端起斟满的酒杯，先用舌尖舔了一下，随即一饮而下，连饮三杯，之后又将空杯依规一一亮底，毫无滴落。

秋峰带头鼓掌欢呼，大家跟着鼓掌，冯健亦无可奈何地鼓起掌来。

“我代冯健宣布，陈娇娇女士获胜！”刘娟起身高喊一句，冯健无声地点点头。

“进不进下一轮？赌量总额翻一倍，酒量由三杯改六杯，不知宋总可否？”陈娇娇仍以咄咄逼人的目光望着瘫坐在沙发上的宋小宗，此时她已经满脸红晕，秋峰发现她神采奕奕，然握着椅背的两只芊芊玉手却在瑟瑟发抖。

“不……不行了……”宋小宗连连摆手，歪着脑袋闭着眼发出沉闷的声音。

“宋总认输了，冯总不会失信食言吧？”陈娇娇举起写好的约定书扬了扬道。

“不会，不会。”冯健似笑非笑道，“佩服佩服，竟然打倒闻名海都的‘碰三壶’，陈娇娇女士不得了。”

“那请问冯总什么时候兑现约定啊？！”陈娇娇追问了一句。

“这个这个嘛，三日内兑现！”冯健又拍着胸脯道，“包在冯某人身上，放心放心！”

“我就拭目以待啦，拜托冯大哥费心！”陈娇娇向冯健作了个揖。

“好了好了，大家现在进入正式用餐环节！”冯健高声招呼道。

刘娟走到陈娇娇面前，伸出大拇指笑道：“没想到多年的老妹子有这么一套，你真是深藏不露啊，厉害厉害！”

“她呀，她肚子里东西可多了。”秋峰也不由得夸奖又关切道，“空腹喝酒伤身体，还是吃些东西吧！”

“是的，是的。”刘娟也劝道，“空腹喝酒特别伤身体，赶快先喝些椰奶，有了钱没了健康的身体，一切都是白费，钱啊，算个屁！”

“你得了吧，如果我没钱，你会瞧上我冯健？”冯健瞟了刘娟一眼，刘娟连斥：“胡说！”又朝冯健肩膀连捶了几拳。

“哈哈，没事，没事！”陈娇娇在秋峰耳边咕噜一句，“我早已知晓那‘碰三壶’是个纸老虎，他就是个馋酒户，来快酒，他就翻船了，这也叫胆大的吓死胆小的，哈哈！”

“你好大胆！”秋峰回了一句，陈娇娇用手重重捏了一下秋峰的胳膊，彼此对视笑了一下。

在冯健的张罗下，一席豪餐算正式开始了。

两日后，秋峰果然收到了冯健新天地地产公司汇的三十万输酒钱，这令秋峰、陈娇娇、霍元旦等十分的欢喜。

秋峰在收到三十万输酒钱后，随即又收到冯健的第一次催货通知单。

第二十四章　拜访吕大环

根据冯健的海都新天地地产公司合同及催货通知单，秋峰召集有关人员成立海都新天地地产项目部，秋峰部署决定，以合同责任制承包的方式，完成目标任务，由霍元旦担任该项目部主任，陈娇娇为公司财务总监兼项目部决算负责人，协助霍元旦工作，其他新员工胡明、吕新等服从霍元旦安排，以满足新天地工程用钢为前提条件，以顺利完成合同标的量作为考核要求。

会议结束，依照老规矩，大家在会议纪要上签字，议程正式通过。

霍元旦认领任务后，依照合同要求，随即带领胡明、吕新组织货源、车辆开始发货，此路且搁置不论，且说另一路却又是暗流涌动。

话说，因上次碧金岛打架斗殴事件，拜访市城建董事长吕大环一事被搁置后，秋峰并未放弃。应秋峰要求，陈娇娇通过伍权联系董事长吕大环，终于得到了约见的消息，陈娇娇立马告知了秋峰。

“唉！说来都怪我那日太过冲动，不仅误了拜访吕大环这个大事，还差点把自己搭到牢里去，多亏你及时相救啊！”秋峰懊恼地对陈娇娇发着牢骚。

“是坏事更是好事，”陈娇娇眨眨眼道，“没有碧金岛事件，谢英另结新欢一事你何以发现，你被蒙在鼓里没有证据也离不了婚！至于咱俩……也修不成正果呀！”又道，“怎么，莫非你后悔了？”

“不不，不后悔！”秋峰若有所思道，“这一切，冥冥之中老天早有安排，人得顺着命运走呗！”

“是的，是的。”陈娇娇感叹着，又道，“这就是命运，该是你的，峰回路转就是你的，不是你的，纵是百般辛苦，巧取豪夺也是徒劳一场！”她又用手指推推秋峰的鼻梁，嗔怪道：“我追你追得好辛苦啊，你可别辜负我啊，女人青春可是有限的，感慨完了，跟我一起去碧金岛，这回可不许你再东瞅西瞄了，那个婆娘早是他人之妻啦，你可珍惜眼前人哦！”

“命苦命苦，不谈了！就去碧金岛呗！”秋峰唏嘘道。

“还命苦哇？你别太幸福喔！”陈娇娇用手指又推了推他的鼻子数落道，“有我娇娇在，你还不知足？！”

在华丽的碧金岛，秋峰陪着陈娇娇买完了手链，又被她拉着进入了男士腕表专卖店，陈娇娇的目光盯上了一块标价五万八千块的金灿灿又沉甸甸的瑞士劳力士腕表，还让秋峰戴在手腕上试试看。俗话说男人看表，女人看包，秋峰戴上这表，整体气质顿时提升了上去，这才有了些做老板的样子。

“啧啧，这玩意如此之贵可不是我等土老帽戴的，太耀眼了！”

秋峰摇摇头叹道，想要把表从手腕上解下来。

“别别别，别解别解！”陈娇娇按住秋峰的手道，“嗯，你戴这个挺潇洒的，很有绅士范儿！”又见她迅速从包里取出一张银行卡，道：“秋峰，这块表是我赠送给你的，就当我送你的定情信物。”

“哎，娇娇，我不需要这个，我戴这表也不适合！”秋峰直摆手，但被陈娇娇死死按住，只见她用手捂住他的嘴，嘘了声，道：“听我的，这表我送定了！”陈娇娇对一旁看呆的女营业员道：“这表我买了，包起来，我马上买单。”

“好的，好的！这位先生，您夫人的一番心意，您也就别推辞了！”女营业员一听喜出望外又对陈娇娇道，“我马上给您向领导申请个会员价，请稍等！”

看着那女营业员离去的背影，秋峰对陈娇娇道：“这服务员把我们当成夫妻了！”

“难道你不想做我老公吗？难道你心底里还记着谢英？”陈娇娇嘟着嘴用委屈的眼神望着秋峰，又失落地叹了一口气道，“唉，你事事处处把我撇得很清，看来我配不上你啊！”

“别别别呀！”秋峰拍，拍陈娇娇的香肩纠正道：“娇娇，你别多想，额……咱们现在这样不是挺好吗？非要一张证明有何用？男女真正的感情不是靠一张纸来维系的，这样反而束缚彼此的思想，你说是吧！”经历过一段失败婚姻的秋峰，现在对于“婚姻”二字是避之不及，生怕刚从一个火坑跳出来，就进入了另一个万丈深渊。

“不对！”陈娇娇突然义正词严道：“我们女人跟男人不一样，

只要是正派守妇道的女人，一定是以婚姻、家庭为目标的，这不是一场放浪形骸、玩弄感情的游戏！秋峰，你跟我表个态，你到底爱不爱我？”

“我……”秋峰正要开口，见那女营业员一阵风似的“刮”了过来。

“行了，行了。”女营业员眉开眼笑道，“我替你们跟领导好说歹说半天，可用我公司内部卡打七折呢，比使用碧金岛卡还多出一折，你们太划算了。哎，这位女士，这会儿您满意了吧，您的卡呢？”

“不要这表了！”秋峰突然说了一句。

“这，这……”女营业员顿时噎住，尴尬地望着陈娇娇，陈娇娇本来掏出了卡，听到这话一下子白了脸。

“秋峰。”陈娇娇愣了一会儿，怔怔地发问：“你……你什么意思？”

“唉……娇娇，现在公司的情况你也清楚，我这兜里只有几两散碎银子，也无法给你承诺，再说，就算我秋峰再难，也不能让你一个女人家买单啊！这不行！不行！”秋峰说完便头也不回地走出了表店。

陈娇娇自然知道秋峰心中的顾虑，但见秋峰把自己记挂在心，陈娇娇的心里像是抹了蜜糖一样甜。她扭过头笑着对女营业员说道：“给我包起来！”

女营业员把账算了一遍，陈娇娇依照账单把钱付了，女营业员麻利地取出那块劳力士金表，装入精致的包装盒里用大袋装上交给陈娇娇，陈娇娇拿着黄颜色的袋子朝秋峰的方向急急赶去。

“秋峰。”陈娇娇快跑几步追上了秋峰。秋峰回过头见陈娇娇手上多了一只黄颜色的袋子，便开口问道：“这袋子里装的是啥玩意？”

“你看！”陈娇娇取出一个精致的黑色小盒，用娇媚的眼神讨好地望着秋峰，道：“买了一只劳力士。”

“谢谢你的好意，这么贵重的东西我不能接受，我不要！”秋峰连连摇手，断然拒绝。

“你……你……”陈娇娇一听秋峰此言，被气得脸色苍白，嘴唇发抖，她抓起黄袋子，愤愤道：“既然你不要，我……我丢下楼去！”

言罢，便朝窗口走去。

“哎哎，”秋峰一把抓住陈娇娇的胳膊，笑道，“这可不是两块巧克力，金表砸到行人可是头要开花的，犯法的！”

“犯法跟你没关系，我陈娇娇承担！”陈娇娇挣扎道。

“好好好！这表我收下了！”见秋峰这么一说，陈娇娇望着他一脸诚恳，便停住挣扎，把黄袋子递给了秋峰，道：“人家一片心意，你可别当作驴肝肺哦！”

“这份情我记下了。”秋峰打开黑色的表盒，看到金光灿灿的劳力士，不禁怦然心动，道，“谢谢娇娇！”又道，“咱们去城建集团吕大环那儿？”

“好，咱们走！”陈娇娇挽起秋峰的胳膊，依偎在他不算宽敞的胸怀里，一头秀发散落在他胸前。

石门市城市建设集团有限公司后院停车场，秋峰驾着上星期刚买的上海别克稳稳停下。

“娇娇，我也算跟吕大环有过一面之缘，现在登门难免有行贿之嫌，还是你代表我去吧，去问候一声，看看人家能不能赏脸吃个饭！”

秋峰拍了拍陈娇娇的肩说道。

“你放心我单独见吕大环？”陈娇娇水盈盈的眼睛望着他。

“有啥不放心的，我一直都很相信你啊！”秋峰笑着回答。突然又想到了什么似的接着说，“最好顺便推广一下咱们公司的业务，不过你要觉得搭不上话茬也不勉强……”

“好！知道啦！”陈娇娇突然亲了一下秋峰的脸颊，又拉下镜子，理了理秀发，取出口红描了描嘴唇，拿起黄袋子下了车，朝正门方向走去。

陈娇娇来到城建集团大门口，见两个身穿保安制服的人坐在窗口正在为来访者登记，陈娇娇主动来到窗口前。

“找谁？”一个胖胖的保安问。

“找吕董事长。”陈娇娇掏出身份证递过去道。

“找吕董事长要有秘书科通知。”胖保安并不接陈娇娇的身份证，埋头看起他的小说来。

“嗨，师傅，我事先已与吕董事长联系过了，他知晓我来找他。”陈娇娇喊道。

瘦保安用手肘推了推胖保安，道：“她与吕董联系过了，赶紧联系一下秘书科。”

“哦哦，不好意思，稍等。”胖的保安放下书连忙打电话，打了一会儿并没有人接听。胖保安站起身对陈娇娇道：“可能上面在开会，我上楼请示一下，你等等啊。”说完便乘电梯上去了。

过了没五分钟，电梯门开了，胖保安后面跟着一个秘书模样的人，他走到陈娇娇面前恭敬地问："你是陈娇娇女士吗？"

"是的。"陈娇娇如实道。

"我们吕董事长有请，请跟我来。"秘书道。

陈娇娇也不登记什么，直接跟着秘书进了电梯。

电梯升至十二层，秘书领着陈娇娇进入会客室让她在沙发上坐一下。

秘书给陈娇娇泡了一杯茶，端到陈娇娇面前，道："稍坐片刻，吕董事长过会儿便到。"言罢便出去了。

陈娇娇环顾这会客室，面积约五十平方米，靠北侧墙有红木制成的书柜，里面整齐地排列着各种书籍，旁边一个书报架，夹着《人民日报》《中国城建报》《法制时报》等，对面也有四个对称的白绒布单人沙发，每个沙发都套着白绸巾，每对沙发旁一个小茶几，中间摆放着两个长方形的大茶几，都是红檀木制成的，地上铺着红色的高级地毯，靠南侧窗前有一樽足有三四平方米的景泰蓝盆景，是桂林象鼻山造型，十分精致，墙上挂有一幅遒劲有力的书法，陈娇娇念出声来："海纳百川，有容乃大。"题书落款是启功大师。正在陈娇娇细细赏叹之时，门开了。

"是小陈吧？"进来的正是吕大环，陈娇娇见吕大环虽然年过半百，但精神抖擞、气宇轩昂、容光焕发，有一米八〇的个子，不胖不瘦，戴着一副金丝镶框眼镜，身穿深蓝色夹克衫，俨然一副睿智的学者模样，和蔼可亲，举止十分得体，一下子让陈娇娇平添几许好感。

"是，我是小陈。"陈娇娇站起身来，顿觉有些拘束，又羞怯道，

“不好意思，打扰您了。”

“没事，没事，坐啊！坐啊！”吕大环轻轻把门掩上，在对面沙发上坐下，乐道，“伍权厂长跟我多次介绍过你，称赞你既年轻貌美，又精明能干，曾是水泥制管厂不可多得的人才啊，哈哈……”吕大环见陈娇娇用手掩着脸，羞答答的样子妩媚动人，心里难免有些悸动，但又装作一副谦谦君子的样子稍稍收敛起笑容道，“哎，只可惜被柴敏那小子耽误了，哦哦，不说了，今儿找我，需要我做什么吗？”

“吕董，这是我的名片。”陈娇娇从包里取出一张名片，起身恭恭敬敬送到吕大环面前。

“石门众成钢铁集团董事长助理，财务总监？”吕大环细细看了一下名片，又惊讶道，“乖乖，你一个财务总监出来谈事，你们公司到底啥性质，啥情况啊，把压在箱底的宝贝都拿出来用了？”

“哈哈，吕董取笑了。”陈娇娇不由地掩口一乐，道，“是这样，容我先向吕董简要汇报一下众成公司的情况。”

“哎，喊我吕大哥吧。”吕大环笑笑，摆手道。

“好好，小妹就喊您吕大哥啦！”陈娇娇故意起身向吕大环请了个安，接着道，“我们众成啊，有个带头的好老板，从不摆架子，从不搞特殊化，身先士卒带领手下一帮兄弟姐妹埋头苦干，像抹地板、擦桌子等细微小事老板都悄悄地干。我们公司没有一个不是拿得起放得下的，大事到谈业务，接触像您这样的大人物，小到清扫卫生。老板还要求我们人人都是多面手，出去可以商务谈判，坐下能够撰写文案，记账理财，因此我不仅是公司的财务总监，还是个业务能手……”

“你们公司这么厉害，个个都是复合型人才？”吕大环听后不禁惊诧道，“你还没介绍你们公司到底是做什么的呢？”

“哦，”陈娇娇又道，“大哥可以看我名片的抬头，众成钢铁集团公司，顾名思义，做钢铁的专业公司，众成嘛，含义是众志成城，成就大业！”

“哦，”吕大环饶有兴致道，“看来你公司老板还蛮有文化的嘛。”

“那当然，”陈娇娇眼睛里闪烁着向往的光芒，道：“他嘛，我最崇拜他了，他起先是名新闻记者，在五年前下海经商，一直走在同行业前列，现在公司以经营钢铁为主业，是个工贸一体化的集团化公司。”

陈娇娇如数家珍道：“我们众成公司呀，早在多年前就实行签单、组货、运输发货、上门结算一站式服务了，像市城建这么大的工程，早该和我们众成结成对子，这样您下属部门就不用为钢材东奔西跑了，既大大降低了运行成本，又大大减少消耗，节约时间，专业的事应该交给专业人士去完成。”

“看来伍权所言一点不虚，你陈娇娇确是一块好料啊！”吕大环感叹道，“既懂财务，又精于商务，是不可多得的复合型人才啊，哎，我给你介绍我集团分管材料的屈古副总，让他与你众成公司接头，你看可行？”

“太谢谢吕董啦！”陈娇娇起身连连道谢。

不到十分钟，吕大环带着一个瘦瘦高高，约五十岁的中年男子推门进来。

“来，给你们双方介绍一下。”吕大环指着陈娇娇道，“这位就是上面省厅介绍来的，石门众成钢铁公司副总陈小姐。”他又指着那个瘦高个儿介绍道，“这位是我城建集团分管基建材料采购的屈古副总，什么钢材、水泥、木材、瓷砖等大件采购全是他负责。”

“屈总，幸会幸会，我叫陈娇娇！”陈娇娇站起身来主动伸出手握住屈古，并掏出名片递给了对方。

“既是吕董指示，必定好好合作。”屈古接过陈娇娇的名片，细细端详。

“这样，我先与屈总谈谈业务方面的事。”陈娇娇微笑道，“能到您办公室细谈吗？”

“好的。”显然屈古对眼前吕大环介绍的美女并无一点排斥，他很乐意接受，屈古道：“到我办公室去谈。”

陈娇娇随即与瘦高个儿屈古出了门去。

屋子里留下直发愣的吕大环。

第二十五章　悬疑顿生

20世纪90年代初，一切以高层意志办事。

在屈古办公室，陈娇娇得到屈古近万吨的钢材需求计划单，屈古把七八个物资部经理一一喊到他的办公室，逐一确认了计划单，各物资部经理均做了确认签字，屈古依据此前的采购指导价，与陈娇娇签订了供货合同，虽然陈娇娇未带公章，但屈古却在合同上先行签字盖了公章，交由陈娇娇补盖公章再返回备案执行。

屈古把陈娇娇恭恭敬敬送到电梯口，毕恭毕敬道："日后还仰仗陈经理帮我多多美言几句。"陈娇娇听了，只是笑笑。

就这样，陈娇娇轻而易举得到如此之大的订单合同，心里像抹了一层蜜，她想秋峰要是知道了一定会给她一个拥抱一个吻，然后开怀大笑，于是她急急告辞，那屈古客客气气地送她出了门。

陈娇娇下了电梯后像脱笼的小鸟，一蹦一跳地飞快跑到后院停车场，见秋峰摇下半个车窗，躺在摇下的车椅上仰头打呼噜，便灵机一动，想趁机捉弄他一下，她四处寻觅，突然发现车后一排绿草丛中有两只翩翩起舞的小蝴蝶，甚是好看，她躬下腰轻轻靠了过去，看准一只黄色的蝴蝶双手一合，黄色蝴蝶却机灵躲过突然飞到空中，她并不死心，蹲下不动，轻轻脱下外套，看见一只绿色蝴蝶藏在花丛中，便用外套朝花丛中的蝴蝶猛地罩了过去，陈娇娇慢慢掀开衣裳，发现那只绿色蝴蝶正"扑腾扑腾"地挣扎，她小心翼翼地抓住蝴蝶翅膀，欣喜万分，转身朝轿车走去，放在秋峰脸上。

"祝英台化身来啦，睁开眼睛看看啦！"陈娇娇对着秋峰的耳朵轻轻喊道。

秋峰听到声音，睁开眼睛看见陈娇娇捏着一只绿色蝴蝶在他的脸上扑打着翅膀，惊愕地坐起身来。

"漂亮吧，配不配你啊？"陈娇娇笑嘻嘻道。

"漂亮，哪来的？"秋峰很诧异。

"蝴蝶是益虫，放了它吧！"陈娇娇将蝴蝶拿出车窗，放飞了。

"哎，更漂亮的是这个！"陈娇娇扬了扬手中的纸，眉飞色舞道。

"啥情况？"秋峰不解。

"你猜，我上去这一趟，签了多少？"陈娇娇又把纸收了回去，卖了个关子嘟着嘴道，"这回秋大老板得好好奖励我，不许不兑现噢！"

"哎哎，你先坐到车里讲话，你倒是给我看清楚啥情况，我连情况都不了解，咋奖励？"秋峰道。

"你先看看这个吧！"陈娇娇坐到秋峰右侧的座位上。

秋峰接过合同细细看了良久。

“哇，一万吨的大单？价格也不错！”秋峰有些不敢相信，左瞧右看还是信了，惊呼道：“陈大美人果真厉害！”

“不亲我？”陈娇娇戏谑地望着秋峰，一副调笑的样子。

秋峰并不接招，只是开心道：“嗯嗯，拿下海都新天地，没想到又得到城建的万吨单，娇娇你可是头号功臣，我要好好奖励你，回去预奖十万元，这单子完成后再奖二十万！走，打道回府！”

“这钱就别给了，我只想你送我一套连衣裙！”陈娇娇娇媚地望着他。

“这不一句话么！给你十万大洋，你爱买什么自己去碧金岛选呗！”秋峰不由陈娇娇分说，掉了车头朝大路驶去。

两年后，冬至，众成集团。

早餐后，一股来自西伯利亚的强冷空气南下了，进入寒冬的石门又潮又冷，夜里冷风呼啸不已，大街上铺了厚厚一层树叶，路上稀少的行人躬着腰都瑟瑟发抖，在刺骨的寒风中急匆匆地闪过。

天阴沉沉的，偶尔看到零星的小雪片飘落，许多北方人到了偏南方的石门，居然觉得冷得受不了。因为北方虽然冰天雪地，零下二三十度，但屋子里有暖呼呼的热炕，只要一进屋，便可脱下外套，只穿薄薄的衬衫或毛衣，即便出门，只需套上御寒的外袍即可，不像这个石门，屋外潮湿寒冷，屋里也是阴嗖嗖的，即便开了空调或暖风机，只是局部暖和，还是冷得让人不舒坦。

“好像要下雪了。”秋峰望着窗外肃杀的光景，双手哈了一口暖气，喃喃道。

“下雪前都很冷。”陈娇娇放下已打至三分之一的毛衣，快手快脚地从厨房端给秋峰一杯热腾腾的牛奶，充满温情道，“喝了吧，身子会暖和不少的。”又道，“雪要下下来，反而没这么冷了，石门的天气就这样的。”

“大冷天到了，不知海都霍元旦那里情况怎样。”秋峰皱眉道：“据老霍反映，冯健那里的货发了三千吨，半个铜子没见着，那个宋小宗仍不停催发货，说要是因为断货造成工程停工，损失由我们众成公司承担！合同上明明写的上月货款次月二十号前结清，以此类推执行合同发货，到今天为止，已有一年三个月了，冯健一毛不拔，毫无结款的意思，再拖下去公司资金吃紧，也会影响城建项目及别的业务循环周转啊！”

陈娇娇听后眉头拧成倒八字状，一言不发。

“哎！”秋峰放下杯子，凝望着陈娇娇的脸道，“冯健老婆刘娟不是你闺蜜吗，咱是不是在她身上攻攻关，请她出面帮我们跟冯健说说……”

“这还用你考虑？我是吃白饭的吗？唉！”陈娇娇轻轻叹了一口去，脸上充满忧郁与无奈，摇摇头道，“刘娟正在与老公吵架离婚呢，他们分居已近三个月了，也就是我们从海都回来不久，俩人就吵开了，刘娟告诉我，她发现冯健在海都早就包了个丧偶的女人，这女人还为冯健生下了一个男孩，那男孩已经一岁多了。”

刘娟投诉无门，找冯健又找不着，人快疯了。

“啊？”秋峰大吃一惊，“居然有这种事？你……你怎么不早告诉我？”

“我也才听刘娟说的。”陈娇娇忧心忡忡道，“冯健这人好像头脑被门缝夹了一样，他不想想，寡妇哪能碰，这一碰再也甩不掉了。那女的家里势力大，冯健宁愿得罪他老婆。他攀上这门亲，他的房地产公司在海都顺风顺水，哎，但这下苦了刘娟姐咯！”

“唉，再怎么说也是人家的家事，咱们也说不得什么，不过冯健后院失火，我们也受牵连，娇娇，你看该如何处理呢？”陈娇娇低头打着她的毛衣，一言不发，只是哀叹一声道：“待老霍回来看他怎么说，再作打算！”

秋峰闻此也只是无奈地咂咂嘴，摇了摇头。

“哎！”陈娇娇突然眼睛一亮道，“我有办法了……”

正在此时，“嘭嘭嘭”有人敲门。

陈娇娇急忙把毛衣一丢，奔到门口将门一推，见霍元旦一头闯了进来。

“哟！说曹操，曹操就到。”陈娇娇一见是霍元旦，不由欣喜地叫了一声。

“是霍大人啊！”秋峰见霍元旦阴沉着脸，感觉事出蹊跷，便小心翼翼道，“老霍，看你脸色不对，出啥事了？”

“你猜我们给冯健那个海都新天地地产项目供的钢材是谁承建的？”霍元旦神色严峻地反问道。

“是谁？”陈娇娇、秋峰异口同声道。

“是你们怎么也不会想到的人！”霍元旦一屁股坐下，喘着气顿了一下。

“快说，是谁啊？”陈娇娇着急道。

“是秋峰秋大老板的死对头，西南建设集团的胡张扬、曹子风一伙。”霍元旦两手一摊，无奈道，“这下真摊上事了！”

“啊？”秋峰一听此言如冰水浇头，呆愣半天道：“怎……怎么又碰上他们了，奇怪！奇怪！”

“哎！”陈娇娇不解道：“曹子风、胡张扬听说不是吃官司坐牢去了吗？他们……”

“刑满释放了。”霍元旦用手指敲了敲桌子道，“现在是放虎归山，我们钢材款这下落到这些坏蛋手上，他们知道货款是秋峰的，不好好报复才怪呢！”

“哎哟，怎么有这么巧的事？”秋峰连连咂嘴，双手直搓，又不解道，“哎，我们与甲方冯健签的合同，理应由甲方直接拨付货款，胡张扬的西南建设集团只是承建施工的乙方，货款不应找不相干的乙方去要呀，对不对？”

“不对！”霍元旦从包里掏一份合同朝桌上一摆，指着合同念道，“你好好看看，合同的第十一条附则上明明有一句：甲方指定接建工程方对每批供材进行数量及规格质量的核验，施工方凭甲方拨付的工程款，依批次支付钢材款。”又道，“这合同已明确货款由第三方的施工单位代办支付，也就是说，冯健不再参与付款，要钱到施工方去要，找人家理论，人家一句话，让我们好生吃透合同条款再说话，便可堵死大门了。”

“这合同上还设有这一条？莫名其妙！”陈娇娇嘀咕道，“秋大人啊，亏你还是个文科高材生，连个合同都把不住啊？！”

“唉，我真是糊涂。”秋峰懊恼不已，又跟霍元旦道，“货款有多少？卡壳了吗？”

“除去冯健先行支付的三十万定金，还有四百二十多万。”霍元旦沮丧道，“我这几天一连跑了十多趟找胡张扬，大多时候他都不在，有两次找到了他，他跟我说，让咱们众成公司负责人找他，他不接待任何下面的人，多一句话也没有，只是不耐烦地挥挥手，意思就是赶人。”

“看到曹子风没有？”秋峰追问道。

“看到了。”霍元旦道，“听说他现在就管财务，好像苍老了不少，话很少，还在工地养了一条大黄狗，没事就与他的老相好黄婆子牵狗溜达。”

“看来他们历经风浪还没分开，还是蛮有真情的。”秋峰转脸征求陈娇娇意见道，“你看我们是不是马上前去，找胡张扬？”

“待我想想！”陈娇娇沉思片刻，缓缓道，“这事不能鲁莽，不能操之过急，心急吃不了热豆腐！”

“但是，”霍元旦道，“胡张扬既然要求秋峰出面见他，我认为秋峰就去一趟见见他，看他怎么说，万一见了面他能把话说开，我们就不用走弯路了，如果他仍不好好说，我们再采取其他措施不迟，对不？”

“你把胡张扬这匹野狼当作温顺的兔子？”陈娇娇不屑道，“野狼的本性就是吃人，就是凶残，永远改变不了的，倘若秋峰贸然前去，很有可能会受到伤害，特别是那曹子风，他就认为是秋峰让他坐了牢，这会儿他出来了，肯定要报复，秋峰可要注意啊！”

“光天化日之下，他们敢如此胡作非为？！”秋峰瞪大眼睛，气愤道，“难道他们坐牢不过瘾，想继续坐下去？”

“我的意思是小心为好，”陈娇娇想了想又道，“即使要去，也不能孤身一人，要不，我让陆靖安排便衣警察与我们同去？”

“哎，娇娇想得周全。”霍元旦道，“有警察保护，万一发生意外可以保你们安全，我认为，你们去一趟胡张扬那里还是有必要的。”

“年底了，按惯例，工程方到年底才有钱结算。”陈娇娇道，“如果过了这年关，正月里不兴收债，这是犯忌的，任何欠债的都不会朝外付钱的。真正收钱要到明年开春，开了春，这些包工头，即使有钱也不会爽快地付，因为开春后开工需要大笔钱。因此啊，我们只能在年底追讨，胡张扬就是虎穴，也得上门讨要，秋峰，听我的没错，我给陆靖打个电话，请他帮忙派个警察，我一步不离开你，他们要杀要剐，我给你顶着，你就放心吧。”

“我说秋总，娇娇言之有理，年底不收款，指望来年更是悬乎！”霍元旦接茬道，“今天时间不早了，明天上班咱们直接去，我现在就打个电话给胡张扬。”

“别打，”秋峰拦住霍元旦道，“你现在打电话，胡张扬要是找个借口说没时间，岂不是给他脱身的机会，我们明天上班直接上门！”

“主人来电话啦，主人来电话啦……”陈娇娇取出手机一看，惊讶道："哟，我正想给陆靖打电话，他却打过来了。"

"这叫心有灵犀一点通啊。"秋峰脱口而出道。

"秋总这是吃醋吧？"霍元旦调侃道。

"我吃什么醋？"秋峰辩道，"我只是好奇陆靖这么大的官怎么没一点官架子，还是这么的亲民！"

"那是纯粹的同学关系！"陈娇娇应付了一句，接通了陆靖的电话："喂，陆靖吗，啊……啊……好好！"

陈娇娇一关手机，便道："陆靖在楼下，他马上过来。"

"这么冷的天，陆局长上门？"秋峰一听忙道，"我马上给他泡杯好茶！"言罢要去弄茶。

"这种事哪能让老板你亲自动手，我去泡茶，你负责接待客人啦！"陈娇娇忙起身，又道，"听陆靖讲，他还带了一个熟悉的老朋友来呢！"

不到一支烟功夫，门开了，陆靖夹着公文包笑吟吟地走了进来，身后跟着一个胖墩墩的大汉和一名陌生的随从。

"呵，是陆大局长，肖大律师啊！"秋峰一见不禁唤道，"请坐，请坐！"

"还是屋子里暖和呀。"陆靖左右环顾，指着墙角的柜式空调道，"众成秋老板这儿其乐融融、春意盎然，怪不得陈大美人乐得其所，不愿与我等粗汉风里来雨里去。"又道，"哎，怎么不见……"

"哦，她正在为您沏茶呢。"秋峰正应酬，听见屋里传来陈娇娇的声音："陆大局长，我来了！"

“嗯，这茶是香。”肖武闻了闻道，“好像是福建的岩茶。”

“不错。”陈娇娇端出一套紫砂茶具，小心翼翼地放置在玻璃圆桌上，和颜悦色道：“这可是前不久咱秋总在福建武夷山经商的同学带来的大红袍，好茶敬贵客，来，尝尝这茶，也暖暖身子呗！”

“看来，陈大美人已是众成集团的内当家了！”陆靖赞叹道。

“早是咱公司的内当家啦。”霍元旦附和道，“不仅管着公司财务、内勤，而且负责业务公关，非常的称职又出色呢！”

“厉害！厉害！”陆靖竖起大拇指道，“当年在班上时，她就很厉害，可是我们男生暗恋的班花啊。”

“陆靖，你现在是大领导啦，就别拿我这个小百姓开涮啦！”陈娇娇给陆靖递上一杯茶，道，“坐下喝点茶，谈点正事，您大领导能莅临众成公司，肯定有重要指示。”

“哎，咱们之间就别那么肉麻了好吗？”陆靖把公文包放在桌子上，盯着陈娇娇俊俏的脸庞，突然收敛笑脸，严峻道，“你说的正是，我今天和肖武律师前来，是为了一个重要的案子，与你们众成公司有关。”

“什么事？”陈娇娇踌躇道。

“请你和你的同事回避一下，只留秋总，我们需要谈一谈！”陆靖以不容置疑的口吻命令道。陈娇娇、霍元旦听后知趣地出了门，只留下莫名其妙的秋峰。

肖武把门掩上，随手将房门反锁。

“秋峰，肖武律师现在调入我城南公安局法制科当副科长了！你先坐下。”陆靖注视着秋峰，平静道，“秋总，我问你，你是否发现你公司的货款有出入？”秋峰看了看陆靖，有些发怵，想了想摇摇头，脑袋里闪现斗大的问号。陆靖从公文包里取出一张照片，给秋峰看了一下，道：“这个人你认得吗？”

“这……这是海都房地产老板冯健！”秋峰惊讶道。

“好，再看看这张！”陆靖从公文包里取出另一张照片，递到秋峰面前。

“这是冯健的副手宋小宗！”秋峰一眼认出，如实说道，又疑惑道，“什么情况，陆局长？”

“什么情况？”肖武插话道，“出这么大的事你居然还被蒙在鼓里？”

“秋峰，有人向我公安机关反映，你向海都某房地产公司供应钢材，多发少记，累计有一百多万货款被侵占私分，是一起职务侵占犯罪，现我们已立案调查。尽管你我二人有私交，但是我陆靖身为公职人员绝不可知法犯法，对此事我绝对会公事公办！”陆靖一脸严肃地说道。

“不过……身为朋友，我也只能将肖武带过来，希望他能帮你洗刷冤情，你现在马上把你公司所有仓储及财务账单收拾好，随你的法律顾问肖武律师在下午两点到城南分局经案大队，找梁超大队长自首！”陆靖说完就带着肖武离开了。

第二十六章　彷徨无措

“这个陆靖有点古怪，他走咋不跟我打招呼？”见陆靖等人离开，陈娇娇才转身进门给秋峰递了一杯茶道，“哎，陆靖来公司究竟为啥事啊？”

“哦，是为上次碧金岛我与那郭鼠眼打架斗殴的事，案卷上需要补签字。”秋峰反应敏捷，随口编了个谎话。

“哟，为这事呀。”陈娇娇又嘀咕道，“这个事咋还那么神秘兮兮的？”

“我们去胡张扬那儿，还需要得到陆靖的帮助呢，还未跟他求援，他人就走了，唉！我给陆靖打电话！”陈娇娇边说边掏出手机，秋峰拦住了她。

“你以为公安局的警察是咱私人保镖啊？”秋峰摆摆手道，“娇娇，你是管财务的，冯健那儿到底有多少应收货款？”

“到今天为止，已有一千二百二十万了。”陈娇娇又道，“我把账单给你看一下。”

“好啊，把所有账单，包括库存发货记录都拿来，明天到海都要有所准备。”秋峰道。

“好的，我去准备。”陈娇娇随即去了财务室。

下午两点，秋峰拿着公司账单准时到了城南公安分局找到了梁超大队长。

“你就是众成的老板秋峰？”梁超操着一口东北口音，但他并非腰圆膀粗，而是个精瘦的人，蓄有小胡须，一双大眼睛，身穿运动服，乍一看，倒像个小商人。

“是的，陆局让我来找您。”秋峰恭敬道。

“那你随我来。”梁超把秋峰带到一间没人的办公室，拿出账单看了起来。

“秋老板，”梁超吐了一口烟道，“你对你公司账单清不清楚？你觉得有问题吗？”

“目前我尚不清楚，要审计后才知道。”秋峰实话实说。

“看来你这个老板是个甩手掌柜啊。”梁超盯着他又道，“你手下人把你家底搬了，你还蒙在鼓里呢！”他又道，“你能否尽快请审计事务所把你公司的账梳理一下，我要的是结果。”

“可以。”秋峰思考了一下道，“但需要起码十天的时间。”

梁超不耐烦地挥了挥手，道：“那你先回去准备吧。”言罢，他扭头走了。

秋峰驾车很快回到公司的楼下。这一路上他的脑子也在飞快地转着，霍元旦负责海都地产工程，这里面肯定存在极大的猫腻，陈娇娇精于算账，怎么就没发现呢？难道，他们两人共同实施财产侵吞？侵吞了多少？这真是“天可度，海可量，唯有人心不可防啊！”

“居然有内贼？！”秋峰自言自语，心里翻江倒海，不由得打了个寒战，眉头拧成倒八字。

“陈娇娇向来人品可靠，又跟我有特别的关系，她不会为钱做这种背叛我的事。不会！绝对不会！”秋峰琢磨推断，连连摇头，暗自否定嫌疑，霍元旦此人也不应该，我对他不薄啊……但不论如何，先审计再作定论！

“秋峰！秋峰！”正在冥思苦想之际，他听到熟悉的声音，正是陈娇娇在马路边急切地喊他，她跑了过来。

“秋峰，你跑哪儿去了？”秋峰打开车窗，陈娇娇焦急道，“秋峰啊，不好了，那联合农行郭行长派人来公司，说是那一千万贷款明天到期，不能逾期还贷，否则会出大麻烦的，现在账上只有五百万，缺口太大了，咋办啊？”她又道，“是不是到神州厂宋得法那儿请他补一下缺口？”

“一千万明天到期？你怎才提醒我啊！”秋峰心烦意乱地责怪道，“银行贷款的事比任何事都要紧，大笔贷款到期前一个月就应该提醒我的，这话我不止一次说过，你头脑里装的什么东西，火烧眉毛才想起，这不是胡搞嘛？！”

“秋峰，你、你说什么？我胡搞？”陈娇娇一听此言，脸色刷白，指着秋峰张着嘴噎住了。

“哎……”见陈娇娇面露愠色，他感觉言语唐突，遂连忙开门下了车，拍打自己的嘴，赧然一笑自嘲道，“该死该死，心急说错话，多原谅！多原谅！”他又道，“不就缺口五百万嘛，我打电话给神州冶金铸造厂宋得法，临时调一下便是，没什么了不起，娇娇别生气啊！”言罢便拨通宋得法的电话。

“宋厂长，我是秋峰。”秋峰直奔主题，“众成还贷缺口五百万，你那账上有多少？嗯嗯，什么？只有三百万？哦，知道了！”秋峰转过身来一脸窘迫地看着陈娇娇。

“尚……尚缺两百万，这……”秋峰收起手机，一筹莫展。

“这缺口部分，我来想法解决吧。”陈娇娇缓缓道，“你让宋得法先把三百万转来吧，银行贷款可不是闹着玩的。”

“缺口两百万你能解决？”秋峰紧锁的眉头一下子舒展开了。

“是啊，”陈娇娇不紧不慢道，“总不能被人家谢英看扁咱，毕竟，现在我们是一条船上的嘛！这钱，我找吕大环去借，相信他会帮我的。”

“找吕大环？你有把握？”秋峰疑窦顿生。

“试试看吧。”陈娇娇道，“你车给我用，我去找吕大环，银行的人在楼上等着，你先快上楼跟人家应酬，老霍不顶事。”

陈娇娇接过秋峰的车钥匙，发动了别克车，急急地开走了。

到了市城建集团楼下停车场停稳车后，陈娇娇拿起手机拨通了吕大环的电话。

“喂，我是娇娇啊！”陈娇娇用温柔的语气说道。

“哦，娇娇啊，什么事啊？你在哪？”电话那头传来吕大环嬉笑的声音。

“我在你单位楼下停车场呢，你能来一下吗？”陈娇娇语气诚恳。

“哦，好，什么车？车号多少？”吕大环急吼吼道。

“营AB8064，深蓝色的上海别克。”陈娇娇话音既出，感觉心脏“扑通扑通”跳得厉害，她对着后视镜照了照，发现双颊早就热乎乎的，脸色绯红，她咬了咬嘴唇，暗恼道：“与秋峰一起不曾紧张过，吕大环这小老头算什么，再说自己又不是少女，羞涩什么呀？！”

为了秋峰她陈娇娇略施美人计又有何惧，这般想着，陈娇娇又习惯性地从挎包里取出一个粉盒，打开后用粉绵蘸了蘸，补了下妆，对着镜子嫣然一笑，瞧着那樱桃小口、明眸皓齿、螓首蛾眉，顿觉自己对男人而言确有百般魅力，又十分的自鸣得意。

我陈娇娇对秋峰是掏心掏肺，可一想到秋峰对自己并不愿明媒正娶，每每谈起婚事便闪烁其词，不由无限惆怅，轻轻地叹了一口气，眼眶中泪水打转，她掏出手帕拭擦了起来。

“嗒嗒嗒！”有人敲打车窗，陈娇娇抬头一看，是身材健硕的吕大环，正笑容可掬地望着自己。

陈娇娇用手示意了一下，吕大环遂转过车头，开了车门一屁股坐进了副驾驶。

“哎，陈大美人，怎么抹眼泪了？遇到啥不开心的事了？”吕大环的手绕过陈娇娇的头，撑在陈娇娇的座椅上，他爽朗一笑道，“可否说给吕大哥听听啊？”

“是有些要紧事，看看大哥是否能帮忙？”陈娇娇一听，耷拉着脸，眼眶一红眼泪便又“吧嗒吧嗒”掉了下来。

“娇娇别哭，有话直接说。”吕大环抓住陈娇娇的手道，“有大哥在，看看大哥能怎么帮你。”

陈娇娇自知有求于吕大环，虽心生厌恶，但也并没有抽出自己的手。“是这样……”陈娇娇抹了把眼泪，幽幽道，“两年前我与公司老板秋峰合伙开了石门众成钢铁贸易公司，为拓展业务，向银行贷了一千万流动周转资金，我用自己房产为这笔贷款作了抵押担保，因为公司是民营性质，我又是财务主管，还是业务主力，忙了业务却疏忽了财务，今天忽然接到银行电话，说一千万贷款明天到期，因为事急，公司又有缺口，我被老板一顿臭骂，指责我没有事先做好预案，以致措手不及，老板说如解决不好，就把我的私人房产充债还贷。”

“现在缺口是多少？”吕大环插话道。

“两百万。”陈娇娇眼巴巴地看着吕大环。

“我当什么事呢，就为区区两百万？”吕大环呵呵一乐，道，“那我问你，如果我给你众成公司划拨两百万，这钱什么时候能返还呢？”

“吕大哥真的能帮我解决？”陈娇娇破涕为笑道，“要不了一个月就能返还。”

“那行，只要一个月能返还，我让屈古办就是了，众成公司与我辖管的材料公司有经济往来，放心，这事包在我身上啦！”

“大哥您真好！”陈娇娇开心道。

“那这事我就先帮你办了，不过……美人哪日得空可要报答我呢！”吕大环一脸淫笑，看得陈娇娇一阵反胃。她自然知道吕大环是见色起意，干脆假借家中有事，赶忙离开，回到了众成公司。

“两百万到了，还贷款总算有着落啦！乖乖。”陈娇娇真是厉害，偌大的缺口随手便填平了，了不得啊！霍元旦啧啧称赞。

“凡是成功的背后，都有奋斗的代价！”秋峰感叹了一声：“老霍，你说是吧？”

“那当然。”霍元旦一脸认真道，“都说成功是辛勤付出的报酬！”

“辛勤付出的报酬？呵呵呵！”秋峰仰头一笑，又摇摇头道，“多亏娇娇的辛勤付出啊，要不这笔贷款就麻烦了，这还贷出现问题，咱众成后遗症就大了，往后在银行业就再贷不到款了，公司业务便萎缩了！”

“要是这样，那郭鼠眼还不得上门来找你拼命！你那前妻谢英也不会放过你咯！”霍元旦给秋峰递了一支烟，“来一支，庆贺还贷成功，嗯？！”

秋峰接过烟，霍元旦顺势给他点着，秋峰猛吸了一口，随后吐出团团浓烟，弥散整个房间，他愣了一下，突然把烟头在桌上捻灭问道：“我说老霍，海都冯健那一大笔贷款要是转一小部分，何至于陈大美人如此辛勤付出，需要花这种代价？另外，你经办发货数与对方验收数到底准不准？”

“怎么不准啊？”霍元旦反问，想了想又道，“冯健这家伙如今有钱更有势，拍他马屁的人能排成长队，我想只有冯娇娇能搞定那冯健。”

“哎，老霍。”秋峰从抽屉中取出一份合同愤愤道，“我们与冯健那海都新天地开发公司签订合同，白纸黑字不明明约定货到当月底结账，次月20日结付上月货款，以此类推结付货款。现在还要找关系催结，这是哪门子道理？！”

“呵呵。”霍元旦连连摇头，叹了一口气道，“我说我的秋大老板，你也不是初下商海的愤青了，咋不知这社会经商的环境就是人与人之间的势力较量？这合同是张纸，管什么用？我说一句你不爱听的话，有本事你拿这个合同打官司去，保管你一分钱拿不到，而且越陷越深。”

“那，你的意思是非要陈娇娇出面？”秋峰无奈地盯着霍元旦。

“是，非娇娇出马不可！”霍元旦耐心道，“你想，这合同当初是陈娇娇牵的线，她的闺蜜就是冯健的大老婆刘娟，虽然冯健、刘娟在闹离婚，但负义背德的是冯健，只要陈娇娇搞定刘娟，刘娟硬逼冯健，相信冯健不会为难刘娟，这样他的离婚目的更难实现。我考虑再三，解铃还须系铃人，解决海都欠款问题你我都不行，只有陈娇娇能搞定！”

“嗯——”秋峰缄默不语。

“此外，”霍元旦又神秘兮兮道，“娇娇可能会找你帮她，你可要答应我，要不她也会耍性子，不去办的。”

“她要我帮什么忙？”秋峰诧异道。

“到时你就清楚了。”霍元旦笑了笑，道，“是好事，是你秋峰的福分啊！”

“丁零零——”桌上的电话响了。

“您好，众成公司为您服务！”霍元旦起接电话，听到了熟悉的声音，他马上反应过来把话筒捂了起来，轻声道："是谢英，你接不接她的电话？"

"说我不在！"秋峰愣了一下，又坚决摆了摆手，霍元旦点了点头。

"哦，找秋总，刚才他还在，现在他下楼了。"霍元旦又道，"谢英你有什么事吗？"

"一千万贷款全部还清，代我向秋峰表示感谢！也代我向他问好。"话筒里传来谢英清晰的声音，她顿了一下，又道，"本周六，我和我现在的先生将举办结婚典礼，我希望得到秋峰的祝福，也希望你们捧场，还有，你们众成集团如果还需要贷款，告诉我，我会全力去办，应该没问题，谢谢你，霍经理，拜拜！"

"拜拜！"霍元旦挂上电话，摇了摇头叹了一声，对秋峰道："都听到了吗？她和那个郭鼠眼成一家了，还让我们为他们庆贺！笑话呀！"

"哼！这是一种对众成的蔑视！"秋峰听后心里如砸了五味瓶，说不出是哪种味道。

"过去的都过去了，咱现在向前看，一切恩怨都会被时间消磨殆尽。"霍元旦朝秋峰头挥了挥手，又道，"忘记她，利用她，壮实力，做优秀的自己，活出真男人！"

"哼！老霍啊，你说得轻松，别人的痛自己永远感受不到啊！"秋峰白了霍元旦一眼，起身回了房间，"嘭"地把门关上，吓了霍元旦一跳。

“咚咚！”霍元旦听见有人敲门随即把门拉开，“秋峰呢？”陈娇娇站在门口问。

霍元旦对着里里努了努嘴，轻声道：“在里头，心情不好。”

“啥情况，贷款不是还了，还有什么不舒坦的？”陈娇娇却是一脸的轻松，她举起一只用红巾蒙的小竹篓在霍元旦眼前晃了晃道：“你猜，这是什么？”

“啥好东西？”霍元旦疑惑道。

“好吃的德州扒鸡，你鼻子闻不出来？”陈娇娇朝里屋高声喊道，“秋老板出来吃好吃的啦！”秋峰并未出来。

霍元旦对陈娇娇耸了耸肩，使了个眼色。

陈娇娇放下包，把德州扒鸡打开，找到三只碟子分成三份，给了霍元旦一份，道：“尝尝，是我老同学出差捎的正宗扒鸡。”霍元旦道了声“谢谢”便动手撕了起来，陈娇娇又拿起一份直接推开房门，见秋峰板着脸，一声不吭地盯着电脑玩象棋对弈。

“秋……”陈娇娇正要张口，不想秋峰一声怒吼：“滚！”他“腾”地站起来把陈娇娇端来的扒鸡一拳砸飞，又“嘭”一拳把台式电脑砸到了地上，屏幕也裂开了。

陈娇娇惊呆了，只见她浑身颤抖，脸色苍白，大颗眼泪脱眶而出，她双手掩脸一边呜呜哭泣，一边拔腿朝楼下奔去。

“娇娇！娇娇！”霍元旦放下扒鸡，追了几步，还是撤了回来。

见秋峰铁青着脸，茫然无措地坐在椅子上，霍元旦哀叹一声，收拾了些物品一言不发地也下楼去了。

第二十七章　醍醐灌顶

秋峰心如乱麻，心情颓废，导致身边的人一个个拂袖而去，昔日亲密无间的挚友，瞬间分崩离析，他陷入十分迷茫的窘境。

不知什么时候，秋峰屁股上长了个元宵大的脂肪瘤，坐在椅子上瘙痒难耐，他用手挤却使不上劲。头脑里考虑那些棘手而恼人的问题时，下面又瘙痒难耐。他发现办公桌上的笔筒里倒插着一把锋利的剪刀，他解开裤子就朝奇痒无比的肉瘤刺去，剪刀扎进肉瘤后鲜血从伤口汩汩涌出，秋峰觉得又痒又痛，用手去捂，只见鲜血从他指缝不停地渗出，顺着裤子一直滴到地板，秋峰见地板上一摊鲜红的血，把自己吓了个半死，他挣扎着找了一条毛巾，一边用手拼命抵住伤口，一边用手抓了一把纸巾扔进血迹中，用脚压住来回地擦。

“我的妈！”里屋冷不丁走出业务员杜凯，看见秋老板单膝跪地，地上还有一摊血迹，顿时被吓得魂飞胆丧，结巴道：“秋……秋总……这，这……”

“丁零零——”桌上的电话响了。

“小杜，接……接电话！”秋峰艰难道。

“哦哦，秋总您坚持，我先接电话。”小杜忙拿起电话。

“找你们的秋老板接电话。”电话中传来亲和的男性声音。

“秋……秋总身体欠佳，请问您哪位，需要我转达吗？”小杜望着秋峰道。

“噢，他在公司吗？”电话那边又问。

“不在，哦，不……在在！”小杜看着秋峰的手势不知道如何回答。

“我马上到，请你跟秋老板报告一下，我是他表哥，姓胡，叫胡守志。”言罢，对方便挂断了电话。

“秋总，他说他马上到。”杜凯的脸涨得通红。

“哦，是他来了？！”秋峰紧紧捂住屁股，道，“小杜，帮忙用桌上的纸巾把地上的血擦干净，这样让人看了实在难堪。”

“秋总，您还在淌血，什么原因？”小杜惊恐道，“我送您去医院！”

“不碍事，屁股上长的脂肪瘤破了。”秋峰苦笑道，“是我自己捣破的，止一下血就好了！”

“你用那把剪子扎的？”小杜拿起桌上的剪刀不解地问。

“是的，可能用力过猛，扎深了。”秋峰又自嘲道，“想学下关羽关云长箭伤刮毒，不想这屁股冒出这么多血……”

“咚咚咚……”门外传来敲门声。

小杜上前把门打开，走进来一位魁梧大汉。

“是大老表胡守志！”秋峰喜出望外喊了一声。

“秋峰啊，钢材生意做得这么大，没忘记表兄吧？”胡守志突然发现秋峰屁股及两条小腿血流不止，大惊失色道，“老弟啥情况，这这这……”

“是他自己用剪刀扎的。”小杜把剪刀给胡守志看了一下。

“我……我那儿痒，就……”秋峰不好意思道。

“你……你自残呐？瞎搞！”胡守志不由分说，摸摸秋峰的头，用脸靠了一下，感觉秋峰在冒虚汗，有发烧的症状，遂对小杜命令道：“小伙子，和我一起把秋总送到医院，快！把他抬下楼，我的车在楼下。”

“哎哎，别别……”秋峰摆手嚷道，“我自己可以走，没事……”

“还没事？等有事你就玩完了！”胡守志并不理会他，和那小杜一个扛着头和上身，一个扛着双脚，硬将秋峰扛下了楼，径直装入胡守志的座驾——北京吉普商务车后排座，他让小杜上车扶着秋峰，自己发动车，向省立医院驶去。

到了省立医院，胡守志把商务车停好后，与小杜一起把秋峰小心翼翼地搀扶到医院急诊大厅，找了一排长椅坐了下来，自己则熟门熟路，从挂号到缴费一条龙搞定，不消半小时，他不知从哪儿弄到一辆手术推车，推到秋峰跟前，他又和小杜一起把秋峰扛到了推车上，小杜在前赶人，胡守志在后推车，众人以为车上躺的是重症者，纷纷让路，他们顺利地上了四楼。

穿白大褂的医生摸了摸秋峰屁股上鼓鼓的瘤结，半晌吐出两个字：“切掉！”于是他开了处方，交给胡守志，又两个字：“缴费！”

胡守志拿着处方又来回跑了几趟，一个小时后，秋峰被送进了手术室，胡守志、杜凯在外面候了不到一个小时，秋峰竟然捂着屁股一瘸一拐地走了出来。

“咦，这么快？”胡守志惊诧道。

“就鹌鹑蛋不小心沾上屁股了，这会让医生取了出来。”秋峰笑道。

“呵呵呵，”胡守志笑道，“打麻药没？”

“你以为我真是个关公啊？不打麻醉岂不痛杀我呀？！”秋峰睁大眼睛道。

“那鹌鹑蛋呢？”胡守志幽默地比画着。

“怎么？大表哥想吃吗？”秋峰假装回头道，“我找医生去要？”

“医生拿去做化验啦。”小杜却很认真地说，“明天上午就可以拿到化验报告了。”

“走走，回公司，中午我请表哥吃饭！”秋峰一副轻松快活的样子，又道：“这屁股上的玩意儿早想取下来了，现在弄掉好像爽多了！”

“哈哈哈……”三人不约而同乐得前仰后合。

“哎，你屁股上缝了针走路不便。”胡守志关切道，“你现在是麻醉未消不觉得痛，但麻醉一过，万一伤口裂开脱线了，可不是闹着玩的，还得小心护着，还是安排个宾馆开个房间住下吧。”

“不行，还是回公司吧，公司里有我专门的宿舍，比病房、宾馆都强。”秋峰言罢，迈开步子便走。

胡守志、小杜也只好依了固执的秋峰，陪他返回了公司，秋峰让小杜买来些饭菜，就放在他的办公桌上吃了起来。

“小杜，替我再去楼下买一瓶杜康酒来。”秋峰抽了几张现金，给小杜道，“今儿我要陪特地从吴江赶来的表哥喝杯小酒，快去快回！”

小杜应声下了楼。

“你这个样还喝酒，喝了酒发炎咋办？”胡守志不解地望着秋峰。

“不就是一个小疮，没事！”秋峰叹了一口气，“老表哥来了正好，我最近闷得慌，哎，我还想问你，你不是在吴江一家国有企业工作，现在干得如何？哪有时间来石门？”

“唉。”胡守志也叹了一口气，掏出一支大华烟递给秋峰，俩人各自吸起烟来，胡守志吐了一口烟，皱了皱眉头低沉道：“老弟啊，我在吴江港务进出口公司只是一个聘用的装卸工，辛辛苦苦一个月就挣个千把块钱，只够一个人吃饭用。去年在老家翻建了房屋，至今还欠着些债，这不儿子又大了，连个学费都缴得费劲，你老弟想想，我再不另谋出路，这日子咋过啊，唉！”又对秋峰认真道，“哎，早听说表弟你在石门钢材生意做得风生水起，能否给你表哥我一个机会……”

“哦？你在吴江港务公司就千把块的月收入？”秋峰连连摇头，道，“这未免太少了，如何生存？”

“是啊。”胡守志尴尬地笑笑道，“说出来让表弟笑话，之所以来石门找老弟交底，是压力太大了，也想让老弟帮我想想办法呢。”

“别说了，我懂表哥的意思。”秋峰吸了口烟道，“来我这儿吧，只要表哥看得起我……”

“不不不。”胡守志打断秋峰的话，道，“应该是只要表弟看得起我！”

“凭表哥的文化水平和能力，我没想到你在吴江竟干的是搬运工。”秋峰咂咂嘴望着他，感叹道，“太屈才了，真不晓得你会把自己埋没了，这样吧，你来我公司上班，当我的助手，任副总经理，底薪一万，奖金另算，吃住全免。”

“太感谢老弟了！”胡守志一听秋峰这么表态，喜出望外，拉着秋峰的手激动不已，“表弟如此看得起我，我……我自当珍惜机会尽忠尽职，共同打造好众成品牌，做实做强企业！”

“有表兄这句话，我真是踏破铁鞋无觅处，得来全不费工夫啊！哈哈哈……”正当秋峰之际，门开了，小杜提着杜康酒闯了进来。

“好好，小杜把酒打开，我要和表哥喝它三杯！”秋峰拍手道。

“你真不能喝酒！”胡守志阻拦道，“等你伤好了，表哥我好好陪你喝，时间长着呢。”

“唉，”秋峰突然喟然一叹，还是把酒瓶从小杜手里夺了过来，盯着酒瓶道，“何以解忧，唯有杜康啊！喝！”他打开瓶盖，取了两个纸杯，不由分说地斟了两个半杯。

“老弟怎么郁郁寡欢？”胡守志盯着秋峰的脸疑惑道，“莫非你有难言之隐，不妨说给我听听，看看表哥是否能帮你？”

“小杜，”秋峰对杜凯挥了挥手道，“你拿剩下的钱到街上买点吃的吧，这边我们要谈事。”小杜一听此言便走了。

“哎，老弟，就我们俩人，有什么心事可直接对我说。”胡守志望着秋峰。

“唉！来，先敬你一杯。”秋峰端起杯子“咕咚”就是一口，眼眶顿时泛红。

“哎，不可大口喝，老弟身体要紧！”胡守志阻拦道。

胡守志催促再三，秋峰把公安局陆靖、梁超找他调查并提示他公司资产可能已被人侵吞，以及自己对身边的陈娇娇、霍元旦存有猜疑，一五一十地对胡守志诉说了一遍，最后他愤懑道：“这个世界变了，真没几个讲商业道德、职业操守的人了。在我离婚后，我对那陈娇娇情真意切，连她都暗藏私心，背叛于我，我真是心死如灰。就在手术之前，我把陈、霍两人骂了一通，俩人先后摔门而去，导致公司现在出现了危机！”他又递给胡守志一支烟，边点火边庆幸道，“真是老天助我，大表兄来得正是时候，帮我出出主意，看如何收拾这局面。”

胡守志长吸了一口烟，一时间俩人俱不作声，只是“吧嗒吧嗒”抽烟，烟雾弥漫房屋，他拧紧眉头，半晌才发话道：“老弟啊，你说得对，我来得正是时候，不过，我要不客气地指出，你犯了商道大忌，意气用事，在未把事情搞清前，怎么能把陈娇娇、霍元旦骂走呢？”

看着怔怔的秋峰，胡守志又道：“打个比方，我们想逮躲在草丛里的兔子，还没准备好捕捉工具，就朝草丛里砸一块石头，等我们上前逮时，发现兔子早就吓跑了，再想逮到就难了，岂不是竹篮打水？再说，公安方面有人让你调查公司是否存在职务侵占资产的问题，这只是嫌疑，问题是你是否做了详尽的了解，比如核对往来账目，对库存收发进行一一盘核，误差多少？谁经办？不知老弟掌握了这些情况没？”秋峰摇了摇头。

“那就更不对了，老弟啊，小不忍则乱大谋，你文化比我高，难道这点商道规则还用我来指点你这个大学生？”胡守志道，“当务之急，我和你立即对这些账目进行自查，但我感觉账目太复杂，应该委托专业的会计师事务所来做。事情弄清楚后，再想对策。

“不过，我的建议是，陈娇娇及霍元旦不能得罪，目前的情况有两种可能：一是他们早就暗中策划侵吞公司资产，那他们一定会买通海都那家房地产公司的人，或者买通众成仓储人员共同制造假账，当我们去调查时，会遇到无法取证的情况，此外，我们如果逼得太急，他们可能破罐子破摔，索性把口子撕得更大，这样下去对我们极为不利，我们的宗旨是损失越小越好；二是，我怀疑也有可能你是冤枉了陈、霍两人！”

“冤枉？”秋峰脱口而出。

“是的。”胡守志吸了口烟，又随手将快烧尽的烟蒂捻灭道，“依老弟你的陈述，我分析存在这样的可能性，如果海都那家房地产资金吃紧，可能会找一个局外人实名或者匿名向众成所在地公安机关举报，称你众成公司伙同他人利用发货职务便利，虚假串数，侵占公司货物或资产，让你众成公司内部互斗，形成内耗，从而达到长期不付货款的目的，这种情形不能排除，我的秋大老板，你说我的分析合不合理？”

“这个……”秋峰陷入沉思。

“但是，不论哪一条，我们一定要先核账！”胡守志吃了一块豆干，抿了一口杜康酒，道，“核对账目后，一切便会真相大白！”

“大表兄分析得对。”秋峰坦白道，“我隐隐约约感觉你分析得有道理，尤其第二种可能性更大，但一切等核账后才有结果。”

“我的初步判断，”胡守志以坚定的口吻道，“或许你确实冤枉陈、霍二人了，你想想，陈娇娇爱恋你，把一切都寄托在你身上，怎么会串通他人侵占公司资产？现在的问题是，我认为即使陈、霍两人涉嫌侵占公司资产，也不宜打草惊蛇，应该把他们争取回来先予以安抚，把损失降到最低限度！”

“但愿你的判断正确，不过……”秋峰放下酒嗫嚅道。

“不过什么？”胡守志把举起的筷子又搁下，不解地望着秋峰。

“即使如你所言，我确冤枉了陈娇娇。”秋峰叹了一口气，苦笑着摇了摇头道，“我跟她之间哪有什么？只不过逢场作戏而已……”

“咚咚、咚咚。”正在秋峰说话时，门口传来轻轻的敲门声，俩人转头望去。

只见门开了，陈娇娇轻轻推门进来了，手中捧着一个瓷罐，眼神盯着陌生的胡守志。

“哦，给你们相互介绍一下。”秋峰对胡守志道，“这便是陈娇娇。”又对陈娇娇解释道，“这位是我吴江的表哥胡守志。”

“噢噢。”陈娇娇一听便笑盈盈道，“您好您好，早听秋峰说了，您就是能干精明的大表哥胡守志啊，秋峰公司就缺您这样的人帮他呢。”

几人一番寒暄又转到饭馆继续畅聊。

“怎么喝起酒来了？不行不行！”

“是啊。”胡守志指着秋峰道，“我劝他不要喝，他非要弄点酒，是不该喝酒呀！”

“少抿点，不碍事！”秋峰随手给胡守志斟了一杯，“大表兄远道而来，无酒不见诚意嘛！”

“大表兄这就来众成上班。”秋峰不露声色道。

“太好了，太好了。”陈娇娇把瓷罐放在桌上，嘴上道，“这下众成更有底了！”又惊道，“你才动了手术？”

“哎。”胡守志站起身来，道，“我也早就听秋峰多次提到你，他说你是个既漂亮又聪明能干的女子，是个难得的精英，今日一见，果然卓尔不凡啊！”

“哪有哪有。”听了胡守志一番夸赞，陈娇娇脸颊顿时绯红，捂着脸害羞道，“大表哥过奖了，我只是帮你表弟秋峰做点小事而已。”又小心翼翼地揭开瓷罐盖，只见热气腾腾，香味弥散，秋峰、胡守志忍不住朝瓷罐里面望去。

“我听小杜说秋总到医院做了手术，今天一大早去了菜市场买了只鸡，在家里炖了几个小时，现在刚刚好，才做完手术把这个吃下，伤口愈合得快，又滋补身体。这罐里蛮多的，你俩一起吃掉吧！”说着捧起瓷罐放在了他们面前，又忙着洗了两只小碗递到秋峰、胡守志面前，催道，“吃吧，趁热吃。”

秋峰面无表情，似一座雕像，一言不发，陈娇娇眼神期待，胡守志看着他们两个，感觉空气在凝固，十分的尴尬。

“哦，对了，是这样，”陈娇娇开口了，她麻利地从她的挎包里取一沓卷好的账册，从容不迫道，“我公安局的同学陆靖局长跟我说了，有人向公安举报众成有人涉嫌资产侵占。我与小杜、小黄到仓储站将往来账册彻底核查了一遍，根本没有这事，这是多人联签的账单，秋总好好核实！不过，我建议你们把这煲的鸡汤喝了再慢慢核对检查。”

秋峰、胡守志听了陈娇娇的话都愣了，胡守志对秋峰使了个眼色，秋峰一把将账册拿了过来细细查看起来，陈娇娇凑过来翻页解释，并顺手从桌上取来计算机、笔和纸，胡守志做记录，三人铆足了劲足足核了两个多小时的账册，秋峰一直紧锁的眉头终于舒展了。

“一定是曹子风、胡张扬一伙搞的鬼！”秋峰突然一拍大腿，咬牙切齿道，把胡守志、陈娇娇吓了一跳，只见秋峰又露出痛苦的表情，见他反手一摸，竟印出红盈盈的血渍来，秋峰嘴上咕哝道，“伤……伤口裂了！”

“你看你，”陈娇娇嗔怪道，“遇事就控制不好情绪，还像个大孩子似的。”

“淌血？是用力过猛导致伤口缝线开裂，得送医院给医生看看！”胡守志又道，“得了，我还是送你上医院吧！”

“我也去。”陈娇娇说着，便小心翼翼地架起秋峰的胳膊，胡守志也不由秋峰分说，他们两个一左一右搀扶着秋峰出了门，如押犯人般向楼下走去。

他们把汗水涟涟的秋峰硬押进省立医院，医生为他又打了支麻醉，重新缝了几针，帮他重新包扎了伤口，随后又给秋峰挂起消炎点滴来。

第二十八章　睿智的胡守志

由于秋峰伤口撕裂，血不断渗出，加上他喝了两口酒，麻醉药效一过，他便痛得额头直冒汗，渐渐发起烧来，幸亏胡守志、陈娇娇及时把他送进了医院，重新在伤口上缝了几针，包扎后又配了两瓶消炎的青霉素。秋峰在密密麻麻的人群中找到了一处空位坐了下来，老老实实地挂起点滴来。

“这回你可要老实啦，真是瞎搞，这时候还喝酒？”陈娇娇轻轻推了推秋峰的鼻子嗔怪道，“这么多人都等着你拍板做主，不为自己也得考虑这么多的兄弟姐妹吧。”

“都怪我，是我让秋峰喝的，要批评就批评我吧。”胡守志很自责，又不无羡慕道，“不过表弟真有福气，有这么能干的女人照料……”

“可是你表弟并不领情。”陈娇娇无奈地叹息道，“可能我配不上他吧，我是剃头挑子一头热啊！”

“嘘，在公共场所注意影响！”秋峰见陈娇娇神情哀伤，内疚道，

“昨天心情不好，冒犯之处多多谅解啊！”

“只要你有这认错的态度，我就知足了！”陈娇娇一听秋峰道歉就开心起来，她一把抓住秋峰的手，毫不顾忌旁边的人，冷不丁地俯身朝秋峰的额头亲吻了一下，秋峰额头上立刻印上了鲜红的唇印，秋峰双颊通红，尴尬地低下了头，陈娇娇却捂着嘴咯咯笑个不停，掏出手帕边擦边道：“没了没了，噢，放心！”胡守志憨憨地乐着，一脸的揶揄。

“好了，好了。”陈娇娇停住了笑，摆摆手道：“我回去把那鸡汤炖热送来给你喝，好好养伤。”言罢便朝外走去。

“哎，城里女人就是开放。”胡守志望着陈娇娇远去的背影感叹了一句，又道，“表弟啊，我看，这娇娇人还真不错，看得出她对你是一片真心，人家既漂亮又能干，这么好的女人不多见，我看啊，她绝对是你事业上的好助手，老弟你就娶了她吧！”

“我喊你一声表哥，”秋峰摆摆手，头摇得像个拨浪鼓，轻声道，“只能友不能亲！这事心知肚明，知晓不？”

“哎，婚姻大事勉强不得。”胡守志听后无奈地摇了摇头，叹道，“可惜啊，可惜。”

“这就对了！”秋峰对胡守志竖起大拇指，突然道，“表哥你能否帮我跑一趟海都？”

“去海都？”胡守志一脸疑惑道，“我一个人去？你要交代清楚，我到海都哪儿去？找谁？我现在是你的手下，工作上我听你的。”

“有你这话，我就给你布置任务了啊！”秋峰眼睛一亮道，“其实，生面孔更好办事。”

“尽管布置，我全力以赴！”胡守志凑近道。

“海都有个叫新天地的房地产公司，”秋峰凝视着点滴，思忖道，“地址在海都狮子山脚下，新天地房地产项目的施工承包方叫西南建设集团。”

“等等，我记一下！”胡守志从提包里掏出一个小本和一支笔，边听边记录。

“你过去只是探一下情况，关键了解两个人，一个叫曹子风，一个叫胡张扬。”秋峰要过胡守志的本子和笔，在他的本子上写上了地址及两人的名字，又描述了这两人的长相特征。

“老弟，容我问一下，”胡守志沉思了一下，道，“陈娇娇对那边的情况和人熟不熟悉？”

“应该知道一些，但了解得不彻底。”秋峰道。

“霍元旦呢？”胡守志又问。

“他当然很熟。”秋峰不假思索道。

“为什么不让霍元旦与我一同前往？如果我们偷偷地去了解那家房地产情况，霍元旦一旦知晓，他会对你我都有意见的，咋办？”

“承接人是陈娇娇，霍元旦是具体操办人。”秋峰叹了一口气解释道，“霍元旦这个人太过重视义气，导致上千万货款至今难以收回。本来以为老板是陈娇娇闺蜜的老公，我们又签订了十分严苛的购销合同，便放心地发送了大批量的钢材，到前几天收账时，才知道陈娇娇闺蜜与其老公闹起了离婚，原来那老板在海都背地里包养了一个寡妇，并且还生下了一个儿子。

“陈娇娇闺蜜闹是闹了，但还是只能眼睁睁被人抢去了老公，哪有心思顾及生意上的事，我与霍元旦、陈娇娇商量等那对夫妻的风波平息，那货款应该能收回。不料前日又得到更坏的消息，承接那海都新天地房产开发公司项目工程的竟然是我曾经的死对头，盐都西南建设工程公司的曹子风和胡张扬。这两个坏蛋曾拖欠我公司巨额钢材款，被我上报公安机关，前年被公安机关抓捕归案，后被法院判处一年半的有期徒刑，到今年年初这两人才刑满释放，出狱后两人还干老本行，岂料成为海都新天地地产工程的承建方，真是冤家路窄！我与新天地的合同约定，我公司货物要经施工方验收确认，这样就又陷进了这个深坑，你说糟糕不糟糕？”秋峰叹息不已。

“这事发生了急也没用，得用巧办法，我倒认为这事可以让陈娇娇配合我。”胡守志想了想又道，“你现在对陈娇娇及霍元旦还是不放心吗？”

“嗯……”秋峰点点头又摇摇头。

“我懂你的心思。”胡守志低声道，“这个时候得沉住气，解铃还须系铃人，如此巨额货款可不能意气用事啊。”他又拧紧眉头道，“要知道，目前可以肯定的是那边已使出杀手锏，向公安机关举报你众成公司内部有人勾结他人侵占公司财产，陈娇娇核查过并无此事，这分明是新天地那伙人利用你多疑的性格，故意制造内讧，让你无心经营，无心催收货款。你想想，如我们不清醒、不团结一致，岂不上了这群坏蛋的当？老弟可不能犯低级错误，糊涂办事啊！”

“表哥言之有理。”秋峰点了点头，思考道，“我的想法是先迁回侦查一番，让你辛苦一趟，只是以推销茶叶的名义，对海都那里的情况做个实地了解，根据事态做出判断，进而采取措施。”

“嗯嗯！”胡守志转一圈眼珠应和道。

“我相信表哥的办事能力，也相信此行定有不小的收获！”秋峰坚定道。

“收获不好说，”胡守志道，“但我全力以赴，先得扮演个茶叶推销商，要像模像样才行，不要被人怀疑。”

“呵呵，先到茶叶市场待上一两天吧。”秋峰笑道。

“当然有必要，否则连茶叶行情、品种、产地都不懂，如何推销？”胡守志又道，“出行前还得采购一批茶叶，舍不得孩子套不住狼啊。”

“这是三千，先拿着。”秋峰从包中取出一打钞票，似乎早有准备。

“那我就不客气了，”胡守志接过钞票装入自己的皮包里，道：“此事说干就干，我得去找茶叶市场了。”

“听说石门茶叶市场在城北大桥下面。”秋峰思索道，“如不认得问一下当地人。”

“嘴下就是路，放心！”胡守志突然又想到什么低声道，“这段时间最好不要让陈、霍两人知晓我要前往海都新天地，以免节外生枝，你看呢？”

“嗯，有理，”秋峰连连点头道：“这个我来处理！”

“那我先走了！”正当胡守志转身离开时，陈娇娇双手端着一只不锈钢保温锅急匆匆地闯了进来。

“哎，大表哥到哪去？”陈娇娇问。

“哦哦，秋总已答应让我留在众成公司，我得回吴江取一些生活用品，顺便把那里的杂事了结一下。”胡守志反应灵光，随口便答，“这一去怎么也得三四天，在吴江待了多年，还有些乱七八糟的事要处理。”

“怎么急匆匆的啊？”陈娇娇道。

“对对，表哥尽量早些返回啊！”秋峰招了招手道。

“这段时间秋峰身体不适，娇娇辛苦了。”胡守志对陈娇娇憨笑道。

“哎，自家人不说客气话，秋峰只是个小伤口，应该没事。”陈娇娇把保温锅放置在桌上，道，“希望表哥早些回来帮帮我们啦。”

“会的会的，那我走了啊！”胡守志笑了笑，边说边朝外面走去。

且说胡守志下楼离开了医院，正好在楼下遇到一辆正欲离开的空载出租车，便直接上了车。

“城北茶叶市场。”胡守志撂下一句，出租司机二话不说便调转车头朝城北茶叶市场驶去。

到了城北茶叶市场，胡守志付了出租车车费后，朝熙熙闹闹的茶叶市场大门走去。

中午时分，烈日当头，胡守志用衣袖擦了擦脑门上的汗水，感觉昏昏沉沉又饥肠辘辘，肚子咕咕直叫，他四处张望，发现不远处飘着一面旗，旗上绣着黄字“卢和尚大碗素面馆”，他心想吃碗面再行动吧，便大步朝旗子走去。

这个“卢和尚素面馆”也就五六十平方米，里面却密密麻麻坐满了食客，满满的人围着桌子低头吃面。店门口的收银台也有七八个人排队买单，胡守志只好站在队伍后面排队，随手掏出零钱等着付款。

他左右瞧了瞧，发现斜对面也有一家面馆，屋顶上也飘着红旗，旗上绣着“二五郎当面馆”，却门可罗雀、毫无生机，与热闹的卢和尚面馆形成鲜明对比，他心里想，对面生意不好，估计是店名没取好。卢和尚这家面馆的素面肯定味道不错，经营更得法，不然哪有这么多人排队吃这家。

胡守志排了足足半个小时，他前面是一个黑不溜秋的中年汉子，黑汉拿着一张面额一百的大钞与收银的老阿姨叽叽咕咕争吵起来。

“伍黑皮你又拿着假钞让老娘找零，你想寻死啊？”看似稳重的老阿姨纹了两道粗粗的眉毛，肥肥的脖子上挂着一根如笔杆粗的金项链，她扇着折扇，活像是清朝时期精于算计的“老鸨”。

“你这老寡妇连真钞假钞都分不清，分明是真钞，谁搞假钞？你胡扯什么呀？你拿这张票子报案去！”黑汉毫不示弱地反击。

“哟呵，你这个伍黑皮又来寻事啦？”随着一声呵斥，黑汉脖子被一只大手紧紧拧住，黑汉扭头不得，直“啊啊”地唤着。嘴上叼着牙签的老汉是个酒糟鼻，他狠狠掐着黑汉的脖子就是不松手，引得众多食客纷纷上前来看热闹，酒糟鼻老汉开口骂道：“你骂人家寡妇，老子是鳏夫，如今咱俩成对，你伍黑皮是不是想挨揍？”

“卢和尚，你这个酒糟鼻，你松手，你快松手！”伍黑皮哇哇直叫，一边用手使劲拉扯酒糟鼻的大手，一边嚷着：“你要是不松手，我喊我海都市的曹邪头大哥来……来治你，砸你的店，你信……信不信？”

“你说的是曹子风曹哥哥吧？”老阿姨一听惊了一下，对着酒糟鼻挥挥折扇道，“和尚，这点面钱算了算了，不惹他了。”

“曹邪头？我怕他个鸟，试试看！”酒糟鼻老汉眼睛一瞪，撸起袖子吼道。

“曹邪头？”胡守志一听这话，突然想起秋峰提到的那个姓曹的人，他一个激灵，上前抓住龇牙咧嘴、正要举手的酒糟鼻老汉的胳膊，把钱塞入酒糟鼻老汉手里，嘴上讨好道：“大哥，大哥，这钱我付，这钱我付！”

“你……你和伍黑皮啥关系？”酒糟鼻老汉见眼前壮汉臂力过人，又未曾见过，不由问道。

“你是谁？”伍黑皮也未曾见过胡守志，一脸的狐疑。

“哎，伍哥，好不容易找到您呀！”胡守志抱着伍黑皮的肩膀叫了一声，又低声劝道，“要不到对过二五那家，不就简简单单吃碗面么，可好？”

“哼！老子去二五，”伍黑皮生气地对着酒糟鼻道，“你酒糟鼻把钱退给他！”

老阿姨点点头，酒糟鼻老汉将钱往胡守志手上一拍，哼哼地笑了声：“拿去，你们到二五吧！”

胡守志收了钱，俩人撤了出来。

胡守志把伍黑皮带至小吃店外不远处的一棵老槐树底下。

“哎，你……你到底是谁，我又认不得你！”伍黑皮一头雾水道。

“嗯嗯，”胡守志背过身对伍黑皮嘘了一声道，“兄弟，那穷凶极恶的卢和尚，我看你不是他的对手，真交起手来，我怕你吃亏，好汉不吃眼前亏！本地你熟悉，怎么想起来跑到这家馆子吃东西了呢？

今儿我请你找个能喝酒的地方小撮一顿！”

见伍黑皮迟疑，胡守志又道：“哦哦，兄弟啊，跟你自我介绍一下，我姓胡，是吴江港口物资供应公司的销售员，这次来石门寻找合作伙伴，我公司有大量的钢材、水泥等物资想委托销售，我在吴江打听此地有个大型钢材物流市场，就跑来了解一下行情，顺便买些茶叶跑跑工地攻攻关。本想吃饭时间找个地方填饱肚子，不想与兄弟你对上眼！”

“哎，刚才我说的是气话，咱可别到斜对面的‘二五郎当’！”伍黑皮嘘了声，低声道，“听说斜对面的‘二五郎当’的女老板一连死了三个老公，吃那家的面晦气，会生意的人就毁了财运走上绝境的，犯忌讳！”

“呦呵，有这事？”胡守志惊愕道。

“这样吧兄弟，下坡不到一百米右拐再向前不到百米处有个小菜馆，我请你到那家去，走过去也就一刻钟，我看你人不错，一起喝个啤酒可好？”伍黑皮征询道。

“好好，咱们这就过去，我请客！”胡守志赞成道。

“谁请客都不重要，重要的是兄弟感情！”伍黑皮手一挥，道：“咱往那儿走！”

言罢，俩人一起朝坡下走去。

胡守志和伍黑皮来到了一处叫“不醉翁”家菜馆，找了个卡座，胡守志点了几个菜，伍黑皮要了四瓶“海鸥”牌啤酒，两人一见如故。胡守志是个高考落榜生，但肚里有货，滔滔不绝，他们越聊越投机。

“不看身份证还以为你是我老哥，原来我比你大两岁，我就喊你伍弟了啊！”胡守志看了伍黑皮递给他的身份证取笑道，“伍弟长得比我成熟些。”

“哎，皮肤黑显老呗！”伍黑皮自嘲道，“谈正事吧，你找到我伍黑皮算找对人了！正好，我就在旁边的城北茶叶市场做茶叶批发生意，要茶叶包在我身上，另外，房地产工程方面我也有哥们，没问题！”伍黑皮听后对胡守志不免生出几分好感，客气道：“今儿个酒钱由我付，你是外地人，我是地道本地人，由我请客，这家不醉翁馆子，老板我熟。”

“这不行，哪有老弟付钱道理，”胡守志拉长脸道，“是看不起我这个当哥哥的？”

伍黑皮却不依，俩人为谁付酒钱争执起来。

“这样吧，听哥哥的！”胡守志从桌上的牙筒里取出五支牙签，道：“这是五支牙签，由弟弟你猜三次数，完了我再猜试三次，最后看谁猜对的次数多，谁赢谁买单，可好？”

“也好也好，哥哥你先来吧。”伍黑皮赞成道。

胡守志右手握住牙签，伍黑皮连续猜了三次数，无一猜中，伍黑皮无奈地摇摇头。

随即，伍黑皮效仿胡守志右手握住牙签，由胡守志猜数，第一次猜错，但后两次都猜对了。

“这下服了吧？”胡守志笑道，“由哥哥买单，这叫天意！”

“服了服了，天意天意！”伍黑皮摇头晃脑，叹服不已。

俩人你一杯我一杯连续干了五、六瓶啤酒，胡守志滔滔不绝讲了一大箩生意经，伍黑皮听得云里雾里。

“胡哥哥，见您满腹知识，好像当过老师，我是个粗汉，大字不识几个。”伍黑皮对胡守志敬佩有加，大有“相见恨晚”之意，涨红着脸结巴道，“胡……胡哥，我……我想拜您为大哥，不知您肯否屈尊收……收我为弟？”

“好嘛！好嘛！”胡守志又喊服务员送来四瓶啤酒，然后用一只筷子老练地启开酒瓶盖，为伍黑皮斟了一杯，自己则斟满杯，举起酒杯敬伍黑皮，伍黑皮见胡守志答应了他，顿时兴奋至极，只见他离桌朝胡守志跪下，连叩三个头，又举起酒杯，让胡守志朝南坐好，自己单膝跪地将酒一饮而下，嘴上说道：“苍天见证，胡哥哥今年刚好三十，我伍保天二十八岁，我伍保天今生今世跟随胡守志哥哥，虽无血缘，胜过亲生兄弟，永不叛变，胡哥哥，请受小弟伍保天一拜！”

言罢，伍黑皮五体投地朝胡守志行了一个大礼，胡守志连忙把伍黑皮扶起，笑道：“伍弟起来，伍弟大礼，守志不敢哇！”

“二哥哥，您一定受着，伍保天我是真心的！”伍黑皮又道，“来来，哥哥，伍弟再敬您一杯！”言罢，他为胡守志斟满一杯，自己也斟得满满的，随即仰头饮下。

“老板，快些上菜！”随着伍黑皮一声喊，里屋厨房一汉子连连回应“好的好的”，不消五分钟便见他端起菜疾步走来，摆上了桌子。

“伍老板你们慢用，还有菜，马上到！”那店老板客气地招呼道。

“朱老板给我把菜做好点，这是我哥哥！”伍黑皮道。

“放心放心，您是老客，一定让您满意！”朱老板边说边退下。

“二哥哥，这是水煮鳝片，趁热吃，听说吃这个滋补壮阳！”伍黑皮先用筷子给胡守志夹了几块到碗里，然后自己夹起一块大口吃了起来。

“二哥哥，告诉您，我在海都也有个结拜大哥，叫曹子风！”伍黑皮边吃边眉飞色舞道，“曹大哥虽然没您有知识，但绝对够义气！我要陪您到海都去找他，您销售钢材水泥，他的工程正好需要这些物资，只要我伍弟开口，曹大哥一定会全力相帮的！”

“哦，海都离这儿多远？曹大哥会帮忙吗？”胡守志谨慎道。

“离这有五十多公里，您怕曹大哥不帮忙？”伍黑皮放下筷子，见胡守志有些疑虑又拍着胸脯道，“胡哥哥放心，今儿我已拜您为我哥哥，咱就是兄弟，同样，曹大哥也是我伍弟的生死兄弟，我要把您推荐给曹大哥，他一定也会把您当兄弟的！我们兄弟有一条铁规，就是一人有难，兄弟不惜赴汤蹈火，也会冒死相助，绝不躲避，何况采购物资算是举手之劳，只要我伍弟开了口，曹大哥绝不会拒绝的。”

“那，吃过饭我们先到伍弟的门店弄些茶叶吧。”胡守志从皮包里掏出一沓钱来，道，“先给老弟三千，替我备些新鲜的茶叶去拜访曹大哥，不许拒绝哦！”

“这……这是哪里的话？哥哥您这是要让伍弟丢脸啊！”伍黑皮一把将胡守志的钱推了回去，正色道，“我们结拜兄弟不谈钱，要不白拜了，吃过饭我带你去我店铺，先送你十盒清明茶，不够再取！”又道，“再说，我伍弟就是空着手去看曹大哥，他也照样帮我办事，信不信？”

"信！信！要不，吃过再说呗！"胡守志给伍黑皮斟了一杯酒，举杯回敬道，"没想到，刚来石门便有幸结识伍弟，胡哥我有不到的地方还望伍弟多多关照！"

"哪里话，哪里话！哪有哥哥敬弟弟的？"伍黑皮恭恭敬敬站起身把酒倒进嘴里，打着酒嗝道，"哥哥敬弟弟，折煞我了！"

就这样，胡守志和伍黑皮你来我往，又一瓶啤酒见底了，店老板为他们又开启了一瓶啤酒，几轮下来，两人言语含糊不清，只见伍黑皮歪着头翻着白眼，已神志不清，好在胡守志依然清醒，结账后，扶着伍黑皮两人跌跌撞撞朝茶叶市场方向走去……

第二十九章　生吞活鱼

却说胡守志费尽力气把伍黑皮带到茶叶市场，在市场门卫的帮助下，又是给他扇风又是给他灌冷水，伍黑皮呕吐了一阵后神志渐渐清醒。伍黑皮醒后看着胡守志十分尴尬，又是傻笑又是作揖，他带胡守志来到他的茶叶市场店铺，先让一个雇员为胡守志泡了一杯新茶，自己与另一个雇员装了十盒茶叶，打电话喊来一辆出租车，把茶叶装上了车，然后与胡守志一前一后上了车，司机按照伍黑皮说的地址向海都方向驶去。

一个小时后，车子停靠在海都一个工地的工棚前，伍黑皮带着胡守志下了车，先付了车费，尔后从车上取下十盒茶叶，两人一人五盒拎着，一前一后来到了一排矮矮的简易房前。

“呜呜……”随着一声瘆人的低吼，一条大黑狗突然窜出，朝两人奔来，大黑狗绕过伍黑皮，直直扑向胡守志。胡守志赶忙用茶叶盒挥舞驱赶，但黑狗一蹦三尺高，凶猛地咬住胡守志的袖子，“嗤”的一声，衣袖被撕出一个裂口，胡守志吓得魂飞魄散，伍黑皮也赶忙上前帮忙，可那大黑狗仍然对胡守志穷追不舍。

“黑鬼，回头！”后面传来一声呵斥，那大黑犬怔了一下，立即松开了胡守志的衣袖，掉头朝矮房方向奔去。

“哥哥！”伍黑皮皱着眉朝不远处站在屋檐台阶上的秃顶汉子喊了一句，“这黑鬼宰了做顿狗肉火锅算了，伤了人曹哥你还得赔！”

“伍弟，你旁边那位是谁呀？”站在台阶上的秃顶汉子端着烟斗一边“吧嗒”抽着烟，一边大声问道。

“哦，是我胡二哥，我来跟您细细报告！”伍黑皮边嚷边朝秃顶汉子走去。

“他是谁啊？”秃顶瞄着胡守志，对着伍黑皮问道，“这人好像在哪儿见过，有些面熟嘛。”

“哥哥您跟他熟？”伍黑皮又解释道，“他是我刚结拜的二哥哥，吴江人。”

胡守志对秃顶嘿嘿笑着，忙掏出一只中华烟，被秃顶汉拂手挡过，摇了摇烟斗道：“我用这个，你那种不管，没劲。”见黑鬼在旁盯着胡守志，斥道：“滚一边去！”

“哎！”秃顶曹又拍了拍伍黑皮的肩膀，在其耳边低声道，“这人你了解多少？我这儿可不是陌生人能来的地方，你知晓我养狗便是为了防陌生人。”

“大哥，老弟我办事您放心，您到底认不认识他？”伍黑皮反问一句。

秃顶曹又盯了胡守志一眼，似是而非地摇了摇头。

“二哥哥，您过来，我给你们互相介绍一下！”伍黑皮对胡守志招了招手道。

胡守志提着茶盒，上前朝秃顶汉子微微欠了欠身子，客气道：“早听说大哥在商道上的威名，久仰久仰！”

“嗯，看你面熟，你到底是做什么的？在这儿不说实话，哼哼——”秃顶曹冷笑一声，一对三角眼露出阴森森的寒光，只听他突然尖声尖气道，“那黑鬼专咬不诚实的主儿的咽喉！”

秃顶曹话音未落，那条黑鬼就发出了低沉的嚎叫声，“咻”地从地上爬了起来，示威似的摇了摇尾巴，一对长长的耳朵竖了起来，凶残的眼睛注视着胡守志，令胡守志倒吸了一口凉气。

“我说你到底是做什么的？”秃顶曹催促后又冷冷道，“其实你不说我也猜出了三分，我会看相，尤其是人的五官和手。”

“大哥，我是伍弟的二哥，是做钢材、水泥销售的！”胡守志把茶盒搁在了台阶上，不慌不忙地捋了捋额头上的头发。

“哦，做钢材、水泥生意的？”秃顶曹一脸狐疑。

“是的，”胡守志微微一笑，坦然道，“小弟在吴江港务物资站做钢材、水泥销售多年，如今钢材等物资库存积压得厉害，想在石门设点销售，所以通过伍弟的引荐来拜见大哥，早知大哥业界的威名，很想得到大哥的指点。”

“呵呵呵，指点？”秃顶曹吸了一口烟，阴笑一阵道，“指点谈不上，不过想请教一下你，现在三级螺纹钢规格 12 的与规格 22 的价格差多少？”

“螺纹钢规格12与规格27差价每吨一般在一百块上下。”胡守志不紧不慢应道，“至于规格22，哈哈，曹大哥是在拿我开涮吗？”

“啥意思？”秃顶曹吐了一口烟，盯着胡守志道。

“有这个规格的螺纹钢吗？”胡守志笑着反问道。

“还有，再请教一下你，325号水泥与425号水泥有什么差异？能不能混合使用？”秃顶曹眯着眼睛又道。

“这两种水泥标号不同，作用不一样，不可混合使用！”胡守志掰着手指娓娓道来，“水泥325属于软质水泥，一般可用于贴瓷砖、砌墙、刷墙等装修工程部分，而水泥425属于硬质水泥，主要用于打混凝土，比如铺路、造大楼、修水利工程等。”他又道，“小弟专门从事425水泥销售，现手上有几十万吨的超流态425硅酸盐水泥资源，都是国内一级水泥产品，曹大哥如果有兴趣的话，咱们可以好好合作，做得好一定会发财！”

“哦呵呵，哈哈哈……”秃顶曹仰头大笑，连忙走下台阶一把挽起胡守志的胳膊，笑道，“伍弟还真有眼力，我还真小看了人，哈哈哈……来来，二弟屋里坐，既然伍弟认你作二哥，那你就是我二弟喽！”

他又用手指着伍黑皮道：“你快去替我告诉你嫂子黄婆及二狗子，让他们快去张罗中午饭，今中午我要好好款待你二哥，我们兄弟三人好好唠唠，走走，二弟里边请，到里屋喝茶！”秃顶曹一边高声招呼，一边挽着胡守志，朝里面一座彩绢镶边的拱门走去。

那条大黑狗见主人突然如此亲热地挽着陌生人，摇着尾巴扭头朝门外走了。

面对秃顶曹这老江湖的一番盘问，胡守志滴水不漏、从容应对，终于算通关了。

秃顶曹与胡守志两人笑逐颜开，手挽手绕过两个梁柱进了门厅中堂。

胡守志从口袋里摸出一包红牡丹烟，递了一支给秃顶曹，秃顶曹哈哈一乐道："哈哈，这会儿可以抽老弟一支了！"

"呦呦，大哥是怕刚刚那一支烟下毒了吧？"胡守志边打趣边打着火机给他点上，心里嘀咕道，"你这老狐狸也就这一耙子呀，充什么大爷！"

"现在曹老大把你当作自家兄弟啦，当然不避讳！"伍黑皮讪讪地笑道。

"对喽！"秃顶曹一手搭在伍黑皮的肩上，吹了一口烟道，"看来三弟你眼力还不错，胡二弟肚里有货，头脑精明，老曹我喜欢，既然来了，按老规矩喝它七盅，可不允许推辞！"又道："先坐下喝我保留了多年的普洱茶，你们等着，我去沏茶！"

说着，秃顶曹便跑到里屋找茶去了。

"喝七盅？"伍黑皮比画道，"曹老大对非常信任的兄弟才有这样的待遇，就是头七小杯他连着敬你，表示铁哥们，完了你要反敬他七小杯，表示情谊深，这二轮下来才能吃菜。胡二哥你行吗？"

"哦，懂了。"胡守志果敢道，"没问题！"

不到一袋烟的工夫，秃顶曹一摇一摆走了出来，后面跟着一个端着茶盘的黄头发小伙子和一个老妇人，那老妇人手上夹着一支点着的烟。

“哎哎，茶来了。”秃顶曹龇着大黄牙笑道。

“黄大姐好！”伍黑皮一见老妇人，立刻站起身恭恭敬敬喊道。

“听说小伍子认了个二哥啊，让我来瞧瞧模样。”老妇人嘴上涂着猩红的口红，干瘪的双颊则用白粉掩盖，身装墨绿色旗袍，屁股一扭一扭地来到胡守志面前，一对乌黑的熊猫眼直勾勾地瞅着胡守志，胡守志一时有些慌乱，但他努力克制住自己，装出一副坦然的样子，接过黄发小子端来的茶杯，跟着伍黑皮站起身来道：“黄大姐好！”

“好好，这便是伍弟结拜的胡二弟。”秃顶曹笑嘻嘻指着胡守志，道，“伍子称二哥，我喊二弟，你们年纪都比我们小多了，来来，坐下，坐下喝上等的普洱茶，黄毛，倒茶！”又对胡守志道，“这是你嫂子，就喊她黄大姐吧。”

“黄大姐，您坐！”胡守志礼貌地让座，随手递给她一支烟，黄婆子也不客气，接过烟看了看牌子，随后放入猩红的唇中，点了火又抽了起来。

“你坐，你坐，你是客人么！”黄婆子从旁边端来一把有靠背的小竹椅，坐在秃顶曹的旁边，又道，“先喝点茶，后屋有厨师做菜，你们先聊着，正好稍等一下你的本家，等胡张扬从工地回来，一起吃饭！”

“胡大老板也来？”伍黑皮插言道，“正好我带来了清明早茶，是新摘鲜炒的汉帝庙碧螺春，曹大哥转给他一份。”

“这两样东西哪个是男人不喜欢的？”伍黑皮咧嘴笑道，“除了这两样，我曹大哥还好一口酒、一支烟，还好赌呢，正好五样，五毒俱全了，呵呵！”

“你这黑皮，休得放肆！”秃顶曹瞪了伍黑皮一眼，又嘿嘿一乐。黄婆子瞪了秃顶曹一眼又揶揄道：“你们男人有几个是好东西？！”

“哎哎，你别打击面太大！”秃顶曹对着胡守志努了努嘴，道，“看胡二弟像个正人君子，至少现在看不出坏在哪里。”

“人心隔肚皮，谁能看得透？”黄婆子拿着烟猛吸了一口，口中吐出团团烟圈，屋内随即烟雾缭绕，她不屑道，“当初你喜欢毛狗，说他人老实、勤快、聪明、忠诚，结果呢？你连给你前妻烧冥纸的钱和你老爹留下的一对镇宅玉麒麟都被这小子骗走了，我说你也经不起折腾了，好生看守好养老本钱，别倚老卖老，再叫愣头青端了你的老窝，让老娘陪你再遭那份罪成不？”

黄婆子唠叨了一大堆，说得秃顶曹心烦意乱，随手从盘子里拿起一根黄瓜“吭哧吭哧”嚼起来，嘴上冷笑道：“呵呵，你一提那姓秋的，我就气不打一处来，这会儿我不扒他三层皮，我就不姓曹！哼，他那几百万货款正好用来抵赎我和胡痞子一年半的牢狱之苦，这叫踏破铁鞋无觅处，得来全不费工夫，铁笼里的病猫——跑不了啦！”

又对黄婆子奉承道：“这下你养老的钱够了，跟着我老曹有福啦，嘿嘿嘿！”

“想我当年一个从大上海来的女人，下盐都随你老曹几十年，图的不就是老年时有个依靠么。”黄婆子用手肘抵了抵秃顶曹的腰，扬了扬细眉道，“我说当家的，最近股市那个贵金属收窄下探，据我的指导老师分析，这只股已连续多次短暂小幅收窄下跌，已积蓄了上升空间，也就是说，现在这只股处在低位，随时可能大幅拉升，现在应该加紧补仓，再给我二十万怎么样？就当提前预支养老金，好吗？”

“又要二十万？这……这已经是第三次了。”秃顶曹面露难色，手里却忙个不停，一会儿起身给胡守志斟茶，一会儿给伍黑皮递烟。

“你老曹不是说过挣钱就是为了让我开心，给我用吗？再说你不是账上还有截留的钱吗？”黄婆子把烟蒂在烟缸中一捻，拉长脸生气道，“你到底给不给我这二十万？”

“我给我给，我一定给！”秃顶曹见黄婆子生气，忙赔着笑脸拱手对旁边的黄毛小伙交代道，“黄驴，你去后院账房开一张二十万的转账支票，先转到你师母户头。”

“哦，师父，这款的用途填什么？这一大笔需到银行柜台办理。”一头黄毛的长脸瘦子解释道，“中午银行休息，只能下午银行上班后才能办。”

“用途填付工程材料款。”秃顶曹又道，“下午上班后就去办。”

“哦好，师父。”

“这就对了嘛！”黄婆子高兴地朝秃顶曹脸上猛地啄了一口，秃顶曹干瘪的脸上立马印上了一个猩红的唇印，黄婆子见了呵呵一乐，连忙用纸巾帮他擦了擦，道，“你们兄弟们先聊吧，我去看看菜做得怎么样了。”说着便笑着朝后院一步三扭地走去。

“黄驴你过来！”秃顶曹对黄驴招了招手。

黄驴走到秃顶曹身前，秃顶曹对黄驴低声耳语：“用途还是加括号借款。”

黄驴点了点头，闷声走了。

“啧啧，老大真是有钱，大笔一挥二十万，天哪！”伍黑皮恭维道。

“老大就是老大，没有能耐敢称老大么！”胡守志同样恭敬不已。

“老曹，今天有客啊？”听到声音，他们一起朝外望去，只见一位胖墩墩、油头粉面、肥头大耳的汉子站在门口，活似一个日本相扑选手。

“哦，胡痞子胡大老板。”秃顶曹乐不可支道，“进来进来，等你一起喝酒呢！”又指着胡守志道，“跟你介绍我新认识的二弟，他叫什么来着？”

“哦哦！”胡守志立马站起身自我介绍道，“我叫胡守志，古月胡，守是守法的守，志是同志的志，是曹老大的二弟。”

“新认识的二弟？”胡张杨皮笑肉不笑道，“也姓胡，还是本家呢。”

“沾光沾光，”胡守志谦逊道，“早知道胡总大名，今日见到，十分荣幸！”

“我二哥胡守志是吴江港务局的物资站业务经理，他手上钢材、水泥资源多着呢。”伍黑皮一下子替胡守志介绍了个透彻。

“噢，从大城市吴江过来的？幸会幸会！”胡张扬也拱了拱手道，“看来你们认识不久，就结为兄弟了？这是‘闪电交’啊。”

“不，我们是一见如故，相见恨晚呢！”胡守志立即接话道，“胡总，我和伍弟虽然萍水相逢，但彼此投缘，我们所思所想十分相似，曹大哥为人豪爽、坦荡，又经验丰厚，也是我敬佩的兄长，我们结盟重义，绝非一时兴起，恳望胡总多多包涵，见证兄弟情义，也欢迎参与兄弟结盟，共同创业。”

“看来曹哥哥要当主公刘玄德？！”胡张扬此言一出，逗得秃顶曹仰头大笑，乐得直抹眼泪。

“是那个刘备？可……可我姓曹，与刘备不共戴天的是曹操啊，哈哈哈……”秃顶曹乐得前仰后翻。

“啥事让你笑成这个死样啊？”黄婆子端着一大盆热腾腾的菜闻声出来，边走边嚷，“上菜了，上菜了，你们可以喝酒了！”

“好了好了，”秃顶曹指着伍黑皮道，“你皮黑可叫张飞，到后院去给我拿酒来，我要先敬二弟关云长胡守志，再敬诸葛亮胡张杨，哈哈哈。”

“好好，我去拿酒。”伍黑皮随即朝后院走去。

不一会儿，桌上堆放了满满当当一桌子菜。

秃顶曹让胡张扬、胡守志、伍黑皮围桌而坐，他则坐在靠佛像一侧，黄婆子坐在他旁边。

“哎哎！”秃顶曹扫视了一圈，嘘了一声道，“今儿按我的老规矩，玩个剪刀、锤子、布，谁输七盅一扎，三局定胜负，胜者俺奖赏老班章普洱茶一盒，这茶饼可是正宗马帮货，没五百块休想买到，这茶有‘三抗三治一改’之效。”

“什么‘三抗三治一改’？”胡守志道。

“三抗嘛，”秃顶曹掰着手指道，“抗癌、抗衰老、抗冠心病；

三治，治便秘、治糖尿病、治肥胖；一改嘛，即是常喝普洱茶能改变丑态，变得年轻。”

“哇，这茶这么厉害？”胡守志闻言惊诧道，“今儿拼了老命也要赢一盒！”

“我看，你老曹就是会吹！”黄婆子白了秃顶曹一眼道，“我看你喝了那么多的普洱茶，都成茶鬼了，你咋脸上老年斑越来越多？年轻个屁，要不是我黄婆收留，哪个老太太不嫌弃你？”又道，“说是抗冠心病，两个月前你犯痛风，在床上起不来，还不是我及时张罗送你到军区医院才治好，喝这茶管什么用？你那云南酒友推销这茶，骗你钱呢！”

“这也不能说茶不好！”秃顶曹急了，“正宗老班章就是三抗三治……”

“好了好了，那要是输了呢？”胡张扬吐了一口烟饶有兴趣道。

“要是输了嘛，”秃顶曹狡诈道，“围着桌子爬三圈，还要嘴里学狗叫。”

“好玩！好玩！”伍黑皮鼓掌道。

“秃顶的原因就是整天琢磨，脑细胞用得越多，头发谢得越快！”胡张扬夹了块鸭翅膀边啃边嘟囔道，“来来！谁怕谁啊，你秃头最怕来快酒，一来快酒就当缩头乌龟，就认怂，谁不了解你就三斧子，呵呵！”

“嘿，你胡痞子小觑俺了啊？”秃顶曹搓了搓手嬉笑道，“今儿个你那小姨子蝴蝶不在，那二斤不倒的陆莺子也没来，呵呵，你今儿个小命在曹大哥我手里了，看你不求饶，哼哼！”

“他一个电话不就把那两个酒奶奶喊来了。”黄婆子首先给胡张扬斟了一杯六缇酱酒，看了秃顶曹一眼道，“到时，不是胡痞子喊救命，我看是你要喊起救命了。”言罢，分别给胡守志、伍黑皮等斟满，还给自己斟了一杯。

“对了对了，”胡张扬得意地冷笑一声，“曹哥你不要跟胡弟我斗，与弟斗就是跟老天斗，难道你忘了，哪次酒桌上不是胡弟我放你一马，上周末在五号码头的渔人庄那次，老哥你与小蝴蝶斗酒，斗得昏天黑地，结果你怎么回家的？是小蝴蝶和酒店两个服务员把你抬回家的，路上老哥你吐了蝴蝶一身，她恶心得一塌糊涂，说再也不和你老人家赌酒了，再赌要人命了。”

“你听听，你听听。”黄婆子闻此眉头一皱，拉长脸对秃顶曹道，“你还斗什么酒，你要是有个三长两短，你要让我黄婆子再守第二次寡嘛？”又正色道，“今儿个不斗酒，喝多少算多少，谁敢和老曹赌酒，先过我黄婆子这关！”言罢，便移开座位，从墙角拖了个塑料水桶到脚旁，用酒瓶敲了一下桶挑衅道，“在座谁与老娘我斗酒，喝一杯酒，捞条活鱼吃下可好？”

黄婆子说话间，便从水桶里捞出一条三寸长的活蹦乱跳的鱼儿。

大家看了，面面相觑。

“大姐喝酒，能生吞活鱼？”胡守志不由惊愕地张开嘴。

秃顶曹只是傻傻地笑着。

“你先演示一下，看看你是不是真有这本事。”胡张扬挑衅道，

“大姐，你不会拿我们开涮吧？”

“大姐从来丁是丁，卯是卯，但这种事我倒第一次听大姐说，大姐你名堂真多，试一下，试一下。”伍黑皮鼓掌道。

黄婆子并不言语，只见她右手举起酒壶仰头“咕咚”喝了一口，随后那左手抓的活鱼真的被她塞进了嘴里。

“哇！”大家见了，愣了一阵，突然不约而同地鼓起掌来……

第三十章　多才陆莺子

黄婆子表演生吞活鱼后，大家对她肃然起敬，纷纷举杯庆贺她表演成功，黄婆子点了支烟，吸了一大口得意地望着秃顶曹，秃顶曹鼻子里哼了声："这种事少显摆，多大年纪了？！"

"来来，共敬黄大姐一杯，让她再来一次，大家说好不好？"胡张扬煽动大家道。

"你咋不来呢？"黄婆子把酒杯一放，拉长脸道。

"我哪有你这能耐大呢？"胡张扬见黄婆子有些生气，怯怯道。

"谁不知晓你胡痞子能耐更大？"黄婆子嚷道，"你不仅能把两个良家妇女骗到手，还能把纠缠你的女人甩给冯健那个冤大头，如今又瞄上姓秋的前妻，有本事你也来咯？"言罢又从桶里捞出一条鱼。

"哈哈哈……"胡张扬闻此又一阵狂笑道，"这叫男人好色，乃英雄本色。"又摆摆手道，"这个生吞活鱼的活儿，我干不了，输酒了学狗叫，学猫叫也可以的，嘿嘿……"

“来来，今儿个三弟黑皮带来了二弟胡守志，俺老曹三天没喝酒了，今儿也高兴，先干了这杯酒，大家看如何啊？”秃顶曹左手抹了抹油光锃亮的秃顶，右手端着酒杯征询大家，然后率先一饮而尽。

“好，干了！”黑皮第一个响应。

“谢谢曹哥！”胡守志也一饮而下。

“唔，大胡呢，大胡怎么不端杯？”秃顶曹盯着胡张扬发问。

“我等一下陆莺子。”胡张扬吐了一口烟道，“一来让她汇报一下转账付款的事，二来让她陪曹哥喝酒助兴。等会儿让她来一段曼妙的舞蹈，再来一段戏曲联唱。曹哥过去看过她的旧段儿，新戏没领略过吧，值得大家等啊！”

“哦？陆莺子也过来，太好了，她那身段没得说……”秃顶曹一听乐不可支。

“好个屁！”黄婆子拉长脸瞪了秃顶曹一眼道，“你们男人再老，贼心不老，你都忘了，上次陆莺子不费吹灰之力把你灌成了个酒瘫子，亏老娘我送你到医院吊了两瓶，才算捡回条命！”

伍黑皮嚷嚷道：“我说大哥你就别逞能了，听嫂子的，性命要紧！”

“是啊，都什么年代了，喝酒还这么不文明，每次非要斗酒，粗胚！”胡张扬夹了块鱼塞进嘴里嘀咕道，“陆莺子来了，让她来段《新贵妃醉酒》，水平绝对不比专业的差。”

“《新贵妃醉酒》？”秃顶曹若有所思道，“怪不得这么能喝酒，原来在家天天醉酒！”

几个人听了笑得前仰后合。

“这个陆莺子现在是胡哥的公关经理兼私人秘书，你们懂得哦。”伍黑皮插言道。

“不许乱说！”胡张扬对黑皮呵斥道，“你不想收茶叶款啦？”

“唉，这张臭嘴！”伍黑皮一边后悔一边“啪啪”甩自己的嘴巴，又对胡张扬道歉道，“黑皮不懂事，胡哥您再抽我两巴掌，今后我不再胡言乱语，打死黑皮也不说了啊！”

“好了好了，给你胡哥好好敬酒赔礼！”秃顶曹挥手道。

“我来我来，”胡守志连忙抱着酒瓶给胡张扬斟满一小杯，道：“没有黑皮哥，老弟我哪能认识几位好哥哥，哦，还有黄大姐。”

门外传来“啪嗒啪嗒”的走路声。

“噢，是陆莺子到了。”胡张扬正说着，一个高挑时髦的靓女出现在门口，大家望去，只见她身穿一件粉红色露脐T恤，下身穿着一条牛仔裤，脚蹬一双尖头高跟皮鞋，垂直披发、明眸皓齿、秀挺瑶鼻、面腮绯红、嘴唇上翘，一副俊俏相。

“曹大哥，大嫂好，大家好！”陆莺子笑容可掬地招呼道。

“进来进来，坐我这儿，”秃顶曹一时眼睛看直了，咽了口水指着旁边的空位抢先道。

“好嘞！”陆莺子坐在秃顶曹和胡张扬中间，眼睛瞄着一桌热腾腾的菜，馋兮兮道：“哇，这么多菜啊，我就不客气啦！”言罢便举筷夹菜吃了起来。

“来来，这杯酒你先敬一下曹大哥、黄大姐！”胡张扬把斟好的酒杯放在陆莺子面前，陆莺子看了一下，侧着头对秃顶曹嫣然一笑道：

“曹大哥还敢和陆莺子斗酒？黄大姐也不同意吧。”

“你这妹子不把曹大哥放在眼里？”秃顶曹一个激灵，嘴里喷出飞沫来。

“你一个老头怎能与人家姑娘相比，歇歇吧！”黄婆子一把将秃顶曹的酒杯抢了过去。

“曹大哥，千万别当真，让你小妹给你来一段《新贵妃醉酒》吧！”胡张扬把欲起身的秃顶曹硬按了下去。

“这也好，让陆美女来一段！”伍黑皮叫道。

“那听我胡哥的吧。”陆莺子起身站在门口，清了清嗓子莞尔一笑道：“大家莫笑话，刚学的，唱得不好，多多包涵。”

“先鼓掌，后欣赏！”胡张扬挥挥手，大家“啪啪”鼓起掌来。

陆莺子将音乐打开，款款唱道：

“那一年的雪花飘落梅花开枝头，那一年的华清池旁留下太多愁，不要说谁是谁非感情错与对……”

陆莺子天籁般的嗓音，唱得大家心潮澎湃，秃顶曹闭目聆听，摇头晃脑，神态陶醉，胡张扬咂着小酒，不时看着面前的尤物，伍黑皮瞅到旁边有一盆养殖的水仙花，起身端来放在胡张扬面前努了努嘴，胡张扬见了水仙花，喜不自胜地捧上前给陆莺子献上，陆莺子捧着花唱着，时而高亢，时而婉转，声若莺啼，摄人心魄，胡守志则用手机不断拍照，陆莺子忽然发现手捧的竟是一盆水仙，不由笑岔了，戛然而止。

“嘻嘻，搞什么呀，弄那么重的一盆水仙，不唱了，不唱了！”

陆莺子将水仙盆放回桌上。

“哇，唱功了得！”秃顶曹一声惊叹，大家都鼓起掌来。

“真是余音绕梁，妙不可言啊！”胡守志叹道。

“这位先生是？”陆莺子显然不认识胡守志，疑惑道。

“跟你介绍一下！”秃顶曹道，“这是我二弟，也姓胡，叫胡守志，大城市吴江人，是个钢铁专家，这次是专门来石门帮助我们解决海都新天地项目钢材供应问题的，二弟公司实力雄厚、价格公道，这下我们工地使用钢材就不用费心了！”

“哦，胡总，幸会幸会！”陆莺子主动与胡守志握手道，“恰巧胡董事长把物资采购交给我负责，今后多多合作！”胡张扬听了插话道：“对对，陆莺子兼顾公司物资采购，刚任命总经理助理兼物资部长，你们好好交流。”胡守志受宠若惊。

“认识您是胡某的荣幸，还请陆总多多关照！”胡守志恭恭敬敬还礼道。

“来，我代表胡董事长和曹大哥，先敬你一杯！”陆莺子捧杯，凝视着胡守志俊朗的脸，仰头饮下。

胡守志也不言语，随即一饮而下。

“好！按俺老家规矩，初次谋面，往返三轮！”秃顶曹嚷道，“陆莺子先来。”

“看来胡先生不俗啊，听我曹哥哥的。”陆莺子麻利地连斟两杯，痛快地喝了，喝完笑吟吟地瞧着胡守志，胡守志也毫不犹豫一连喝了两杯。

“这下该我回敬陆助理了，”胡守志感慨道，“看来陆助理不仅才艺精湛，酒量也了得，真要好好领教了。”

“是嘛，谁说女子不如男，哈哈哈。”陆莺子笑了一阵后，道，“哦，我再来一段《花木兰》，大家想不想听？”

“鼓掌！”秃顶曹一声高叫，大家纷纷鼓起掌声。

陆莺子清了清嗓子，挑起杏眉，唱道：“刘大哥讲话理太偏，谁说女子享清闲，男子打仗到边关，女子纺织在家园，白天去种地，夜晚来纺棉……”陆莺子边唱边舞，唱得大家异常兴奋，满堂喝彩。

“祝贺祝贺，”胡守志跟吟唱一句，“应该改一下歌词，那女子一瓶老酒胜群儿男……哈哈哈，来，我拿大杯回敬女英贤陆助理！”

胡守志换了一个大杯，拿起酒瓶咕咚咚倒满，大家惊愕地瞧着他，只见胡守志信心满满道：“今儿个高兴，我干了！”言罢便举杯“咕咚咕咚”如饮水般喝了个精光。

“本家是条汉子！”胡张扬鼓掌赞道，“这样，冲着胡二弟这般表现，陆莺子把新天地项目手下的钢材订单交给胡二弟做吧，陆莺子听见没？”

“听见了，听见了。”陆莺子爽快道，“胡总的叮嘱，陆莺子明白！”又道，“只不过你让我喝多了，下午冯健老总、‘碰三壶’宋小宗来公司算账，谁来应付他们呢？”

“啥？冯健和‘碰三壶’来算账？”秃顶曹听了一愣，转了一圈眼珠子道，“不对啊，冯健最近脑门发亮，眼珠子朝天看，哪瞧得上俺们，再说他是甲方，哪有主动上门找俺乙方算账的，陆莺子是否弄错了，该俺们上门去算账哦。”

“嘿嘿，曹哥哥这就不懂了吧。”胡张扬吹着烟得意道，“别小瞧陆莺子喽，你猜猜她最近攀上了谁。”

“谁？”秃顶曹、黄婆子、伍黑皮异口同声道。

“告诉你，准让你们吓一跳！”胡张扬一边慢条斯理地说，一边慢悠悠地从口袋里掏出一张照片来，扬了扬道，“你们瞧瞧，站在陆莺子和我中间的那个胖子是谁？”

“八字胡，滚圆脸，大背头，还戴着眼镜。”黄婆子嘀咕道，“这人看起来很面熟，噢噢，想起来了，莫不是龙庄小区的那个保安队长。”

“有点面熟，但想不起来。”秃顶曹果断道，“他绝不是保安队长，他没照片上那么胖！”

“胡哥哥就别卖关子了，你告诉他们呗！”陆莺子痴痴地笑着，随手夹了块蛋饺吃了起来。

“告诉你们吧，”胡张扬道，“照片上那个胖子是石门豪庭珠宝董事长范申，又称‘犯不了’，只要他一出面，什么天大的事都一一化解，没有什么事能难倒他，我胡张扬现在靠陆莺子混呐！”

“噢噢，确是个大人物。”黄婆子叹道，“这人我一打眼就觉得这相貌、这派头非同凡响。”

“你不是说什么保安队长吗？”秃顶曹揶揄道。

“我这不是开个玩笑嘛。”黄婆子眼睛一亮，奉承陆莺子道，“我有个大学刚毕业的侄子，想在城里找份工作，陆莺子能否帮忙跟那个范申说说，让他出把力，要是事成，我黄婆子一定请他和你吃个海鲜大餐。”

“这种事……”陆莺子面露难色。

“你托陆莺子办事，你以为吃顿饭就能办，谁稀罕？”秃顶曹白了黄婆子一眼。

“那，那需要多少钱？”黄婆子急道。

“去去，不谈这个！”秃顶曹推了一下黄婆子的胳膊，又对陆莺子讨好道，“陆妹子要不打电话给冯健，让他们一起过来喝酒如何？”

“哎，对，把冯健他们请来喝酒。”胡张扬用肘子推了推陆莺子，征求道，“他们要是来了，黄大姐再表演个活吃鲫鱼，你再唱段戏曲，可好？”

“这时候估计他们已经吃过饭了。”陆莺子掏出手机道，“我问一下他们。”

手机很快接通了。

“喂，冯总啊，我是陆莺子。”陆莺子一接通便以轻柔的声音道，“嗯嗯，我和胡总他们在曹大哥家喝酒呢，请你们过来喝一杯，嗯嗯，好好，等着你们啊！拜拜！”

“他们真过来？”秃顶曹道。

“对，他们一刻钟后便到。”陆莺子把手机一合，感叹道，“真是一帮酒鬼，听到喝酒，什么都顾不了了。”

“老婆子快快，到后厨再弄几个菜。”秃顶曹推了推黄婆子的胳膊催道。

黄婆子跑到后厨去了。

果真不到两支烟的工夫，冯健、宋小宗带着照片上的大胖子风尘仆仆地进来了，这下更热闹了。

胡守志不停地递烟敬火，烟雾袅袅，嘈杂一片。

在胡张扬的提议下，陆莺子再次念唱起来，那大胖子范申不时对她动手动脚，胡张扬虽然心生不快，但佯装笑脸，不时给范申、冯健敬酒。

胡守志乘机不断给范申和冯健斟酒，还趁机索要了两人的手机号码，这场酒局一直喝到所有人都酩酊大醉才算告一段落。

第三十一章　水到渠成

等到胡守志缓缓地苏醒过来，才发现自己竟然身处医院。

“你终于醒了,把我们吓了一大跳,喝那么多酒,这不是玩命吗？”秋峰给胡守志递上一杯白开水，关切道。

“怎……怎么在这个地方？”胡守志看着秋峰、陈娇娇、霍元旦，竭力思索。

“这是海都城北医院，胡哥哥你喝得太多啦。”陈娇娇又给他敷上冷毛巾，解释道，“你是重度酒精中毒，医生已给你挂上了三瓶如纳若酮，这样太伤胃黏膜了，幸亏那个叫黄驴的小伙子把你送到了医院，如果时间拖得长了，真的可能有生命危险呢！回头真的要好好感谢那个小伙子。”

“是啊，我已经给了那个黄驴一千块钱辛苦费了。”秋峰又忧虑道，“大表兄要是有三长两短，大家都无法交代，这帮酒鬼身体难道是用特殊材料做的，一点不怕酒精？”

“娇娇应该与那个叫陆莺子的有一拼，找机会为胡哥哥报仇，治治这帮家伙！”霍元旦捏紧拳头笑道。

“你这爷们不上，让我这女流之辈挨枪子，你算个爷们么？”陈娇娇嗔怪道。

“表哥现在感觉怎样？多喝水恢复得才快呢。”秋峰道。

“感觉天旋地转的，好像到阴曹地府走了一趟。”胡守志恍惚道，“刚刚才记起一点昨晚的事，现在几点钟？”

“乖乖，现在是十一点了。”陈娇娇看了看手表道，“我们在医院整整陪了你四个钟头！”

“也幸亏你醉醺醺时没忘给那小伙子号码，他才能及时打电话告知我们。”秋峰道，“要不然我们都不知晓你醉成了这个样子。”

“我的秋总啊，这回你可要好好犒劳我，此去海都不枉此行哎，”胡守志兴奋道，“此去海都收获不小哩，不仅结识了这帮酒鬼朋友，而且钢材款终于有希望了，我终于找到了开锁的钥匙了！”

“钥匙？说说看！”秋峰振奋道。

“真的？”陈娇娇欣喜地看了霍元旦一眼，道，“我们洗耳恭听。”

胡守志看了秋峰一眼，秋峰心领神会道：“没关系，你尽管讲。”

“好，”胡守志此时彻底清醒了，他捧着茶杯呡了一口茶，徐徐道来：“你们可知晓，曹无赖、胡痞子一伙现在与冯健及其集团打得火热，关系已非同一般，但他们又各取所需，利字当头，这里面水很深，你们猜昨天中午从十二点开始这顿酒吃了多久？”

“吃了多久？”陈娇娇道。

“吃到四点多，整整四个多小时！”胡守志比画道，“在场有曹无赖夫妇、胡痞子、陆莺子、冯健、伍黑皮，还有听说是石门什么珠宝店的老板范申，该来的都来了。听他们的口气，他们在海都没有办不成的事，尤其是那个叫范申的大胖子，仗着他舅舅的权势，举手投足甚是嚣张，冯健对他溜须拍马、言听计从，连不可一世的胡张杨也对这胖子恭恭敬敬，任凭那胖子当面百般戏谑，他都视而不见，可见那胖子不是一般的角色。趁这胖子酒兴大发，我将他手机及家庭电话都要到了，我想只要把范胖子搞定，一切就都 OK 了。”

“你说那胖子喜欢什么？”陈娇娇见缝插针道。

“好色，见女人就直淌口水。”胡守志道。

“好色？”秋峰重复了一句，若有所思。

“这好办。”霍元旦不屑道，“我去找个外围！”

“外围不懂里头的规矩，反而坏了大事！”陈娇娇干脆道，“我去！”

“你？你为收款献身？犯不着！”秋峰摆摆手道。

“我的秋总，”陈娇娇拍了拍秋峰胳膊不紧不慢道，“你对我还不了解嘛，那个胖子碰不了我，倒是我陈娇娇会玩得他团团转，我跟大表哥前往拜会那范胖子，不仅不让他占便宜，还要让他乖乖地配合我们收款。在生意场上哪有不付出本钱就能赚取利润的？你就放一百个心吧，那胖子碰不到我的身子！”

“这……这合适吗？”秋峰犹豫道。

“陈娇娇真是伟大！”胡守志“噌”地站起身来，拍了拍秋峰的肩膀感动道，“这是众成公司的福气，更是表弟你的福气啊，我看，陈娇娇与我前往最为合适，相信一定能马到成功！”

“那……”秋峰凝望着陈娇娇秀美的脸庞，感觉面前的女人像个不怕死的女英雄，他有些担忧道，“他们一帮色鬼加酒鬼，你不怕吗？”

“这是和平年代、法治社会，怕什么？”陈娇娇笑吟吟地反问道，“你难道怕他们吃了我？大表哥，陈娇娇就听你安排了，我做好各种准备，办不了事绝不收兵！”

“好！好样的！”胡守志对陈娇娇点了点头，又道，“秋总，你和霍经理策应，做好二手准备，如果冯健或曹无赖账上有相应的款项，须采取诉讼保全，咱们要齐头并进，确保一拍定案！”

“胡守志说得对，打蛇要打七寸！”霍元旦赞道，“我马上联系肖武律师，这事应该没问题！”

胡守志道：“我们趁热打铁，我和陈娇娇尽快去海都，秋大老板去海都准备些石门土特产以及精品烟酒，你看呢？”

“好的，看你身体还没完全恢复，休整一天再前往海都吧。”秋峰又不无感慨道，“有你们辅佐，我想我们的众成公司一定攻无不克，一定能成就大事！”

翌日一早，胡守志驾着别克，带着陈娇娇，直驰海都。

胡守志其实做足了功课，他们很快找到位于海都南麓的苍松山庄别墅区，并且在湖边一处空地停下了车，顺顺当当地找到了范申。

范申穿着宽大的睡袍在其装修考究的客厅里接待了他们，一名男保姆张罗着给他们泡了茶。

“胡老弟，这位美女是？”范胖子笑眯眯道。

“这位是我公司业务经理，我的同事，名叫王兰，她听我介绍了您，很是仰慕，缠着我要跟我一起来见您。”胡守志有板有眼道。

“是的，范总好！”范胖子目不转睛地望着陈娇娇傲人的身材、白皙的皮肤，顿时看直了眼睛，轻声细语道：“哦，叫王兰，哪里人？多大了？”

“报告范总，我是石门人，今年27岁，大学毕业分配到吴江港务局，现在胡先生部门跟着学做物资贸易。”陈娇娇柔声作答。

“呵呵，原来是本地人，长得蛮标致的嘛。”范胖子指着旁边的沙发空位，一脸色相道：“来来，坐到这儿来，我与你聊聊物资贸易方面的事。”

“这，这多不好，这是在您家里，给嫂子看到……”陈娇娇为难道。

“你嫂子常年在国外，没事没事，来嘛。”范胖子毫不顾忌胡守志的感受，起身就去拉陈娇娇的手。

“哦，我忘了拿给范总的礼物了，我先去车上拿。”陈娇娇起身对胡守志道，拿了车钥匙便走出门，范胖子望着陈娇娇的倩影不禁心猿意马，嘴上道：“胡老弟今儿来为啥事啊？”

“没啥事，没啥事，就是想来石门开展物资业务，但我们人生地不熟，知道范总您神通广大，所以希望得到您的关照。”胡守志谦逊道。

“这不是一句话嘛！”范申憨憨一笑自嘲道，“不瞒老弟说，我夫人常年在国外，都是男人嘛……你也明白……”

“嗨！明白明白！这个包在我身上！”胡守志一口应承。

“哈哈哈！”见胡守志如此爽快，范胖子不由地仰头一笑，笑罢俯下身子对胡守志伸出一个手指道：“胡老弟，咱拉钩，一百年不许变！”

“好，拉钩！”胡守志勾上范胖子肥肥的手指。

“哈哈哈……”范胖子又一阵大笑，神秘兮兮道，“那出去的王兰……”

此时，陈娇娇两手拎着礼物走了进来，边走边道：“你们在笑什么呀？”

范胖子收住笑容，道：“哎，王兰拎的是啥呀，咱们还客气啥呢？”

“一点土特产和酒烟。”陈娇娇道。

“啊呀，我突然想起一件事。”胡守志识相地一拍脑袋道，“今天上午十点朋友家有电工上门检修，门钥匙还在我身上，不行，我得赶紧送钥匙去，王兰你先陪范大哥聊聊天，我送完钥匙再来。”

“那你快去吧，送钥匙要紧。”范胖子挥挥手，胡守志对他丢了个眼色，范胖子投以感谢的神情。

胡守志匆匆出门驾车走了，范申望着胡守志驶离的别克轿车十分得意。

“王兰啊！”范申迫不及待地抓住陈娇娇的手，想扑上去亲吻她的脸庞，却被陈娇娇机灵地闪过，范申又搂住了她的腰。

陈娇娇的手死死掐住范申粗大的食指，厉声道：“《刑法》有规定，犯强奸罪，可判有期徒刑七年至十五年，难道范总想蹲监狱吗？”

听了这话，范申一怔，放开了她的腰，又笑嘻嘻道：“大哥只是喜欢小妹，小妹舍得大哥蹲大牢吗？”

“大哥您真的喜欢小妹吗？”陈娇娇见范申松开了手，换了温和的口气道。

“喜欢喜欢，一见就挺喜欢！”

“大哥要是真的喜欢小妹，能不能帮我做一件事？”陈娇娇故作羞涩地说道。

“别说一件事，十件事大哥也帮小妹办得好好的，啥事你说！”范申拍胸道。

“我来见大哥之前，听胡经理说您生性豪爽，能力超群，堪比《三国志》里的关云长，”陈娇娇委婉道，“小妹我自小崇拜大英雄，发誓非英雄不嫁，今天见到大哥您，确是一副英雄豪杰之相，只是过分好色……”

“男人好色，英雄本色嘛，哈哈哈！”范申插言笑道，“说，求大哥什么事？”

“范大哥，我跟您直说吧。”陈娇娇忧伤道，“我父亲参与投资了石门一家钢材公司，自去年开始陆续被海都一个房地产公司及建筑公司联合套骗了五百多万货款，那个房地产老板势力强大，根本不怕打官司，这巨额货款怕是要打水漂了，这货款可是我父亲四处借来的，是我全家的身家性命，急死我了！”

“呵呵，这事找你大哥算是找对路了！告诉我，你父亲那家公司叫什么？欠款的那家房地产公司叫什么？有无资料凭据？”

“我带来了资料复印件。”陈娇娇说着就从挎包里取出一沓复印件，道，“上面都有，您看。”

“不看，念给我听。”范申霸王似的瞧着她，嘴里挤出一句话，“在海都这个地方，三天内大哥保你拿回所有货款，他们只要听到你大哥的名字，就会抖三抖了，嘿嘿！”

“好啊，真的啊？”陈娇娇翻着复印件道，“我爸投资的那个公司叫石门众成钢铁公司，拖欠货款的是海都新天地房地产开发有限公司以及西南建筑工程有限公司。”

“什么？是冯健的新天地，还有胡张扬的西南公司？”范申一听吃了一惊，他镇定道，“拖欠了多少？”

“五百一十三万。”陈娇娇听了范申所问有些失望道，“怎么，他们和大哥您有关系，您感觉为难了？”

“不，不为难。”范申捻了捻稀疏的胡须奸笑道：“宝贝不要急，此事包在大哥身上，三天内我让他们一分不少全部付清，怎么样？”

“空口无凭，我如何相信大哥不是在骗我！”陈娇娇故作生气地坐远了身子。

“好好，小妹言之有理。”范申不由地点点头道，“我现在就打电话，让你看看大哥是不是在骗你。”

言罢，他抓起茶几上的电话机，又放下话筒按了免提键，拨通了电话，“嘟嘟嘟”数声后，电话里传来浑厚而虔诚的男声：“大哥啊，有何事吩咐小弟，请指示！”

“冯健，我听说你们公司欠石门叫众成钢铁公司五百多万，是真的吗？”范申道。

“是有此事，不过那家公司一个姓秋的老板净搞背地里害人那一套，把张扬兄弟、曹哥坑到牢里过，我们想借机报复他，这款不……”

“不行！”范申未等他说完就打断了他的话，“那家公司与我舅有关系，你们必须在三天内全部付清，一个子儿也不能少，我说冯健啊，这事能给面子吗？”

“哦哦，”对方略迟疑了一下道：“大哥放心，保证完成您交办的任务，一定一定，您让那家公司派人到海都新天地财务，办理付款手续。”

“这就对了，”范申道，“这事办好，后面的事好说。”

“那好，见面再说。”冯健道。

“晚上见！”

范申挂了电话，瞟了陈娇娇一眼道：“听见了吗？大哥没哄骗你吧，准备收款啦！”

“大哥厉害，太厉害啦！”陈娇娇激动万分，表面还故作镇定，内心早已欢呼雀跃起来，范申顺势用手去抓陈娇娇的衣服。

“嘀嘀嘀！”外面突然传来汽车的鸣笛声，陈娇娇向窗外望去，只见一辆银白色别克轿车停放在了草坪上。

“哦，是胡经理回来了！”陈娇娇赶紧整了整衣服和头发，对范申抛了个媚眼，道，“大哥莫心急，来日方长嘛，我和胡经理先去新天地办手续，办完手续我来好好伺候大哥，一定让您满意。”

“你不会骗大哥吧？”范申一脸茫然。

“小妹跟您一样，承诺是金，一定兑现！”陈娇娇又忙道，“他来了，莫要给他发现什么。”

“这家伙怎么这么快就返回了，哼，坏我好事！”范申不快道。

说话间，胡守志已跨了进来。

“胡经理，范大哥真是好人，他真是厉害，帮我解决了我爸的大事。”陈娇娇兴奋道，“此事办好，我要好好酬谢范大哥，我请你们到石门最好的京都大酒店吃饭！”

“解决什么大事？”胡守志装作一无所知。

“范大哥帮我爸投资的公司索回了五百多万的货款，这是救命大恩啊！”陈娇娇激动万分。

“哦，我说吧，范大哥可不是一般的人物，确实厉害！”胡守志也极为欣喜地赞道。

“这都是胡老弟你牵的头。”范申抽起烟来，若无其事道。

“走，胡经理陪我到新天地财务去，办完事后再把我送到范大哥这里来。”陈娇娇说完又主动亲吻了范申的脸。

“小妹，大哥等你。”范申一脸坏笑地说道。

“大哥再跟新天地老板招呼一声，我半小时后到那儿办手续。”陈娇娇又叮嘱了一句，便随胡守志上车走了。

且说陈娇娇、胡守志上车后，两人兴高采烈地讨论了一番，陈娇娇立即用手机跟秋峰联系。

“秋峰，我们初战告捷，马上到新天地财务办手续取回那货款。”陈娇娇简要报告了情况。

“这么顺利？简直不敢相信，太好了！”秋峰道。

“把手机给我，我有话对他讲。”胡守志边驾车边向陈娇娇要电话。

“秋总，我总感觉事出蹊跷。那范大胖子与冯健通了话，便让陈娇娇去办手续领款。他们这伙人异常狡猾。这么大块的资金，且他们跟你积怨那么深。如此轻易，可能有诈。”胡守志顿了一下又分析道，“你和霍元旦联系肖武律师赶紧到新天地大厦附近，若有异常或意外随时准备接应，同时做好报警的准备。”

“你说得有理。”秋峰听后沉吟了一下道，“作好对策十分必要，我们马上出发，你们保持手机畅通，到新天地大厦后，等我们通知，你和娇娇再上楼，以防其中有诈。”

“好，我和娇娇等你通知再进楼。”胡守志应道。

“对，你们深思熟虑十分必要！”陈娇娇表示赞同。

半小时后，胡守志将车驶入新天地大厦楼下，又将车停放在侧边不起眼的位置。

此时，陈娇娇手机响了，传来秋峰的声音。

“我们在门前发现曹无赖带着几个穿黑夹克的小痞子，像是在等你们。”

“怎么办？上不上楼？”陈娇娇焦急道。

“你与范申再通个电话，”秋峰想了一下道，“就问新天地谁接待办理，是否要送些见面礼，如果遇到阻碍怎么办。”

“好的，我马上与他通话！”陈娇娇听后干脆道。

陈娇娇随即拨通了范申的手机，拨了数次均无人接听，心想果真有诈。

正在陈娇娇、胡守志陷入焦虑之时，陈娇娇的手机响了，正是范申。

“喂，大哥。”陈娇娇轻柔作答。

“王兰，你咋不上楼，冯健亲自在那儿等了好久了，快去呀！”范申催道。

“大哥，我是否需要给冯总带些见面礼呀？”陈娇娇问道。

“不需要，他说认识你，还要给你礼物，还有事请你帮忙呢。”范申道。

“那好，谢谢大哥，我马上就去。”陈娇娇开心道。

“哎哎，你还跟我客气啥，快去吧。”范申道。

“好嘞，拜拜！”陈娇娇挂上手机，对胡守志道，“没事，上楼。”

“给秋峰回个话，他担心着呢。”胡守志道。

陈娇娇又拨通了秋峰的电话，告知他自己已与范申通了话，应该没事，现在准备上楼。

“人撤了，上楼吧！”面朝新天地大楼正门的一辆出租车里，副驾驶坐着秋峰，后排则坐着霍元旦和肖武，在他们的注视下，陈娇娇和胡守志一前一后进了大楼。

两人依范申叮嘱乘电梯到了七楼，刚出电梯，只见脸色铁青的曹无赖带了两个不三不四的痞子，冷冷地注视着他们，陈娇娇和胡守志大吃一惊。

“哎，我说胡三弟，你到底是干什么的？怎么和众成公司秋老板他们混在一起？”秃顶曹阴沉着脸注视着胡守志，又道，“这娘们好面熟啊，跟你什么关系？”

“哦，曹哥哥啊。”胡守志满脸堆笑道，“小弟还没好好向你汇报，小弟是做钢材物资的，我们与做钢材贸易的有往来，众成公司欠我好几百万货款，我一直拿他们没办法，这会儿姓秋的称外面有欠款五百多万，我就想跟着他公司的财务王会计上门了解一下此款到底能不能支付，我好向上面交差。”

“哦，是这样，那姓秋的家伙咋不露面？”秃顶曹盯着陈娇娇问，四个痞子一下子围住了她。

陈娇娇见此情景，立即掏出手机，被秃顶曹一把按住，胡守志急忙上前给秃顶曹递烟。

“大哥，人家姑娘帮小弟做事，也是无辜的。”胡守志笑嘻嘻地试图解围，“大哥有话交代小弟办。”

“告诉你小妹子，今儿姓秋的不露面，休想结账！”曹无赖并不理会胡守志，却一把将陈娇娇推到电梯口，恶狠狠命令道，“打电话让姓秋的来取款，说只有法定代表人签字财务才能付款。”

“通了通了，接我电话。”胡守志把自己的手机交给陈娇娇，陈娇娇接过手机，手机里传来范申的声音：“什么情况啊？”

“范哥，您快救我，呜……”陈娇娇声泪俱下。

“啥情况？让旁边的人接电话！”范申大声道。

陈娇娇把手机递给秃顶曹，道：“我哥哥让你接话！”

秃顶曹接过手机一听，传来的是范申的声音：“我是范申，谁敢欺负我妹子，老子毁了他，我马上过来！”

“啊啊，是范董啊，这里没事，只是在玩游戏，您就别费心了。”

秃顶曹一听是范申，立刻喜笑颜开，连连奉承道，“我是老曹，我奉张扬兄弟指令，马上按您要求去做，放心，领导放心哦！”

秃顶曹挂了电话，换了一副皮笑肉不笑的面孔，恭恭敬敬地把手机还给了胡守志，对陈娇娇点头哈腰道：“方才只是玩个游戏，千万别往心里去，如有冒犯多多包涵，走走，俺带你们到财务办手续，让范董放心，请吧请吧。”

陈娇娇忐忑不安地跟着秃顶曹他们进了里侧的财务部。

令陈娇娇、胡守志欣喜的是，未到一刻钟，财务便以电汇的方式转了 513 万元给众成，陈娇娇用手机发短信给秋峰：“请核查，伍佰壹拾叁万货款收到否，请速告知，娇娇。”

过了不到两分钟，陈娇娇收到秋峰的回复：“伍佰壹拾叁万货款已收到，非常出色，回头庆祝，你们辛苦了！”

秃顶曹赔着笑脸，恭恭敬敬送陈娇娇、胡守志下了电梯，一路上唠叨个不停：“小妹子长得漂亮，多多包涵，代小弟向范董打个招呼。”

陈娇娇笑而不语，上车后对秃顶曹鄙视地笑了笑，胡守志踩大油门，扬长而去。

秋峰见此，对出租车司机一挥手，道：“撤！”他们便也驶离了新天地大楼。

第三十二章　世态炎凉

且说陈娇娇、胡守志驶离新天地大楼后，不过一刻钟，陈娇娇果断让胡守志靠边停车，陈娇娇便开门下了车。

“娇娇你……”胡守志不解地望着陈娇娇冷峻的脸。

“你回石门吧，我海都有亲戚，要去探望一下。”陈娇娇友好地对胡守志挥了挥手，淡笑道，“此次收款成功，主要归功于你，没有你舍身拼酒，没有你潜入这帮痞子群里，我们不可能如此快速、顺利地收到这笔巨款，秋峰应当重重酬谢你才对。”

“我们平分秋色，没有你陈娇娇的出色表演，也不可能达成这样的好结果啊，陈娇娇你真棒！这也是秋峰表弟的福气，他福分不浅啊！”胡守志情不自禁地赞许道。

“羡慕你表弟吧？”陈娇娇反问道。

“当然，真是羡慕嫉妒恨啊。”胡守志感慨道。

“还加上嫉妒和恨？”陈娇娇笑了。

“是嫉妒和恨啊，”胡守志耸耸肩道，“嫉妒我表弟能力比我强，恨自己不争气，没有达到表弟那样的高度。”

“哈哈哈……”陈娇娇朗笑不已，笑完后脸色忽然阴沉下来，忧伤地说：“我爱他，但他并不爱我，我早就感觉到了，我答应过他，在我帮他完成一件大事后就离开。感谢他带给我以前从未有过的幸福和满足。好了，你该走了，我也该走了，拜拜啦！”

言罢，陈娇娇背上挎包朝反方向头也不回地走去。

“哎哎，陈娇娇……”胡守志一头雾水，望着陈娇娇的背影满脸问号，自言自语道，“咋回事，难道……”想了一会儿，便驾车朝石门方向驶去。

陈娇娇边走边用手机给秋峰发了一条长长的信息：“秋峰，我曾经深爱过的自负的男人，当你收到这条信息时，我已经决定离开你，你千万不要联系我，就此别过吧，我不再是你的女人和部下了。

“你应该记得我曾经对你说过的话，也许你并没有在意，我说当我为你解决了最难以实现的事时，就是我向你提出分手的时候，曹、胡联手冯健拖欠你的五百多万货款是你觉得非常棘手的难事，如今，得益于你表兄胡守志的大力协助，我终于完成了你交办的任务，我想这必然是你目前最开心的事，如今得以解决，我也深感宽慰。

“秋峰，我作为女人与你的想法不一样，我需要一位真心爱我、懂我、宠我的男人，拥有一份纯真的爱情，而你做不到。你内心深处的女人并不是我，我一点也不傻，你的注意力在你的事业上，我不能无限期又无目的地等待，我的使命完成了，我不需要你任何的物质奖励，一场单方面付出的爱情该结束了……

“在编此信息时，我忽然想到北宋词人柳永的名句：‘衣带渐宽终不悔，为伊消得人憔悴。’感觉柳永此诗竟是为我量身打造的。最后真心祝你在未来的岁月里身体健康、事业发达，也能拥有真正爱你的知心爱人。另外，我的心已属于另一个男人，谢谢你曾经的关照与守护，陈娇娇。”

陈娇娇发完短信后，立即关闭了手机，将电话卡取出，换了另外一个电话卡，然后把取出的电话卡朝路对面的河畔用力甩了过去。

她呆呆地伫立了约十分钟，用手理了理秀发，突然她发现有一辆空载的出租车，她朝出租车挥手，出租车停靠在了她身边，她拉开车门便坐进了后排，出租司机问她要往何处去。

“城南南麓苍松山庄。”陈娇娇淡然道。

“哦好。”出租车司机熟门熟路，朝陈娇娇所指的方向驶去。

且说秋峰正与霍元旦、肖武乘出租车返回石门，由于一路上玩笑不断，车内欢声笑语，秋峰越想越开心，吟唱起孟贵彬的草原之夜：“美丽的夜色多沉静，草原上只留下我的琴声……”霍元旦、肖武齐声跟唱道：“等到千里冰雪消融，等到草原上送来春风，克可达拉改变了模样，耶哎，姑娘就会伴我们琴声……”

“滴滴滴……”秋峰的手机闪烁了一下，他拿起手机去看，竟然看到一条长长的短信，他看着看着，不由得眼泪像泉水般涌出，“啪嗒啪嗒”掉在手机上，霍元旦猛然发现秋峰在掉眼泪，惊诧地望着他，拍了拍他的肩膀道：“哎哎，你咋回事？”遂也靠近去看短信，惊诧道，

“是娇娇发的，她什么情况？快给她打电话。”

霍元旦用自己的手机拨打陈娇娇的电话，只听到循环的语音：“您所拨打的用户已关机，请稍后再拨！”

过了一会儿，霍元旦又拨打了几次，仍然不通，叹道：“陈娇娇把手机彻底关停了，哎，她的性格我了解，她决定的事是九头牛都拽不回来的！”又道，“秋峰啊，我喊你一声老弟，可能是你让为你死心塌地效命的女人绝望了。凭心而论，陈娇娇这个女人真是了不起。”

“怎么？未来的秋太太飞了？”肖武不解道，“她连奖金也不要？！”

“对了，我问一下胡守志，他与她不是在一起吗？我来联系！”霍元旦又拨打胡守志的手机。

“哎，胡大经理……”未等霍元旦说完，却传来胡守志着急的声音。

“我打秋峰电话他不接，我有急事找他，他人呢？”胡守志声音很大，车内的人听得真真切切。

“哎，老胡让你接电话。”霍元旦把手机转给秋峰，秋峰如梦方醒道：“你和娇娇在一起吗？”

“表弟，你平时很不注意她的感受，很不尊重她吧？你让她太寒心了，她走了！”胡守志遗憾不已。

“你可知晓她到什么地方去了？”秋峰冷静道。

“她在海都的303国道快到收费站的地方下了我的车，只跟我说了几句，说你并不爱她，她不想再跳单人舞了，便匆匆朝反方向走了，可能是乘出租车走了，谁知道她到哪了！”

胡守志又急切道："老弟，这样的女人并不多见，你赶紧把她找回来，你的众成公司需要这样的内当家，她配老弟你也是绰绰有余的，听表哥的话准没错啊！"

"这……这到哪儿去找？"秋峰无可奈何道，"她的性格我也了解，一旦她认定了，任何人都无法改变，她太倔强了。"

接下来，秋峰为了找陈娇娇，采取了多种措施：一是在石门、海都的报纸、广播电视台发布寻人启事；二是让霍元旦、胡守志组织多路人马，逐一走访所认识的朋友、客户，甚至潜伏至冯健、曹无赖等处暗访；三是通过公安平台搜查。但陈娇娇依然杳无音讯，仿佛从地球上彻底消失了。

逝水东流，叶落纷纷，转眼间，已过去了十年。又是一个冷风瑟瑟却又阳光明媚的午后。

秋峰带着他六岁的儿子秋越来到"愚人码头"的浪子书馆闲逛。八年前，秋峰与南淮经济日报社的李岚冲破重重阻力，终成眷属，生了个儿子叫秋越，取意"秋天飞越"的意思。

书馆里还有各种儿童玩具及精美工艺品，依着儿子秋越的要求，秋峰给儿子买了个酷酷的奥特曼，儿子乐不可支地玩着心爱的玩具，秋峰自己则徜徉于书的海洋，父子俩和谐又惬意。

在书馆里，秋峰突然被一个中年妇女拍了一下手臂，他抬头一看，只觉得十分面熟，这妇女嫣然一笑道："秋总，你不记得我了？我是刘娟啊！"

"哦，你是刘娟？"秋峰突然想起她就是冯健的前妻刘娟，多年不见、原来光彩照人的刘娟怎么老成这个样？皮肤暗暗的、额头布满抬头纹，头上扎了个髻，穿着一身宽大的花格衫，满面沧桑。

正在秋峰感觉有些尴尬时，旁边一个八九岁的女孩拿着一本书拽了一下刘娟，说："妈咪，我找到你要的《茶花女》了！"

刘娟接过书"嗯嗯"答应着，女孩说完便转到里面看书去了，刘娟又指着正玩着玩具的秋越好奇道："这是你儿子吗？"秋峰点头称是，刘娟上前摸了摸秋峰儿子的头，羡慕道："长得真不错，好可爱哟！"随着又叹气道，"感觉这孩子长得有点陈娇娇的影子，唉……"秋峰听后扑哧一笑，道："哪里像她？"

"哎，你知晓陈娇娇的消息吗？"刘娟突然道。

"不……不晓得！"秋峰摇了摇头，茫然地看着她。

"你真的不知？"刘娟吃惊地看着秋峰，秋峰双手一摊，还是摇头。

"唉，她早就死了，"刘娟又轻轻叹了口气，木然地拂了拂手上的《茶花女》封面，道："她其实是为你而死的，我的好闺蜜死得好惨啊！"

"她死了？"秋峰心一沉，紧锁眉头道，"这是什么时候的事？"

"应该快有十个年头了吧。"刘娟忧伤道。

"我……我一直在找她，她怎么死的？"秋峰一脸惶惑。

"她啊，就是个死性子……"刘娟告诉秋峰，陈娇娇早在十年前，因秋峰始终不同意与她结婚而心灰意冷。为了报答范申帮助秋峰追回货款之恩，陈娇娇答应陪他赴澳大利亚洽谈生意，不想在澳大利亚一个宾馆内遭到范申强奸，她一时气愤走了极端，竟然从三十五层大楼上纵身跳下，结束了生命。范申因此遭到澳大利亚警方拘捕，判了二十年有期徒刑，至今仍在服刑。陈娇娇生前多次给刘娟发短信倾诉，表示心中的愤懑。

“你看看，这是陈娇娇生前发给我的短信，我至今仍保存着，”刘娟指着手机上的短信道，“今天总算碰到你了，我想也该遂了她的心愿了！”

秋峰接过手机，逐一翻看，不禁心潮起伏，眼泪不觉淌落下来。

“娟姐，今天我正在宾馆午休时，可恶的范申借口找资料又一次欺辱了我，我真的爱秋峰，如果不是他屡次拒婚，我何至于跟随范申来澳大利亚啊，这活着的我就像行尸走肉！唉，娟姐，不早了，明天再聊吧。”

“娟姐，你可以帮我摸透秋峰的心吗？如果他心里真的有我，我会立即飞回国内，娟姐为我操心了，你亦多保重，对健哥好点，相信好心会有好报的！”

“娟姐，可恶的范申今天兽性大发，我报警时手臂都被他掐紫了，痛了一整天，这日子度日如年，真希望秋峰出现眼前，唉……”

“娟姐，我已知悉秋峰绝情，他不会理解一个女人的钟情与付出，这世界很冷漠，厌世的念头时时萦绕在我的脑海，娟姐多保重，你是有家的，而我没有。”

“娟姐，今天我突然发现自己停已经超过一个月了，是不是老了，呵呵。”

“娟姐，今天我在寺庙卜了一卦，算命的说我和秋峰阴间可配一对，可阳间不行，如此我懂了……晚安！”

“娟姐晚上好啊，知晓你找了一个疼你的老公，我非常非常羡慕，真诚祝福！你的命好，可要好好珍惜喽！可叹小妹我不如你，我仍茫然无措地在空中飞啊、飘啊，心累啊……今夜寂寞难耐，写了首自嘲的小诗，你听听好吗？漂洋西域凄为客，绮窗翘楚瘴如夜；昔日断线筝飘离，瑟萧秋风扫落叶！娟姐，此信恐再无续延了，你多保重！你的妹妹陈娇娇，庚辰年深秋于澳大利亚悉尼。”

……

“好个‘秋风扫落叶’……”秋峰看完后热泪盈眶，不禁蹲下抱头痛哭，刘娟不断抹泪，嘘唏不已。

“爸爸，你怎么啦？”儿子秋越躬下身用纸巾为秋峰拭泪，错愕地看着他。

“哦，没事没事！”秋峰抹了抹红彤彤的眼睛，戴上眼镜，装作没事的样子站了起来，拉着儿子说，“秋越，跟阿姨说再见！”

“阿姨再见！”稚气的秋越挥了挥小手。

“小朋友再见！”刘娟摇了摇手，心情复杂。

“踏破坎坷成大道，梅花香自苦寒来。”秋峰的众成钢铁集团有限公司正式上市，成为石门物资系统首家获批的上市公司，秋峰的公司遍布全国十三个省市，而他感觉自己身上的担子更重了。

又一个万籁俱寂的夜晚，皓月当空。秋峰感悟起下海从商以来的酸甜苦辣，以及世态炎凉，又想起伊人离去，事业越加繁重，他更加辗转难眠，他拿起笔洋洋洒洒写下一首小诗，取名《喻志叹》：

自古商贾岂圣洁，
云谲叵测心思同；
披荆斩棘商事艰，
磨杵成针忍始终；
遇官阿谀充无知，
遇强扮得屋漏穷；
秋峰商事愧泯良，
弱肉强食笑相逢；
潜伏商圈算计苦，
拼得真经上天宫；
今日甘做牛马累，
明天成就人中龙！

秋峰赋诗毕，走出门外，看着那一轮弯刀似的冷月镶嵌在浩瀚的苍穹中，数不清的繁星闪烁着寒光。他心想明天又是大晴天，可谁知晓明天又将如何呢？此时此刻他浮想翩翩，却莫名其妙将纸撕得粉碎，大笑一声，乘着月色阑珊，他背着双手朝山坡上茫茫的树林里走去……

感情的世界里没有对错，只有爱与不爱，纵使陈娇娇对秋峰一往情深，可终归抵不过“无情”二字，挤不进的世界就不要挤了，因为那里并没有你的立足之地……

（全集终）

写在《潜伏商圈》C 集封笔之际

“一缕愁殇化纸烟，满目疮痍付笔端！”如今终于长舒一口气，《潜伏商圈》三部曲总算告终了。

虽然 C 集已完成，尚觉不够圆满，意犹未尽，本心想续个 D 集，怎奈事务繁忙、琐事缠身，只能暂搁一边，且待将来时间宽裕时，再捋出个 D 集来。

《潜伏商圈》这三卷得以告成，首先真心感谢家人包揽所有家务，为我提供创作的时间与空间。我的文友木予说过，作家尽量不要与锅碗瓢盆牵扯在一起！本君基本上不碰家务，是个不折不扣、油瓶倒了也不扶的“甩手掌柜”，原因却不仅是需要写作，还因为我需要频繁参加商务活动，哪有闲工夫管“锅碗瓢盆”？

第一，请允许我向我的家人鞠一躬，没有你们包揽家务，作家队伍中就不会有文剑这小子的“闪亮登场”，更不会有《潜伏商圈》三大卷的“呱呱坠地”！

第二，感谢我的“书童”李迎娣，我的创作基本上使用最原始、最笨拙的写作方式，即一撇一捺地“爬格子”的方式，写满一册后便“甩”给“书童”小李打印。有时候心烦意乱胡写一气，字体潦草得连我自己都不认识，但“书童”小李居然每次都能一字不差地识别，还打印成文，你说这小“书童”厉害不厉害？在此向“书童”小李再鞠一躬！

第三，《潜伏商圈》的出版发行离不开出版人的共同努力，因此真心感谢我哈尔滨的朋友吴洪岩先生，是他的鼓励使“文剑”再次颤颤巍巍地踏上璀璨的文学殿堂！

第四，我要向我的领导、客户、竞争对手及朋友们作揖，没有你们的支持，哪有我现在的物质基础？没有跌宕起伏、磕磕绊绊的商务经历，文剑又哪能写得出动人心弦、有血有肉的人间故事？最后，我得向“文剑”鞠个躬，我佩服你作为负责数十名员工生计的管理者，居然心安理得、洋洋洒洒写出动辄数十万字的长篇小说，利焉？名焉？

我固执地以为，作家写作的出发点并非为名、为利，而一定是其情趣使然！凡是在写作时总想与“名利”沾边的人，注定不会成为真正意义上的文学工作者，更不可能成为一流的作家！

一边是烦琐闹心的公司杂事、棘手事，一边是“闲庭信步”的小说创作，《潜伏商圈》三部曲居然在百般纷扰中积沙成塔式地完成了，冥冥之中，我感觉到了灵魂的升华！

三部曲的写作，无时无刻不影响着我的商务活动与生活，小说中的众多人物也使我内心受到极大的影响，以致百感交集。

有朋友讥笑，文剑你这小说主人公秋峰及曹子风、霍元旦、陈娇娇、冯健等人物莫非来自作者本人的经历，或指桑骂槐？或移花接木？或吐露心声？面对这样的言论，我只想说，任尔抨击，俺并不以为然，文学作品与现实生活中的人物及事件并不一致，但愿朋友们能够区分艺术作品与真实生活。

《潜伏商圈》三部曲，主要反映当代在商海打拼的芸芸众生，膨胀发奋的秋峰、唯利是图的曹子风、投机取巧的朱海、功利主义的霍元旦、仗义疏财的陈娇娇等数十位不同个性的人物粉墨登场。

A 集中，主人公秋峰打工、学习、做新闻记者……下海经商，从不同时期、不同角度反映以秋峰为代表的一群年轻气盛、怀揣梦想的年青创业者，在“初级阶段”闯荡江湖，承受了意想不到的种种磨难，数次被卷入光怪陆离的“人事怪圈”，时而光鲜愉悦、时而苦涩郁闷、时而不着边际、时而茅塞顿开……此集定位为“出道”。

B 集为“问道”，由表及里地揭开主人公秋峰的善良、诡计、功利等交织于一身的从商之道，他与利欲熏心又不择手段的曹子风集团展开斗争……此集充分揭示：在商品经济时代，纵然灯红酒绿、熙熙攘攘，唯有正义正气，方谓正业正道。

C 集为“悟道”，揭示波谲云诡的商道背后，是一个个没有战场硝烟却充满血性的利益之争，有善良却狡诈的秋峰、有被爱情冲昏头脑的陈娇娇、有越轨贪财的“精明谷”、有弄权敛财的吕大环……深陷其中的主人公从中悟到些什么呢？ C 集将向您娓娓道来。

《潜伏商圈》作者坚持认为，一部上佳的小说绝对不是“杜撰的、胡编乱造的”虚构品，真正广为流传的文学作品是严谨、深刻的，是以富有哲理的社会生活背景为基础的！

流传至今的文学经典佳作一定是大众津津乐道的“真材实料”，上佳作品一定会给广大读者以心灵共鸣！文学创作一定基于社会生活背景，撷取其典型的、人们耳熟能详的生活素材，通过文学加工、提炼、锻造“精华”，并形成立体的、愉悦的、富有人情味的观赏品。只有饱含人间温暖、真情实感的作品方能为大众所接受、所颂扬，就像在饥肠辘辘的早上，看见一碗飘着热气的、芳香四溢的虾皮馄饨一样诱人。

《潜伏商圈》作者一贯坚持去芜存菁、孜孜以求的态度，责无旁贷地从事现实主义的文学创作，竭力推出一部让大众接受、喜爱的文学作品！

希望《潜伏商圈》为商场打拼的人们以及即将步入社会的学子们提供正能量。作者系一名在商界打拼了三十年的人，出于事务繁杂，整日行色匆匆，创作中难免有“捉襟见肘”之感，加上水平有限，期待读者朋友的赐教！

2020 年 7 月 18 日于金陵

◎ 文剑先生《潜伏商圈（A集）》首发仪式暨读者见面会

◎ 文剑先生《潜伏商圈（A集）》签售会

◎ 文剑先生给读者签售作品

◎ 文剑先生接受媒体采访

◎ 文剑先生分享创作心路历程

◎ 文剑先生参加座谈会

◎ 文剑先生在新加坡了解民生

◎ 文剑先生在江苏文学院

◎ 文剑先生在江苏省作家协会

◎ “文学创作来源于火热的生活”，文剑先生深入生活

◎ 文剑深入工厂基层采访

◎ 文剑先生调研采访

◎ 文剑在采访中